隣国の友へ。
海を越えて届いた物語が、あなた
の一日を照らしますように。

이웃 나라의 친구에게.
바다를 건너 전해지는 이야기가,
당신의 하루를 비추길 바랍니다.

세상의 마지막 우체국

세상의
마지막 우체국

무라세 다케시 지음　김지연 옮김

KITTE GA TOTTEMO TAKAI YUBINKYOKU DE
©Takeshi Murase 2025
First published in Japan in 2025 by KADOKAWA CORPORATION, Tokyo.
Korean translation rights arranged with KADOKAWA CORPORATION, Tokyo through Danny Hong Agency.

이 책의 한국어판 저작권은 대니홍 에이전시를 통한 저작권사와의 독점계약으로 주식회사 오팬하우스에 있습니다.
저작권법에 의해 한국 내에서 보호를 받는 저작물이므로 무단전재와 복제를 금합니다.

차례

[첫 번째 편지] 최애에게 009

[두 번째 편지] 친구에게 087

[세 번째 편지] 할머니에게 159

[네 번째 편지] 반려견에게 225

[다섯 번째 편지] 연인에게 285

일러두기

- 본문에서 진하게 강조한 부분은 원서에 방점이 찍힌 부분입니다.
- 본문 속 편지의 수신인과 발신인은 별도의 서체로 구분했습니다.
- 이 책의 주석은 모두 옮긴이 주입니다.
- 노래 제목 등은 〈 〉로 처리했습니다.

배계*

건강하게 잘 지내시나요?

덕분에 저도 잘 지냅니다.

가족 모두 변함없이 무탈하게 지내고 있으니 걱정 안 하셔도 돼요.

그렇지만 가끔 생각합니다.

당신이 지금도 우리 곁에 있었더라면,

올여름이 훨씬 더 근사했을 거라고요.

올해도 무더운 여름이 찾아왔습니다.

여느 때보다 극심한 불볕더위가 기승을 부리고 있습니다.

당신이 계신 그곳은 조금이나마 덜 더웠으면 좋겠습니다.

일단, 그간의 일을 먼저 말씀드리면요.

시골집 마당에서 가져와 심은 씨앗이

올해도 예쁜 꽃을 피웠습니다….

* 拜啓, 절하고 아뢴다는 뜻으로 편지 양식을 중요시하는 일본에서 편지를 보낼 때 첫머리에 쓰인다.

첫 번째 편지

최애에게

'열 명을 모아서 함께 나 홀로 여행을 떠나고 싶다.
다른 사람과 같이 있는 건 피곤하다.
그렇지만 혼자는 외로워서 싫다.
내 눈에만 보이는 문이 눈앞에 있고, 그 문 너머에 누군가 있다. 외로울 때면 그 문을 열고 대화를 시도하지만, 그렇다고 해서 필요 이상으로 간섭받지는 않는다. 같이 있다가 따분해지면 문을 닫고 다시 혼자가 된다. 나는 이 정도 거리감이 가장 편하다.
그래서 열 명을 모아 함께 나 홀로 여행을 떠나고 싶다. 이상.'

눈앞에 놓인 잔을 쳐다보다가 슬그머니 스마트폰 화면으로 시선을 떨어뜨렸다. 내가 가장 좋아하는 아티스트의 인스타그램에 새 글이 올라왔다. 그 내용은 지금 내 마음과 똑같았다. 역시 아사링의 표현력은 예사롭지 않다.

대학 시절 친구가 미팅 자리를 주선해서 요코하마역 근처에 있는 해산물 술집에 들어왔다.

미팅을 한 건 대학교 4학년 때가 마지막이었으니까 7년 만이다. 어차피 머릿수를 맞추려고 불렀다는 것도 알았고 그다지 내키지도 않았지만, 가끔은 이런 자리도 괜찮겠다는 마음에 가볍게 승낙하고 말았다.

"마키무라 미키 씨는 이런 미팅은 잘 안 하세요?"

내가 지루해하는 게 보였는지 창가 자리에 앉은 남자가 물었다. 남자 넷 중에서 제일 젊은 사람이다.

이 질문에 솔직하게 그렇다고 대답하면 재미없는 여자로 보일 수 있다. 하지만 "가끔 해요"라고 대답했다가는 노는 여자라는 이미지를 심어줄 가능성도 있다. 어쩌면 "잘 안 하세요?"라고 반쯤 단정적인 질문을 던지는 단계에서 일찌감치 성실하고 수수한 여자라고 판단 내렸을지도 모른다.

"미키는 심각한 집순이거든요."

어떻게 대답할지 망설이는 사이, 나를 이 자리에 부른 사토코가 내 대답을 가로챘다. 악의 없이 내뱉은 그 말이

'넌 음침한 성격이잖아'라고 말하는 듯, 내 폐부를 단번에 뚫고 들어왔다.

사토코가 데려온 나머지 두 여자는 화려하고 세련됐다. 나보다 어리고 예쁠뿐더러 처음 만난 남자들과도 매끄럽게 대화를 이어 나갔다. 대학 시절부터 연애와는 거리가 멀었던 나는 내내 긴장하고 있지만 말이다.

"저는 혼자 있는 게 좋아요."

누군가 공감해 주리라 기대하며 말했건만, 남자 하나가 "그래 보였어!"라고 외쳤다. 그러자 그 말이 신호탄이라도 됐는지 "역시!", "혼자 있는 걸 좋아할 줄 알았어요!"라며 다들 이구동성으로 외쳤다.

빙 돌려서 야유를 퍼붓는 것 같아 기분이 가라앉았다. 얼음이 녹아 밍밍한 물맛밖에 나지 않는 카시스 오렌지 칵테일을 들이켜려는 순간, 밖에서 들어온 파리 한 마리가 갑자기 우리가 앉아 있던 테이블 쪽으로 날아왔다.

'나한테 오지 마, 파리가 달라붙은 여자만큼 비참한 여자는 없단 말이야.'

마음속으로 그렇게 빌었지만 움직임을 보아하니 아무래도 내 쪽으로 올 것 같았다. 아니나 다를까, 파리가 내 어깨 주위를 빙글빙글 돌기 시작했다.

"죄송해요, 화장실 좀 다녀올게요."

다른 사람들이 파리의 존재를 알아차리기 전에 자리에서 일어났다. 그런데 산 넘어 산이었다. 화장실로 가던 중에 혼자 술잔을 기울이는 회사 선배를 보고 가슴이 철렁했다.

시라이시 교코, 서른두 살. 평소 나는 영업 사무 일을 하면서 영업부의 에이스인 그녀를 보조하고 있다.

이 술집은 내가 근무하는 광고 회사에서 가깝다. 오늘은 토요일이지만 테이블 위에 노트북이 펼쳐져 있는 걸 보니 이 시간까지 일했던 모양이다.

"꽤 신나 보이던데?"

시라이시 선배는 키보드를 두드리던 손을 멈추고 나를 힐끗 쳐다보았다.

"…휴일에도 일하시고, 고생하셨습니다."

"고생했다는 말은 윗사람이 아랫사람한테 하는 말이야. 이럴 때 윗사람에게는 고맙다고 하면 돼."

아, 짜증 나. 쉬는 날도 그냥 넘어가는 법이 없구나, 이 사람은.

"고맙습니다!"

일부러 거슬리게 대꾸하자 시라이시 선배는 코웃음을

치며 중간 사이즈의 맥주잔을 입으로 가져갔다.

나는 화장실로 가서 화장을 고쳤다.

기분을 전환하고자 크게 심호흡하고 나서 원래 자리로 돌아갔다. 그러나 우려하던 대로 아까 그 파리가 내 어깨에 내려와 앉았다.

도쿄의 집으로 돌아가는 전철 안에서 오늘 미팅하며 겪은 일을 돌이켜 보았다.

사람들이 2차로 노래방에 가자고 했을 때 안 가길 잘한 걸까. 거절했다고 분위기를 못 맞추는 여자라고 생각하지는 않을까. 애당초 나 같은 사람은 있으나 없으나 마찬가지니까 아무도 신경 쓰지 않으려나. 노래방에서 '아까 파리 달라붙은 그 여자, 뭐야!' 하며 웃음거리로 삼지는 않을까. 그럴 거면 차라리 노래방에 따라가는 게 나았을까.

생각이 꼬리에 꼬리를 물었다. 오늘뿐 아니라 매일 이렇다. 집으로 돌아가는 전철 안에서 그날 일어났던 일들을 순서대로 차근차근 되짚어보고, 사람들의 미움을 살 만한 말이나 행동은 한 게 없었는지 하나하나 확인한다.

사실 오늘 나는 미팅에 나가고 싶지 않았다. 그런데 토요일 저녁을 매번 혼자 보내는 내 인생이 객관적으로 초라해 보였다. 그래서 주말 저녁을 여럿이 함께 보냈다는 만족감을 얻고자 그 자리에 갔을 뿐이다.

술집에서 7,000엔이나 썼다. 나의 유일한 취미는 저금이다. 한 푼 두 푼 꾸준히 모은 돈이 1,000만 엔을 넘는 날이 머지않았다. 그런 만큼 이런 무의미한 지출은 속이 쓰리다.

난 대체 뭘 하는 걸까….

차창에 비친, 아무런 개성도 없는 동그란 얼굴이 오늘따라 유난히 처량해 보인다.

전철이 멈춰 서자 내 또래 여자가 유모차를 밀면서 올라탔다. 나는 내년이면 서른 살이다. 요즘은 나이 서른이면 싱글이 흔하다. 알지만 조바심이 난다. 같이 사는 부모님도 빨리 결혼하라고 성화다.

술기운도 한몫했는지 미래에 대한 막연한 불안감이 나를 짓눌렀다. 미팅 자리에 앉아 있자니 죽을 맛이었는데, 혼자가 되고 나니 이 또한 이것대로 괴롭다.

'열 명을 모아서 함께 나 홀로 여행을 떠나고 싶다….'
문득 아사링의 인스타그램에서 본 글이 떠올랐다. 바

닥으로 내려앉은 기분을 끌어 올리려고 스마트폰으로 아사링의 노래 〈방황할지라도 가라앉지 않는다〉를 재생했다.

싱어송라이터, 이치노세 아사리. 나는 대학 때부터 '아사링'이라는 애칭으로 통하던 그녀의 열렬한 팬이다. 팬클럽에도 가입했고 콘서트는 무조건 간다.

아사링은 언제나 기타 반주에 맞춰 노래를 불렀다. 아사링의 곡은 죄다 발라드에 메시지가 짙게 깔려 있다. 나는 아사링의 노래에 몇 번이나 위안을 받았는지 모른다.

8월 5일에는 요코하마 스타디움에서 콘서트가 열린다. 요코하마는 아사링의 고향이고, 그날은 아사링의 서른세 번째 생일이다. 해마다 그날이 되면 그녀의 고향 요코하마에서 열리는 콘서트에서 팬들이 아사링의 생일을 축하한다.

그날까지 두 달 남았다.

아사링의 콘서트는 나를 살게 하는 원동력이다.

주말에 미팅하고 이틀이 지난 월요일.

아침 영업 회의를 하려고 직원들이 하나둘 모여들었다. 주초인 탓에 하나같이 나른한 표정을 짓고 있다.

그러나 한 사람은 달랐다. 시라이시 선배다.

검은색 바지 정장을 입고 씩씩하게 회의실로 들어와 거침없이 정중앙에 자리를 잡고 앉았다.

"잘했어."

그러더니 부하 직원에게 부탁했던 복사물 다발을 받아 들며 거만하게 말을 내뱉는다. 저 선배는 "잘했어"라는 말이 입에 붙었다. 자기 상사에게도 "잘하셨어요"라고 건방지게 말하는 모습을 곧잘 본다.

오늘 회의도 시라이시 선배의 독무대였다.

내가 근무하는 펄스 커뮤니케이션은 직원이라고 60명이 채 되지 않는 광고 회사다. 이곳 요코하마 본사를 거점으로 인터넷 광고를 전문으로 하는 업체인데, 지난달에 시라이시 선배가 옥외 광고로 사업 영역을 확장해야 한다고 제안했다.

"선진국의 성공 사례를 포함해 옥외 광고를 주제로 조사해 봤습니다. 다양한 각도에서 검토한 결과, 시부야를 중심으로 한 도심지 광고가 승부처라고 생각합니다."

시라이시 선배는 두툼한 자료를 나눠주고 나서 프레젠테이션을 시작했다. 이 자리에 참석한 대다수의 표정에 '제발 더는 일거리 늘리지 마'라는 속내가 드러났지만, 빈틈없는 자료와 자신만만한 어조에 압도되어 아무도 입을 열지 못했다.

잠시 후, 사장과 영업부장이 호의적인 말을 내뱉었다. 그 모습을 보더니 입김이 센 사람 앞에서는 굴복하는 게 당연하다는 듯 여러 명이 황급히 고개를 끄덕였다.

"그럼, 마키무라, 너는 어떻게 생각해?"

느닷없이 이름이 불린 나는 눈을 동그랗게 떴다.

"…좋다고 생각합니다."

분위기를 파악해 무난하게 대답했더니 시라이시 선배가 "넌 어째 맨날 똑같구나"라며 미간에 주름이 잡힌 채 말했다.

"때로는 네 의견을 분명히 말하는 게 어때? 이제 너도 벌써 7년 차잖아."

"…."

"정 말하기 뭣하면, 일거리 늘리지 말았으면 좋겠다는 여기 사람들의 속마음을 솔직하게 대변해도 되고."

"…."

사람들의 생각을 훤히 읽어내는 시라이시 선배 앞에서 받아칠 말을 찾지 못했다.

나는 충돌을 싫어하는 평화주의자인지라 주위 사람들

의 안색을 살피고 대세에 따르는 버릇이 몸에 배어 있다. 반대로 조정부라는 스포츠 동아리에 몸담았던 시라이시 선배는 언제 어디서나 자기 주관을 뚜렷하게 밝힌다.

면박을 당하고 머쓱해진 나는 '저 사람, 말이 너무 심하지 않아요?'라는 눈빛을 보내며 사람들의 동의를 구했지만, 다들 시라이시 선배에게 붙는 편이 유리하다고 판단했는지 아무도 나와 눈을 맞추지 않았다.

결국 회의가 끝나고 옥외 광고를 추진하는 쪽으로 결론이 났다.

의기양양하게 회의실을 나서는 시라이시 선배와 다르게 내 기분은 바닥을 쳤다.

다음 날부터 회사는 분주하게 돌아갔다. 나는 시라이시 선배의 업무를 보조하면서 옥외 광고 전화 영업도 담당하게 됐다.

인터넷에서 몇 군데 기업을 골라 전화를 돌렸지만, 상대는 내 얘기에 귀를 기울여주지 않았다.

"됐습니다."

"지금은 필요 없습니다."

전화기 건너편에서 들려오는 건조한 목소리가 귀에 박

했다. 의사소통을 힘들어하는 사람에게 전화 영업은 굉장히 고통스러운 일이다. 연일 시라이시 선배에게 깨지며 수완이 좋은 다른 직원들과의 실력 차이를 뼈저리게 느꼈다.

빨리 아사링 콘서트에 가고 싶다….

오직 그 콘서트만을 기다리며 버티던 어느 날이었다.

그날은 혼자 있고 싶어서 점심시간에 회사 근처 공원을 찾아갔다. 아사링의 인스타그램을 확인하려고 스마트폰을 열었다가 내 시야를 파고든 인터넷 뉴스 헤드라인을 보고 할 말을 잃었다.

'가수 이치노세 아사리 사망. 도쿄 메구로구 자택에서.'

갑자기 온몸의 피가 얼어붙는 듯했다.

손가락이 바들바들 떨리고, 머릿속을 가로지르던 '오늘이 만우절이었으면 좋겠다'라는 희미한 기대가 깨진 순간, 흠칫흠칫 놀라며 화면을 터치했다.

인터넷 기사는 사실을 담담하게 전했다. 글자를 따라 눈동자를 움직일 때마다 무언가가 무너져 내렸다.

아사링이 욕실에서 손목을 그었다고 한다. 아사링은 철두철미하게 곡 작업을 하는 성격인지라 작업이 뜻대로 안 풀리면 속을 태웠다. 전에도 같은 소동을 일으킨 적이 한 번 있다.

아사링이 죽었다….

그 사실이 조용히, 그러나 냉혹하고 무자비하게 나를 덮쳤다.

공원의 나무가 흔들리고 멀리서 어린아이의 웃음소리가 들려왔다. 세상은 그대로인데 내 안의 무언가가 확실히 달라졌다.

"아사링…."

멍하니 하늘을 올려다보았다. 머릿속을 휘감는 아사링과의 추억. 그리고 만남.

나는 데뷔 전부터 이치노세 아사리를 알고 있었다. 정확하게 말하면, 데뷔 직전에 그녀가 길거리에서 공연하는 모습을 본 적이 있다.

대학교 2학년 여름, 그날 아사링이 내게 빛을 선사해 주었다.

그날 나는 난생처음 남자 친구와 헤어졌다.

편의점에서 아르바이트하면서 만난 그와는 1년 넘게 사귀었다. 그런데 어느 날 갑자기 "너랑 같이 있으면 피곤해"라면서 나를 찼다.

그는 섬세한 내 성격이 부담스러웠던 것 같다. 처음 사귀기 시작했을 무렵에는 나의 사소한 고민도 귀담아들어 주었다. 그런데 점점 답장이 늦어지더니 최근에는 아예 답장이 오지 않는 횟수가 늘어났다.

우리가 헤어지기 전부터 그에게는 새 여자 친구가 생긴 눈치였다. 갑자기 서먹서먹하게 굴기에 어렴풋이 예상은 했지만, 막상 사실을 확인하려니 겁이 나서 모르는 체했다.

남자 친구와 헤어진 날, 나는 혼자서 술을 진탕 마셨다. 너무 많이 마신 탓에 원래 내려야 할 역을 지나쳤고, 격렬한 구역질이 밀려와 낯선 역에 내렸다. 화장실을 찾다가 그만 승강장 구석에서 속을 게워 내고 말았다.

역에서 나와 정처 없이 걷다가 육교를 지나던 길이었다. 하필이면 빗방울이 뚝뚝 떨어지기 시작했다. 온몸에 축축한 공기가 끈끈하게 엉겨 붙자, 내가 처한 상황이 더 비참하게 느껴졌다.

술기운이 돌아서인지 엄청난 고독감에 사로잡힌 그때, 힘찬 노랫소리가 내 귓가를 파고들었다. 그 소리를 따라 육교 계단을 내려가자 젊은 여자 하나가 길에서 노래를 부르고 있었다. 우산도 쓰지 않은 채로.

> 낯선 역에서 흘린 눈물이 물방울이 되어
> 세 갈래 길을 만들었어.
> 어느 쪽으로 갈지 망설이는 사이에
> 눈물은 이미 말라버렸지.
> 오른쪽 길은 어두컴컴하고
> 왼쪽 길에서는 취객이 토하고 있었어.
> 유난히 밝은 가운데로 난 길을 걸으며 빌었지.
> 제발 그의 새 여자 친구가 못생겼기를.

애써 꾸미지 않은 진솔한 가사가 지금의 내 기분을 온전히 대변하는 듯해서 가슴에 확 와닿았다.

한마디 한마디에 노래하는 사람의 진심이 담긴 듯했다. 노리고 만든 듯한 강렬한 가사도 그녀의 입을 통해 나오면 다른 의도가 느껴지지 않았다.

빗발이 점점 거세졌다. 구경하던 사람들은 하나둘 떠나고, 어느덧 나만 혼자 남았다.

술기운에 한기까지 더해져 또다시 구역질이 일었다. 내가 그 자리에 웅크리고 앉자마자 그녀는 기타를 땅바닥에 내려놓더니 내 옆으로 왔다.

"전부 토해버려. 이런 데서 게운다고 창피하다는 생각 따위는 집어치우고. 남들 눈은 신경 쓰지 마."

내 약점을 간파하기라도 한 듯 그녀는 내 귓가에 대고 다정하게 속삭였다. 천천히 등을 쓸어주더니 손으로 입가에 묻은 오물까지 닦아주었다.

"…고맙, 습니다."

일어나서 머리를 숙이자, 그녀는 나를 안심시키려는 듯이 미소를 지으며 기타를 거머쥐었다. 그리고 노래를 불렀다. 옆으로 들이치는 비를 맞으며 오직 나에게만 그 노래를 바치는 사람처럼.

"…."

신비로운 그 곡이 끝났을 즈음에는 내 뺨을 타고 흐르는 게 빗물인지 눈물인지 가늠할 수 없었다. 손뼉을 치는 것도 잊고서 마음속의 응어리가 씻겨나가는 듯 계속 울기만 했다.

그 노래에 감동했다기보다는 그 노래가 새삼 일깨워주는 것 같았다. 헤어진 그 사람을 내가 진심으로 사랑했다는 사실을.

노래해 준 그녀에게 뭔가 보답하고 싶었다.

돈을 주기는 뭣하고, 순간적으로 가방에 들어 있던 오하기*를 꺼내 내밀었다. 집에 가서 폭식하려고 사둔 커다란 오하기 두 개였다.

그녀는 수상쩍어하는 기색 없이 고맙다며 오하기를 받아 들더니, 괜찮으면 내 이름을 가르쳐달라고 부탁했다.

"마키무라 미키예요."

"마키무라 미키 씨. 내 노래 들어줘서 고마워."

"아니에요. 진짜 감동했어요. 제가 더 고맙습…."

고맙다는 인사를 끝내기도 전에 위장 안에 남은 것들이 다시 올라왔다. 못 참고 힘없이 무너지자, 이번에도 그녀가 내 등을 살살 문질러주었다.

"…우리, 이 빗속에서 뭐 하는 거지."

묘하게도 그녀가 툭 내뱉은 그 말에 웃음이 터졌다. 내가 먼저 웃자, 그녀도 뺨을 실룩거렸다. 우리는 이따금 서로의 눈을 쳐다보고 깔깔거리면서 숨이 넘어갈 사람들처럼 계속 웃었다.

그 후에 나는 만취 상태로 택시를 타고 집에 돌아왔다. 다음 날 아침, 눈을 떴을 때는 숙취 탓에 전날의 기억은

---

* 팥앙금을 묻혀 동그랗게 만든 떡.

흐릿했지만, 미처 이름도 물어보지 못한 그녀와의 일은 선명하게 떠올랐다.

그로부터 반년이 흘렀다.

음식점에서 우연히 귀에 들어온 노래가 왠지 낯설지 않았다. 그날 길에서 그녀가 부른 노래였다.

그녀의 이름은 이치노세 아사리였다.

아사링이 죽은 뒤로 나는 일이 손에 잡히지 않았다.

그녀의 장례식이 끝난 후에도 매스컴은 연일 아사링의 사망에 대해 상세히 보도했다.

아사링은 매스컴을 꺼렸다. 콘서트와 인스타그램을 통해서만 팬들과 소통했는데, 콘서트에서도 말은 거의 하지 않고 엄격할 정도로 음악에 집중했다.

아사링의 인스타그램은 '열 명을 모아서 함께 나 홀로 여행을 떠나고 싶다'라는 글을 끝으로 더는 업데이트되지 않았다. 마지막 게시글이 유서처럼 보이는 탓도 있어 팬들 사이에서는 온갖 억측이 난무했다.

이제 내가 가장 사랑하던 아티스트, 나의 최애는 이 세상에 없다….

그건 내게 기댈 곳이 없어졌음을 뜻했다. 힐링이 되고

날 위로해 주던 존재를 잃었다는 의미를 넘어 삶의 본질적인 부분을 상실했다는 뜻이다.

최애란 살면서 주춤거릴 때마다 '이럴 때 그 사람이라면 어떻게 했을까?'라고 질문하며 내가 걸어갈 방향을 제시해 주는 존재와도 같다. 오랜 시간 자신을 행복으로 인도하던 존재를 잃게 되면 나약한 사람은 정신적으로 방황할 수밖에 없다.

나도 그중 하나였다.

익숙하지 않은 영업 전화를 돌리느라 기진맥진했다.

"잘하셨습니다."

"잘했네."

"잘했어."

사무실을 이리저리 돌아다니던 시라이시 선배가 평소와 같은 투로 말을 걸었다.

"마키무라. 전화 영업은 어떻게 돼 가?"

"…죄송합니다."

"사과만 하면 다야? 무슨 일이 있었는지는 모르겠지만 업무에 사생활을 끌어들이지는 마."

시라이시 선배에게 정곡을 찔려 찍소리도 하지 못했다.

나는 후배들이 차례차례 일을 따내는 모습을 보며 열등감에 사로잡혔다.

보지도 않으면서 그냥 틀어놓은 텔레비전에는 화면 조정 시간을 알리는 컬러 바가 떠 있었다. 그칠 줄 모르는 삐 소리가 귀에 거슬렸지만 내게는 리모컨을 쥘 힘도 남아 있지 않았다.

마음을 정리하고자 오늘부터 사흘간 휴가를 신청했다. "제가 제일 좋아하던 가수가 죽어서 쉬겠습니다"라는 말은 차마 할 수 없어서 몸이 안 좋다고 둘러댔다. 갑자기 휴가를 내겠다고 하자 시라이시 선배가 언짢아했지만, 나는 죄송하다며 끝까지 휴가를 취소하지는 않았다.

주말까지 포함하면 오늘부터 닷새 동안 연달아 쉰다. 평소에는 휴가 전날 밤늦게까지 깨어 있으면 괜히 뭔가 나쁜 짓을 저지르는 사람처럼 기분이 한껏 들떴다. 가볍게 술을 한 잔 마시고 알딸딸한 기분으로 좋아하는 음악을 들으며 이불 속에서 빈둥거리고 있노라면, 비록 즐거운 일이 하나도 없을지라도 스트레스만 없으면 행복한 인생이라는 생각마저 들었다. 그러나 그런 소소한 삶의 동행이었던 노래를 불러준 사람은 이제 이 세상에 없다.

아사링을 기억하는 의미로 왼손 약지에 반지 하나를 꼈다.

팬들 사이에서는 '아사리 링'이라고 불리는 이 반지를 끼고 그녀의 콘서트에 가는 게 관례처럼 굳어졌다. 팬클럽 회원이 먼저 끼기 시작했는데 나중에 아사링도 그걸 알고 반지를 꼈다.

그러고 나서 '팬과 아사리의 약속'이라는 의미가 생겨났고, 5년쯤 전부터는 아사링이 직접 디자인한 반지를 공식 굿즈로 만들어 인터넷과 콘서트장에서 판매했다.

아사리 링에는 스위치가 달려 있는데 그 스위치를 누르면 빛이 난다. 컴컴한 방 안에서 스위치를 가만히 눌렀다. 은반지에서 크림색 빛이 뿜어져 나왔다.

"아사링…."

지난 콘서트가 머릿속에 어른거리자 아사링이 보고 싶어서 참을 수가 없었다.

그때 무심코 쳐다본 텔레비전 화면 위로 한순간 글자 같은 게 떠올랐다가 사라졌다. 텔레비전 속 컬러 바와 겹치듯 떠 있던 문장. 방금 그게 뭐였는지 궁리할 틈도 없이 그 문장이 한 번 더 나타났다.

'천국에 있는 사랑하는 사람에게 편지를 보내고 싶다

면, 아오조라 우체국으로.'

화면에 뜬 시간은 1초도 되지 않았다. 딱 두 번, 마치 서브리미널 효과*를 노린 듯 극단적으로 짧은 광고였다.

누군가의 장난일지 모른다고 생각하면서도 스마트폰으로 아오조라 우체국을 검색했다.

그 우체국은 가마쿠라에 진짜 있었다. 푸른 하늘과 어우러져 감상적인 분위기를 자아내는 우체국으로 유명한 모양인데, 하는 일만 봐서는 지극히 평범한 우체국이었다. 광고로 본 내용을 눈에 불을 켜고 찾았지만, 천국 편지가 어쩌고 하는 내용은 없었다.

'설마 아니겠지.'

의심하면서도 두근거리는 가슴을 진정시킬 수 없었다.

새벽녘에 짧게 잠이 들었다가 전철을 타고 가마쿠라로 향했다. 회사에서는 그리 멀지 않았지만, 직장인이 되고 나서 가마쿠라에 가는 건 처음이다.

천국에 편지를 보낸다니, 그런 얼토당토않은 말을 곧이곧대로 믿지는 않는다. 그렇지만 확인하고 싶어서 안

---

* 쉽게 인식하기 힘든 무의식적인 자극을 통해 인간의 잠재의식에 영향을 미치는 현상.

달이 났다.

  도심에서 다소 떨어져 있는 탓에 가마쿠라 일대는 시간이 잔잔하고 느긋하게 흐르고 있었다. 좁다란 골목과 비탈길이 많고, 시선이 닿는 곳마다 깔끔하게 손질한 화단과 화초가 눈에 들어와 계절감과 일본 특유의 문화를 맛볼 수 있었다.

  가까운 역에 내려 15분가량 걸었다. 내가 찾던 우체국은 널리 알려진 대불을 등지듯이 자리하고 있었다.

  오렌지색 간판에 '아오조라 우체국'이라고 적힌 자그마한 2층짜리 건물. 저 멀리 유이가하마 해변이 보이고 주변 자연과 하나가 된 듯한 그 광경은 확실히 감상적인 데가 있었다.

  하늘이 빗발을 뿌리기 시작했다. 자동문을 통과해 안으로 들어가자, 평범하기 그지없는 우체국 내부가 보였다. 나는 조금 긴장한 상태로 창구 직원에게 말을 걸었다.

  "저기, 여기서 천국으로 편지를 보낼 수 있다고…."

  그 남자는 내가 미처 말을 다 끝내기도 전에 입술에 손가락을 갖다 대더니 더 이상 말하지 말라는 시늉을 했다.

  "…이쪽으로 오세요."

  남자가 나를 우체국 밖으로 안내했다. 그 남자를 따라

뒷문을 열고 들어가니 2층으로 이어지는 계단이 나왔다. 2층도 1층처럼 창구가 몇 개 있고, 몇몇 사람이 등받이 없는 의자에 앉아 차례를 기다리고 있었다. 창구 안에 있던 직원은 1층에서 근무하는 직원과 달리 파란색 유니폼을 입고 있었다.

"저쪽에서 번호표를 뽑고 기다려주세요."

그렇게 알려주고 걸음을 떼는 남자에게 고맙다고 인사한 다음, 발권기에서 번호표를 뽑았다. 의자에 앉아 내부를 한 바퀴 둘러보니 벽에 영업시간을 알리는 안내문 종이가 붙어 있었다. 월요일부터 금요일은 9시부터 19시까지, 토요일은 오전 영업만 하고 일요일과 공휴일은 쉬는 모양이다.

"어젯밤에 텔레비전을 계속 켜놨더니, 갑자기 이 우체국 광고가 나오더라고요."

가운데 창구에서 한 여자가 흥분한 목소리로 직원에게 말을 쏟아 내고 있었다. 저 사람도 우연히 나와 같은 광고를 봤나 보다.

"처음에는 무슨 장난이겠거니 했는데, 어쩐지 마음에 걸려서 오늘 한번 와봤어요."

나랑 똑같았다. 그 여자는 나고야에서 왔다고 했다.

"대놓고 홍보할 수가 없어서 이런저런 방법으로 슬쩍슬쩍 광고하고 있거든요."

직원의 설명을 듣고 나니 왠지 수긍이 갔다.

얼마 후, 스피커에서 내 번호를 부르는 목소리가 흘러나왔다. 긴장한 얼굴을 한 채 맨 안쪽 창구로 가자, 오리하라라는 이름표를 단, 내 또래로 보이는 여자가 날카로운 눈빛으로 나를 쳐다보았다.

"저어, 천국에 편지를 보낼 수 있다고 해서…."

"연간 소득을 말씀해 주세요."

오리하라 씨는 내 말을 무 자르듯 싹둑 자르더니 종이 한 장을 내밀었다. 그 종이에는 연간 소득, 저축액, 직업 등 개인정보를 적는 칸이 쭉 나와 있었다.

"먼저 이 종이의 빈칸을 전부 채워주세요. 자세한 이야기는 그다음에 하겠습니다."

오리하라 씨는 퉁명스레 말을 내뱉더니 쌀쌀맞게 등을 돌렸다.

나는 기가 막혔지만, 창구 뒤쪽으로 돌아가서 연간 소득 470만 엔, 저축액 920만 엔 등 종이의 빈칸을 채워나갔다. 다시 창구로 돌아가 종이를 건네자, 오리하라 씨는 상사로 보이는 구라키라는 직원과 진지하게 대화를 주고받았다.

"마키무라 님."

5분 정도 지나 오리하라 씨가 내 이름을 불렀다. 창구로 갔더니 오리하라 씨가 굉장히 사무적인 말투로 대꾸했다.

"그럼, 우푯값 102만 엔 부탁드립니다."

"102만 엔이요?!"

너무 큰 금액이어서 얼빠진 목소리가 튀어나왔다. 동시에 이건 거대한 사기일지도 모른다는 의심이 머릿속을 휘감았다.

동요하는 내 모습을 본 오리하라 씨가 입을 열었다.

"저희는 자선 사업을 하는 게 아닙니다. 저는 공무원이고, 국책 사업의 일환으로 천국에 편지를 배달하는 일을 하고 있습니다. 천국까지 편지를 보내려면 막대한 배송비가 듭니다. 그래서 보내는 사람의 수입을 파악하고 낼 수 있는 금액을 계산해서 우푯값을 받고 있습니다. 굳이 설명할 필요도 없겠지만, 거짓말은 절대 통하지 않습니다. 우표를 사려면 통장과 전년도 확정 신고서*를 제출해

---

* 1년 동안의 소득과 지출액을 신고하는 일본의 서류.

야 합니다. 회사원인데 확정 신고서를 제출할 수 없다면, 수입을 증명할 다른 서류를 준비해야 합니다. 또 천국으로 편지 보내는 일에 관해서는 절대로 누설하면 안 됩니다. 계약서에 도장을 찍게 돼 있거든요."

오리하라 씨는 그 외에도 능숙하게 설명을 이어 나갔다. 상대방에게 답장을 받고 싶으면 회신용 봉투를 동봉해야 하므로 추가로 102만 엔을 더 내고 그 봉투에 붙일 우표를 사야 한다는 것, 편지를 보낼 수 있는 기간은 상대방이 죽고 49일이 되는 날까지란 사실 등을 덧붙였다.

나는 머리가 혼란스러웠다. 전부 거짓말이라고 의심하는 한편, 제대로 된 사업이라는 생각도 들었다. 만약에 전부 사실이라 치자. 가능하다면, 아사링에게 답장을 받고 싶다. 그러려면 회신용 우푯값까지 포함해 204만 엔이라는 거금을 준비해야만 한다.

나는 통장에 1,000만 엔이 모이는 날을 고대하고 있었다. 한 푼이라도 더 모으려고 날마다 반값 할인 스티커가 붙은 반찬만 사 먹었다. 내세울 것 하나 없는 인생이지만, 나이에 비해 돈이 많이 모인 통장을 볼 때면 열등감도 옅어졌다.

아무리 내가 아사리의 열성적인 팬이라도 그렇지, 204만 엔은 아무런 망설임 없이 "네, 알겠습니다" 하고 척 내놓을 수 있는 금액이 아니다.

"설명은 여기까지입니다. 우표를 사려면 통장을 비롯해 필요한 서류들을 챙겨서 방문해 주세요. 그리고 봉투에 받으시는 분의 주소는 안 쓰셔도 됩니다. 이름만 써주세요. 그럼, 이만."

오리하라 씨의 담담한 어조와는 반대로 나는 머리가 너무 복잡해서 어떻게 하면 좋을지 판단이 서지 않았다.

우체국을 나와 걸음을 옮기면서 나 자신에게 물었다.
'사랑이 먼저일까, 돈이 먼저일까.'
철학적인 질문을 되풀이해 봐도 답은 나오지 않았다.

그 답을 찾으려고 터벅터벅 걷다가 마침내 육교까지 이르렀다. 나는 그날 아사링을 만났던 장소를 향해 계단을 내려갔다.

남루한 차림새의 두 노인이 육교 계단을 지붕 삼아 술판을 벌이고 있었다. 골판지로 만든 집을 보니 노숙자들인 듯했다.

"그 여자, 참 매력적이네. 허허."

"그렇다니까. 거참, 재밌어."

아직 해도 저물지 않았건만 두 사람은 근심 걱정이 하나도 없는 얼굴로 됫병이나 되는 술병을 기울이고 있었다. 두 사람을 보고 있노라니 돈이란 대체 뭘까, 하는 갈등이 더욱더 깊어졌다.

시야 끄트머리에서는 젊은 여자가 노래를 부르고 있었다. 이 자리에서 아사링이 스카우트됐다는 소문이 퍼지면서 길거리 뮤지션들이 여기로 모여든다고 들었다.

그쳤던 비가 다시 내리기 시작했다. 먹구름이 후드득후드득 굵은 빗방울을 뿌리자, 가수도 청중도 오늘은 여기까지라는 얼굴을 한 채 서둘러 자리를 떴다.

그날, 아사링은 달랐다.

우산도 없이 목청을 높였다.

오로지 음악에만 몰두했다.

왝왝거리며 속을 게워 내는 내 등을 쓸어주었다.

맨손으로 지저분한 내 입가를 닦아주었다.

그리고, 불러주었다.

오직 나만을 위해서, 그 후에 자신의 대표곡이 된 그 곡을….

"그걸 오하기 두 개로 갚을 수는 없지."

비를 맞고 선 내 입에서 무의식적으로 그런 말이 새어 나왔다.

이어서 204만 엔이라는 숫자가 머릿속을 떠다녔다.

아니, 떠올라버렸다.

아직도 희미하게 남은 돈에 대한 집착이 다시금 고개를 들려는 그 순간, 근처에서 술을 마시던 노인 하나가 중얼거렸다. 때가 타고 색이 바랜 셔츠를 입고 술기운에 벌겋게 달아오른 뺨을 느슨하게 풀고서.

"나도 한 번 더 사랑에 빠지고 싶군."

그 말이 이상하리만치 내 가슴을 따스하게 물들였다.

머릿속에서 그 말이 여러 번 메아리치는 사이 웃음이 터져버렸다. 점점 더 우스워져서 입도 가리지 않고 소리 내 웃었다.

가슴속에 쌓였던 묵직한 무언가가 방사형으로 퍼져나가는 듯했다.

나는 다시 육교를 올라가면서 아사링에게 편지를 보내야겠다고 결심했다.

집으로 돌아와 펜을 들었다.

배계

친애하는 이치노세 아사리 씨께

느닷없이 편지를 보내서 죄송합니다.

저는 마키무라 미키라고 합니다.

도쿄에 살고, 나이는 당신보다 세 살 적습니다.

가마쿠라에 천국으로 편지를 보내주는 우체국이 있다는

소식을 듣고 감사 인사를 꼭 하고 싶어서 펜을 들었습니다.

저는 당신의 열렬한 팬입니다. 앨범도 전부 다 갖고 있고,

요코하마에서 열리는 생일 콘서트에도 매년 갔었습니다.

아사리 링은 한정품을 포함하면 일곱 개나 있어요.

칠 줄도 모르면서 당신이 쓰던 기타와 똑같은 것을 샀을

정도로 당신을 좋아합니다.

당신의 노래는 제게 늘 용기를 북돋아 주었습니다.

저는 소심하고, 사소한 일로 끙끙대기도 하며, 자신감도

없습니다. 그렇지만 당신의 노래가 이런 나라도 계속

살아도 된다고 말해주는 것 같아서 듣고 있으면 살아갈

의욕이 샘솟았습니다.

좋아하는 곡이 뭐냐고 묻는다면 너무 많아서 대답하기

힘들어요. 그렇지만 "좋아하는 가사는?"이라는 질문에는

제 삶의 지침이 되어준, 이 가사로 답할 수 있습니다.

'해답은 언제나 과거의 내 안에.'

세 번째 싱글 〈과거와 미래의 경계선〉에 나오는 이 가사는, 제가 머뭇거릴 때마다 제 등을 살포시 떠밀어 줍니다.

당신의 노래에 위로받은 사람은 저 말고도 어마어마하게 많습니다. 팬들을 대표해서 제대로 감사 인사를 전하고 싶습니다. 정말 고맙습니다.

당신이 갑자기 사라져서 인생의 이정표를 잃어버린 저는 솔직히 앞으로 어떻게 살아가야 할지 잘 모르겠습니다. 더 이상 새 글이 올라오지 않는 당신의 인스타그램에는 지금도 수많은 댓글이 달리고 있습니다.

제 마음이 정리되려면 시간이 오래 걸리겠지만, 앞으로도 변함없이 당신을 사랑할 팬이 있다는 사실만은 부디 잊지 말아 주세요.

경구*

PS. 마지막으로, 당신이 떠나고 나서 상황이 어떻게 됐는지 궁금해할 것 같아 인터넷에서 찾은 정보를

---

* 敬具. 삼가 아뢰었다는 뜻으로 편지 끝에 쓰는 말.

바탕으로 간단히 알려드리겠습니다.

당신의 장례식은 사망 이틀 후인 6월 25일에 가까운 친족들만 모여 치렀습니다. 당신이 키우던 고양이 코코아는 매니저가 입양했다고 합니다….

배계와 경구를 쓰는 방법도 제대로 모르면서 두서없이 써 내려갔다.

성격이 적극적이지 못해서 지금까지 팬레터를 보낸 적은 없다. 인스타그램도 보기만 하고 댓글은 한 번도 달지 않았다. 유명해지기 전부터 알았다고 어필하는 사람은 좋아하지 않아서 데뷔하기 전에 길에서 아사링을 만났다는 사실은 밝히지 않았다. 어쩐지 후진 느낌도 들고.

이튿날 다시 아오조라 우체국을 찾아갔다. 전날 들은 대로 통장 등을 오리하라 씨에게 건넨 다음 절차를 밟았다. 우푯값은 스마트폰으로 결제했다.

"여기, 회신용까지 포함해서 합계 204만 엔 치 우표입니다."

고무 트레이 위에 100만 엔이라고 찍힌 우표 두 장과 1만 엔이라고 찍힌 우표 네 장이 놓였다. 100만 엔짜리와 1만 엔짜리 우표에는 각각 낮과 밤의 아오조라 우체국이 그려져 있었다. 거기 적힌 금액은 엄청나지만, 우표 자체는 아주 평범했다.

만약을 대비해 큼지막한 누런색 봉투에 넣은 편지지 세 장과 회신용 봉투를 한 번 더 확인하고 오리하라 씨가 건네준 스펀지로 우표 뒷면을 문질러 풀칠했다. 우표를 붙인 봉투를 트레이 위에 올리자, 오리하라 씨의 안색이 변했다.

"직접 우체통에 넣으세요."

싸늘하게 한마디 하더니 우체통의 위치가 그려진 지도를 쓱 내밀었다. 오리하라 씨는 내게 흥미를 잃었다는 듯이 등을 홱 돌리더니, 원래 엄격한 성격인지 몰라도 말을 걸어온 젊은 직원에게 "너도 이제 자립 좀 해"라며 야단을 쳤다.

나는 우체국을 나왔다. 지도를 따라 서쪽으로 걸어가자, 국도를 따라 주르르 심어놓은 노목이 시야에 들어왔다. 우체통은 그 숲속에 있는 모양이었다.

둥실둥실 떠가는 기분으로 걸음을 옮기며 습기를 머금은 낙엽 냄새가 떠도는 숲속으로 들어갔다. 뭔가 이상한 낌새가 느껴져서 주위를 둘러보니 오렌지색 눈동자를 한 올빼미가 굵은 가지 위에서 나를 내려다보고 있었다.

다소 음침하긴 해도 분위기는 그럴싸했다.

엷은 햇살이 비치는 방향으로 눈길을 보내자, 나무 뒤에서 푸릇푸릇한 풀이 바람에 흔들리고 있었다. 그쪽으로 가서 보니 이곳과 어울리지 않게 푸른빛이 도는 잔디밭이 펼쳐져 있었다.

잔디밭 한복판쯤에 원통 모양의 우체통이 덩그러니 서 있었다. 우체통은 짙은 파란색 페인트가 군데군데 벗겨져 있었고, 투입구 밑에는 '특수 우편'이라는 글자가 적혀 있었다.

아사링에게 무사히 도착하기를.

나는 약지에 낀 아사리 링을 지그시 바라보며 기도하는 마음으로 편지를 넣었다.

그로부터 나흘이 지났다.

닷새 동안의 휴가가 끝난 월요일, 우울한 얼굴로 현관을 나서다가 대문 옆 우체통에 든 누런색 봉투를 발견했다. 이른 아침에 우편물이 배달되기도 하나. 설마, 하며 봉투를 확인해 보니 뒷면 왼쪽 아래에 '이치노세 아사리'라는 글자가 쓰여 있었다.

좋아하는 사람에게 고백힐 때처럼 심장이 벌렁거렸다.

회신용 봉투를 보낸다고 무조건 답장이 오지는 않는다. 아닐 거라는 의심과 간절한 기대를 억누르지 못한 나는 통근 전철에 오르자마자 편지 봉투를 열었다. 글씨가 쓰인 편지지가 접혀 있었다.

 나는 마른침을 꿀꺽 삼켰다. 손잡이를 단단히 붙들고 서서, 손으로 쓴 글씨를 짚으며 읽어 내려갔다.

마키무라 미키에게
편지 보내줘서 고마워. 나, 이치노세 아사리야.
오래전부터 응원해 준 팬인 것 같은데, 진짜 고마워.
갑자기 죽어서 걱정 끼친 것도 미안해. 지금은 죽을 만큼
후회하고 있어. 이미 죽었지만. (웃음)
새 앨범을 녹음하면서 이런저런 일이 있었는데 솔직히
충동적으로 손목을 그었을 뿐, 진짜로 죽으려던 건
아니었어. 나는 일상에서도, 곡 작업도 완벽을 추구하는
성격이어서 난관에 부딪히면 금방 멘털이 나가거든.
그나저나 잊어버리기 전에 미리 인사부터 할게.
우리 코코아가 어떻게 지내는지 알려줘서 고마워.
줄곧 마음에 걸렸는데 이제 안심했어.

매니저라면 코코아를 행복하게 해줄 거야.

그런 이야기는 이쯤 하고, 천국에 편지를 보내주는 우체국이 있는 건 처음 알았어. 우표를 보니까 엄청난 금액을 지불한 것 같던데. 아직 어린데 이렇게 돈을 막 쓰면 어떡해!

아무리 최애라도 돈을 막 갖다 바치면 안 돼! (웃음)

그건 그렇고, 편지에 쓴 글을 보니까

넌 참 섬세한 사람인 것 같아.

실은 나도 너랑 비슷한 성격이야. (웃음)

그래서 네 마음을 잘 알지.

그렇지만.

살아도 돼.

살아도 되고말고.

내게 보낸 편지에 '이런 나라도 계속 살아도 된다고 말해주는 것 같았다'라고 썼던데, 그런 생각은 절대로 하지 마. 세상에는 뇌물을 받아먹는 정치인도 있고 자기 부모를 죽이는 자식도 있어. 그런 사람들도 사는 마당에, 올바르게 살아가는 네가 살아도 될지 말지 고민할 필요가 뭐가 있겠어?

네가 알았으면 좋겠어.

엄청난 돈을 내면서까지 좋아하는 사람에게 편지를

보낸다. 그 사실만으로 이미 넌 다정하고 심지가 곧은 사람이라는걸. 이상.

한 글자 한 글자 눈으로 훑을 때마다 손끝이 떨리고 숨이 막혀왔다. 한 번, 두 번, 세 번, 몇 번이고 편지를 다시 읽는 동안 이성을 되찾은 내 시야가 부옇게 번졌다.

아사링은 새 앨범을 발표할 때마다 팬에게 보내는 자필 메시지를 남겼다. 이 편지의 손 글씨와 앨범에 적힌 메시지의 필체를 확인하니 놀랍도록 똑같았다. 게다가 편지는 '이상'이라는 말로 끝이 났다. 아사링은 인스타그램에 글을 쓸 때도 매번 '이상'이라는 말로 끝을 맺었다.

무엇보다 팬의 마음을 헤아리고자 애쓰는 인간미 넘치는 문장들….

나는 확신했다. 이 편지는 아사링이 쓴 게 틀림없다고.

전철에서 내린 뒤에도 흥분이 가라앉지 않았다. 월요일, 심지어 갑작스러운 휴가로 동료들에게 폐를 끼치고 나서 처음으로 출근하는 날이다. 발걸음이 무거울 만한 상황이지만, 걱정보다 흥분이 더 커서 출근이 덜 부담스럽게 느껴졌다.

하지만 그건 한순간이었다.

"안녕하세요."

미안해하며 내 자리에 가서 앉자, 근처에 있던 여자 동료가 힐끔힐끔 곁눈질했다. 나를 쳐다보는 눈이 꼭 이렇게 말하는 것 같았다.

'당신한테 직접 불만을 표출해서 나쁜 사람이 되기는 싫으니까 나 대신 다른 사람이 뭐라고 한마디 해주면 좋겠어. 그렇지만 아무도 대놓고 뭐라 하지 않을 걸 아니까 최소한 불쾌감이라도 느끼게 해주기 위해 짜증과 멸시가 담긴 눈빛을 보내야겠어.'

나를 향해 냉소적인 엷은 미소를 건네던 동료가 사무실 문을 쾅 닫고 나갔다. 눈빛만으로는 만족스럽지 않았나 보다. 사물을 상대로 감정을 드러냄으로써 자기 기분을 내게 똑똑히 전해주려는 걸까. 어쩌면 이렇게 의미 없이 상대의 감정을 추측하려는 섬세한 노력이 쌓이고 쌓여 정신이 병드는 게 아닐까.

"잘했어."

사무실 구석에서 복사를 끝낸 시라이시 선배가 걸어오고 있었다. 전화로 광고를 따낸 신입사원을 칭찬했다. 이 신입사원은 입사한 지 3개월밖에 안 됐다.

반면 입사 7년 차인 나는 아직 옥외 광고를 한 건도 수주하지 못했다.

바로 옆까지 온 시라이시 선배를 보고 벌떡 일어났다.

"죄송합니다. 시라이시 선배님. 갑자기 쉬느라 폐를 끼쳤습니다."

"이미 지난 일이니까 그건 됐고. 오늘부터 만회하면 돼. 자, 7월 첫 번째 월요 회의 시작합니다! 시부야 스크램블 교차로의 간판 광고는 누가 계약해 줄 거지?"

시라이시 선배의 기세에 눌려 잔뜩 움츠러든 채로 자리에 앉았다. 스마트폰을 확인하니 문자가 들어와 있었다. 사토코가 또 미팅하러 가자고 보낸 문자였다. 조심스럽게 거절했지만, 지난번 미팅이 생각나 괜히 기분이 울적해졌다.

현실을 마주하고 나니 전신을 휘감던 들뜬 마음이 썰물처럼 스르르 빠져나갔다.

"오리하라 씨, 오늘 창구 영업시간 아직 안 끝났죠?"

나는 우체국 문이 닫히기 직전에 아오조라 우체국 안으로 뛰어 들어갔다.

오늘 아침에 열린 월요 회의에서 옥외 광고를 한 건도

수주하지 못한 사람이 나밖에 없다는 사실을 알았다. 월급 도둑이 된 양 풀이 죽어 그 뒤로 열심히 전화를 돌렸다. 하지만 상대가 조금이라도 떨떠름한 반응을 보이면 소심한 성격이 고개를 쳐드는 바람에 더 이상 밀어붙이지 못했다.

나는 아사링에게 상의하고 싶었다. 49일 동안 천국에 머물 수 있다고 했으니, 시간은 넉넉하다. 점심시간에 미리 편지를 써 뒀다가 퇴근 시간이 되자마자 택시를 잡아타고 우체국까지 왔다.

회신용 봉투에 붙일 우푯값까지 포함해서 204만 엔을 스마트폰으로 결제했다. 금전 감각이 마비됐는지 지난번만큼 거부감이 크지는 않았다.

나는 우표를 받아 봉투에 붙였다. 잘 부탁합니다, 인사하며 봉투를 내밀었더니 오리하라 씨는 오늘도 "직접 넣으세요"라고 매정하게 말했다.

배계

이치노세 아사리 씨, 안녕하세요. 마키무라 미키입니다.

또 편지 보내서 죄송해요. 민폐인 걸 알면서도 당신에게 상의하고 싶은 일이 있어서 한 번 더 펜을 들었습니다.

제멋대로인 저를 용서해 주세요.

먼저, 지난번에는 답장을 보내주셔서 감사합니다.

따뜻한 편지를 받고 감동했어요.

사실 요즘 저는 회사 일로 고민이 많습니다.

솔직히 말하면, 요즘이 아니라 오래전부터 계속 고민해 온 문제인데요, 일에서 재미를 찾을 수가 없습니다.

저는 요령이 있는 편이 아닙니다. 대학을 졸업하고 쭉 같은 광고 회사에서 일하고 있는데요, 입사 초기부터 다른 사람은 한 달이면 해내는 일도 저는 반년이나 걸렸습니다. 사무가 중심 업무인지라 객관적으로 보더라도 그다지 어려운 일은 아닌데, 그런데도 저는 실수가 잦습니다.

얼마 전부터는 전화 영업을 맡게 됐는데요. 저는 모르는 사람에게 전화 거는 게 힘듭니다. 수완이 좋아서 광고를 척척 따내는 신입사원도 있는데, 저는 선배면서도 성과를 내지 못해 늘 열등감에 시달립니다.

사생활에서도 좋은 일이 하나도 없습니다.

내년이면 서른인데 아직 남자 친구도 없어요. 남자 친구가 있는 사람을 부러워하다가도 막상 남자 친구가 생기면 귀찮다는 생각도 들고, 이렇게 이기적인 제가 인간적으로 미성숙한 것 같아 견딜 수가 없습니다. 예전부터 결혼을 간절히 원하면서도 적극적으로 사람을 만나지 못하는 건 마음에 드는 사람에게 차이면 어떡하지, 마음이 약해서 싫은 사람에게 싫다고 제대로 거절하지 못하면 어떡하지, 이런저런 걱정거리 때문에 한 걸음도 내딛지 못하고….

지난번처럼 단숨에 편지를 써 내려갔다.
편지 후반은 제멋대로에 부정적인 사고로 가득했다. 내가 다시 읽어봐도 읽기 싫을 정도였다.
여전히 전화 영업에서는 성과가 없고 초조함만 쌓여 갔다. 그런 와중에 아사링이 보낸 편지가 우리 집 우편함에 도착했다. 저번처럼 내가 편지를 보내고 나흘이 지난 날이었다.

마키무라 미키에게
안녕. 이치노세 아사리야.
'또 비싼 우표를 붙여서 편지를 보냈구나' 하면서 봤더니, 뭐야, 이번에는 고민 상담이야? (웃음)
그래도 기뻐. 이미 세상을 떠난 나 같은 사람을 의지해 주는

사람이 있다는 사실이 순수하게 기쁘고, 응원해 주는 팬에게
내가 힘이 돼줄 수 있어서 괜히 뿌듯해. 고마워.

먼저, 내가 보낸 따뜻한 편지를 보고 감동했다고 했는데,
난 널 격려하려고 그런 말을 한 건 아니야. 진심으로 네가
다정하고 심지가 곧은 사람이라는 생각이 들어서 그렇게 쓴
거야. 그건 오해하지 않았으면 좋겠어.

음, 일 말이지? 밥벌이는 원래 재미가 없어. (웃음)
가끔 '일이 취미예요'라면서 큰소리치는 사람이 있는데, 그건
분명 거짓말이야. 일할 때와 이불 속에서 뒹굴 때를 비교해
봐. 어떻게 일이 더 즐거울 수가 있겠어?

적어도 나는 이해가 안 돼.

애당초 난 일에서 재미를 찾으려는 것부터 잘못됐다고 봐.
팬을 실망시킬까 봐 걱정되지만, 난 노래를 만들면서
재미있다고 느낀 적은 한 번도 없어. 노래를 만드는 건 죽을
만큼 힘들어. 물론 뭔가를 창작하는 건 좋아. 하지만 피를
토해내는 듯한 노력과 고뇌에 비하면 원하는 걸 표현하는
데서 오는 만족감은 새 발의 피나 다름없거든.

그래도 나는 계속했어.

최선을 다해본 사람만 볼 수 있는 광경을 보고 싶었거든.
내 경우에는 고뇌 끝에 만들어낸 노래를 콘서트에서

라이브로 부르고 관객들의 박수를 받을 때가 그랬어.

나는 그 광경을 보고 싶어서 휴일도 반납하고 일하면서 욕구를 채웠어. 그 광경을 보려고 열심히 노력했다는 말이 더 맞겠다.

일의 목적이 돈이 되면 허무해. 돈은 어디까지나 결과일 뿐, 돈을 위해 일하면 살아가는 의미를 잃게 돼.

이건 절대 빈말이 아니야, 진짜 확신할 수 있어.

아무튼 일을 하다 보면 불합리한 순간도 자주 맞닥뜨리게 돼. 나 같은 가수도 납득이 안 가는 일이 많았는데, 하물며 직장인은 하루하루가 불합리한 일의 연속이겠지.

그러니까, 납득이 안 가는 일이 일어났을 때는 이렇게 생각해 봐.

부당한 상황을 참아낸 대가가 월급이라고.

그렇게라도 생각하지 않으면 사회생활은 못 해 먹어.

참, 열등감 얘기도 했었지? 나도 너처럼 둘째가라면 서러울 정도로 열등감으로 똘똘 뭉쳐 있었어. (웃음)

나는 다리도 굵고, 머리카락도 곱슬머리고, 원래부터 별로 예쁘지도 않고, 실력 면에서도 나보다 뛰어난 가수는 널리고 널렸어.

그렇다 보니 제대로 된 조언을 건넬 형편은 못 되지만, 내가 그랬듯이 너도 열등감을 느끼게 하는 대상 자체를 부정하지 말고 그대로 받아들이면 어떨까?

후배가 너보다 일을 더 잘한다고 쳐. '단순히 그런 사실이 존재할 뿐'이잖아. 물론 네가 사장 자리를 노린다면 이런 속 편한 소리는 하면 안 되겠지만. 그게 아니라면, 너보다 뛰어난 사람이 있고 그 사람이 우연히 네 후배일 뿐, 그 사실이 네 일에는 아무런 영향도 주지 않아.

연애도 마찬가지야. 너보다 예쁜 애가 있고 그 애에게 멋진 남자 친구가 생겼더라도 공기처럼 그 사실이 존재할 뿐, 네 인생에는 영향을 끼치지 않잖아.

열등감을 느끼는 건 성격이니까 어쩔 수 없더라도 사실을 있는 그대로 인정하고 필요 이상으로 괴로워하지만 않으면 된다는 말씀. 하긴, 말로 하기는 쉬워도 실천은 어렵지? 잘난 척했지만 나도 아직 열등감 덩어리야. (웃음)

결혼 시장에도 무리하게 뛰어들 필요는 없다고 생각해. 그렇게 안 보이겠지만 실은 나도 빨리 가정을 꾸리고 싶었어. 그렇지만 억지로 상대를 찾아야겠다는 생각은 한 번도 안 해봤어. '서른에는 결혼해야지', '서른다섯까지는 애를 낳아야지' 같은 생각도 안 해도 돼. 너무 외로우면 고양이라도 키우면 되고.

어쨌든 말만 번지르르하게 잘하는 남자는 조심해.

세상에는 비겁한 수단을 써서라도 위로 올라가려는 한심한 남자도 있으니까. 이상.

나는 시간을 들여 편지를 꼼꼼하게 읽었다.

아사링만의 독특한 시선과 본질을 꿰뚫는 듯한 조언 등에 그녀가 자아내던 가사의 세계관이 오롯이 드러나 있었다. 여러 번 편지를 읽는 동안 마음에 걸려 있던 빗장이 서서히 풀리는 듯한 느낌에 휩싸였다.

일반적으로 인기 가수는 강인함의 상징이자 선망의 대상이며 팬은 자신에게 없는 무언가에 매료되어 열광하는 경우가 많다. 그러나 아사링은 노래에서도, 인스타그램에서도 자신의 나약함을 감추지 않았다. 나는 그녀의 그런 모습에 끌렸다.

아사링과 편지를 주고받는 일이 더없이 즐거웠다. 집요하다는 걸 알면서 또다시 펜을 거머쥐었다. 아오조라 우체국에서 우표 204만 엔 치를 사고 인생 최대의 고민을 털어놓기로 했다.

배계

이치노세 아사리 씨, 안녕하세요.

이제 거의 스토커 수준의 마키무라 미키입니다. (웃음)

몇 번이나 편지를 보내서 정말 죄송해요. 민폐인 걸 알지만 꼭 상담하고 싶은 일이 있어서 이렇게 펜을 들었습니다.

제게는 어릴 때부터 고민이 하나 있는데요,

그건 시시때때로 남의 눈치를 본다는 거예요.

저는 옛날부터 단체 활동이 싫었어요. 피구 시합 때도 혹시 내가 실수해서 우리 팀에 누가 되면 어쩌나,

날아오는 공보다 팀원의 안색을 살피는 아이였습니다.

승패는 둘째치고, 팀원들의 눈총을 받지 않고 경기를

끝냈다는 사실에 가슴을 쓸어내렸습니다.

친구와 여행을 갔을 때도 그래요. '난 야경을 보러 가고 싶지만, 얘는 호텔로 돌아가고 싶을지도 몰라', '내가 창가 쪽 침대를 썼다고 속으로 원망하지는 않을까' 하며 안색을 살피느라 마음이 편하지 않습니다. 끝에 가서는

'얘는 나 같은 애랑 여행 와서 즐겁기는 할까' 의심하면서 괜히 여행 왔다고 후회하게 됩니다.

이런 일은 회사에서도 자주 있어서….

초여름의 밝은 햇살을 받으며 휴일을 맞이해 시부야를 걷고 있다.

어제 토요일은 저녁까지 내리 잠만 잤다. 귀한 휴일을 망친 것 같아 어제 본 손해까지 만회하려고 외출했지만 신나는 일은 하나도 없다. 도심의 카페에 들어가 꽤 비싼 음료수를 주문하고 어중간한 우월감에 젖는 게 고작이었다.

오늘도 역 앞의 교차로는 많은 인파로 들끓었다. 고개를 들어 올려다본 빌딩 모서리에서 우리 회사 이름이 적힌 광고 구역을 발견하고는 눈을 부릅떴다. 시라이시 선배가 전력을 기울이는 역 앞 간판 광고다. 어째서 쉬는 날도 일 생각을 해야 하는 거냐고.

왔다 갔다 하는 사람이 적은 길을 찾아 발걸음을 옮겼더니 쇼윈도에 걸린 화려한 원피스가 내 시선을 사로잡았다.

오늘 나는 검은색 바탕에 자잘한 꽃무늬가 들어간 원피스를 입었다. 이번 생일에 엄마에게 선물 받은 옷인데, 예순이 넘은 엄마가 고른 거다 보니 살짝 촌스럽다. 나처럼 수수한 사람이 입으면 아줌마처럼 보이지 않을지 불안하다.

쇼윈도를 들여다보고 있노라니 가게 안에 들어가서 화

려한 원피스를 직접 확인하고 싶어졌다. 그렇지만 성격상 고급 매장에는 쉽사리 발을 들이지 못한다. 나 같은 사람이 들어가도 될지 긴장될 뿐 아니라 점원이 말을 걸었을 때 제대로 대처할 자신이 없어서다.

그런데 가게 안을 살펴보니 손님으로 북적북적했다. 점원에게 붙잡힐 공산도 별로 없을 것 같고 캐주얼하게 입은 손님도 간간이 눈에 띄었다.

큰마음 먹고 가게 안에 들어가 옷감을 만져보는 시늉을 하며 가격표를 확인하고 있었더니 체구가 작은 여자 점원이 내 옆으로 다가왔다.

"어떤 옷을 찾으세요?"

망했다. 구매 권유라면 그나마 낫지만, 커뮤니케이션을 하는데 취약한 내가 구체적으로 질문하는 점원을 상대하기란 너무나 벅찬 노릇이다.

"아뇨…."

"원피스 찾으세요?"

"…아뇨, 그냥."

아니나 다를까 횡설수설했다.

"이 시기가 되면 하나 갖고 싶어지죠, 원피스."

"그렇죠."

"얼마 전에 방송에도 소개됐어요, 이 마린블루 원피스."

여자 점원이 익숙한 말투로 원피스를 펼쳐서 보여주었다. 블루가 아니라 굳이 마린블루라고 말할 때부터 만만치 않겠다 싶었다.

불편한 티를 내면서 점원에게서 떨어졌지만, 그녀는 카바디* 선수를 능가하는 반사 신경을 자랑하며 간격을 좁혀 왔다. 내 콤플렉스를 자극하는 듯한 "이 원피스는 어깨가 좁아 보이는 디자인이에요"라는 말에 발끈한 나는, 그렇게 마음에 들면 당신이나 사 입으라고 톡 쏘아주고 싶었다.

"한 번 입어 보시겠어요?"

점원이 일사천리로 일을 진행해 나갔다.

"…아뇨, 그게."

"탈의실은 이쪽이니까 입어 보세요! 색상은 마린블루면 될까요?"

이대로 무시하고 밖으로 나가 버릴 수도 있지만 마음이 약한 나는 그러지 못한다. 원피스 가격이 19,800엔인 건 아까 가격표를 보고 확인했다. 속으로 너무 비싸다고

---

* 남아시아에서 즐겨 하는 팀 스포츠로, 피구와 술래잡기와 격투기 등이 혼합되어 있다.

중얼거리면서도 차마 거절하지 못해 원피스를 갈아입었다. 그랬더니 점원이 탈의실 커튼을 걷으며 "어쩜, 너무 잘 어울려요!" 하면서 장삿속이 훤히 보이는 박수를 퍼부었다.

결국 그 화려한 원피스를 살 수밖에 없었다. '인터넷에서 사면 훨씬 싸겠지' 생각하면서 계산대로 걸어갔다. 제발 아까 본 그 금액이 세금을 포함한 가격이길 속으로 빌었지만, 포스기에 찍힌 가격은 2만 엔이 넘었다.

"괜찮으시면 이번에 저희 가게 포인트 카드도 만들어드릴까요?"

"…네, 만들어주세요."

필요 없지만 입술이 제멋대로 움직였다.

옷을 손에 들고 밖으로 나와 온몸으로 탄식했다. 또 남의 눈치를 보고 말았다. 필요 없다고 확실히 말해야 했는데, 주눅이 들어 그럴 수 없었다.

전화로 영업할 때도 마찬가지다. 상대의 안색을 상상하면서 원성을 듣거나 빈축을 사지 않도록 조심하다 보니 소극적으로 대응하게 된다.

괜한 돈을 썼다고 후회하면서 회사로 걸음을 돌렸다.

좀 전에 가게에서 계산할 때 봤더니 가방 안에 지갑이 없었다. 매번 스마트폰으로 결제하다 보니 어제와 오늘은 지갑을 한 번도 꺼내지 않았다.

금요일에 탕비실에 놔둘 간식을 사면서 현금을 썼으니, 지갑은 분명 사무실 책상에 있을 것이다. 내일 출근해서 확인하면 되지만 1초라도 빨리 마음의 안정을 찾고 싶어서 가만히 있을 수가 없었다.

이것도 나의 나쁜 버릇이다. 만약에 어디서 지갑을 떨어뜨렸고 누가 내 카드를 이용했으면 어쩌지, 그런 망상이 끝없이 부풀어 올라 살아 숨 쉬는 느낌이 들지 않는다. 걱정이 많은 성격인지라 안 좋은 일이 발생하면 언제나 최악의 상황을 상상하게 된다.

사무실에 도착해 잰걸음으로 내 자리까지 걸어갔다. 지갑은 책상 서랍 안에 있었다. 후유, 하며 가슴을 쓸어내렸다.

그때, 사무실 안쪽에서 무슨 소리가 들렸다. 발소리를 죽이고 가까이 다가가 파티션 너머를 슬며시 들여다보니 시라이시 선배였다.

근로 방식을 개혁해야 한다고 부르짖는 요즘 같은 시대에 일요일에 출근하는 사람이 있다니. 심지어 벌써 오후 5시가 지난 시각이었다.

시라이시 선배가 휴일에 누군가와 만나 논다거나 퇴근하고 나서 동료와 한잔하러 가는 모습은 본 적이 없다. 매일 밤늦게까지 일만 한다.

테이블 위에 놓인 노트북에서 손을 뗀 시라이시 선배는 두 손으로 턱을 괸 채 침울한 표정을 짓고 있었다. 선배도 이럴 때가 있구나.

그렇지만 선배는 금세 나를 알아보고는 표정을 가다듬었다.

"내가 부탁한 서류 작업은 끝났어?"

시라이시 선배는 인사도 없이 키보드를 경쾌하게 두드리기 시작했다.

"내일 할게요. 오늘은 회사에 놓고 간 게 있어서 가지러 왔거든요."

"알았어. 서둘러 줘."

그대로 돌아가려다가 걸음을 멈추고 불쑥 물었다.

"휴일까지 일하면 안 힘들어요?"

"그럴 시간 있으면 일이나 더 하겠어."

"…저는 선배처럼은 못 해요."

나는 고개를 살짝 숙이고 나서 사무실을 빠져나왔다.

집으로 가는 전철에 몸을 맡긴 채 오늘 하루를 돌아보았다.

원피스는 왜 산 거야. 가격표를 보고 비싸다 싶으면 바로 나왔어야지. 그나저나 밋밋하게 생긴 내가 이 마린블루 원피스를 입으면 너무 요란해 보일 것 같은데. 별로 예쁘지도 않은 여자가 예뻐 보이려고 발버둥 치는 것처럼 보이지는 않을까. 그러면 지금이라도 반품하러 갈까. 그렇지만 그 점원이 싫어하겠지. 포인트 카드도 반납해야 하는데, 언짢은 눈빛으로 쳐다보면 내 정신 상태가 제대로 버틸 수 있을까.

애초에 오늘 시부야에 가지 말걸. 침대 위에서 과자나 먹으면서 빈둥거렸으면 이런 성가신 일은 안 겪어도 됐잖아.

평소처럼 별별 상상을 다 하다가 문득 깨달았다. 사실 나는 오늘 시부야에 가고 싶지 않았다. 주말 이틀 내내 저녁까지 잠만 자면 내 신세가 너무 청승맞다는 생각이 들어 일요일은 시부야에서 보냈다는 만족감을 맛보려고 나갔을 뿐이다.

차창에 비친, 엄마에게 선물 받은 꽃무늬 원피스가 유난히 더 촌스러워 보였다.

난 대체 뭘 하는 걸까….

지난달에 미팅하러 갔을 때 그렇게 넌더리를 냈으면서 또 똑같은 실수를 저지르고 말았다.

전철에서 내리고 나서도 심한 자책감에 시달렸다. 가슴에 쌓인 울분을 토해내고 싶은 기분으로 집에 오니 우편함에 편지가 한 통 꽂혀 있었다.

아사링이 보낸 편지였다.

나는 마음이 급해 그 자리에서 봉투를 뜯었다.

'이게 마지막 편지가 될 거야….'

편지의 첫머리를 본 순간, 움찔 놀라 땀이 버적버적 솟았다.

지금까지 받았던 편지와는 분위기가 전혀 다른 문장을 읽어 내려가는 사이, 가슴속에서 뜨거운 덩어리 같은 것이 솟구쳤다.

후끈거리는 전철에서 내리자, 콘서트 티셔츠를 입은 이들이 개찰구를 뒤덮었다. 매년 봐 왔던 열기와 흥분이 뒤섞인 그 광경을 또다시 내 눈으로 목격하자 올해도 왔구나, 하며 자못 감개무량했다.

어둑어둑 땅거미가 깔리고 있다. 태양이 비스듬히 기울었는데도 더위는 누그러질 기색이 없다. 어디를 가도 빌딩가를 둘러싼 습기가 끈적하게 엉겨 붙었다.

국도에서 빠져나오자 보이기 시작했다.

점점 가까워졌다. 아사링의 성지가.

그렇다, 요코하마 스타디움이다….

목에 걸고 있던 수건으로 이마에 맺힌 땀을 훔치며 머릿속에 그려보았다.

앞만 보고 달려온 지난 3주 동안의 일을.

"뭐라고? 자네, 지금 무슨 소릴 하는 건가."

내가 터무니없는 억지를 부린다고 생각하는지 영업부장의 입가에 조소가 걸렸다.

아사링에게서 마지막 편지가 온 다음 날, 나는 월요 회의에서 제안했다.

어젯밤 집에서 단숨에 작성한 기획서를 손에 든 채, 시부야 스크램블 교차로의 간판에 다음과 같은 광고를 내고 싶다고.

'이치노세 아사리의 노래에 한 번이라도 위로받은 사

람은 8월 5일 22시 56분에 하늘을 향해 아사리 링을 치켜들자!'

나는 덧붙여 말했다. 2주 동안 진행할 간판 광고 비용 300만 엔은 내가 부담하겠다고.

8월 5일은 아사링의 생일이다.

아사링이 살아 있었더라면 요코하마 스타디움에서 생일을 축하하는 날이기도 하다.

8월 5일이면, 아사링은 아직 천국에 있다. 아사링이 태어난 그날 그 시각에 아사링에게 전국에 있는 팬들의 마음을 전하고 싶다.

"애당초 게시 심사 통과가 안 될 거야, 이런 광고는."

나는 버럭버럭하는 영업부장에게 "아마 괜찮을 거예요"라고 대답하며 어젯밤에 작성한 자료를 복사해서 사람들에게 돌렸다.

"이 자료를 봐주세요. 미풍양속에 어긋나지도 않고, 시부야는 아니지만 비슷한 광고를 승인해 준 사례도 여러 번 있습니다."

"…쯧, 답답한 소리 그만하고. 이런 건 됐으니까 전화 영업에서 성과를 보여줘 봐, 마키무라. 시라이시도 알아듣게 한마디 해."

"아뇨, 저는 재미있을 것 같은데요? 부장님."

시라이시 선배는 그렇게 말하고 나서 자료 너머로 내 눈을 쓱 쳐다보았다.

"시라이시!"

"직원이 신청한 광고라도 회사의 매출에는 똑같이 도움이 되잖아요. 대신, 마키무라, 몇 가지 확인하고 싶은데. 진짜 네가 돈을 낼 거야?"

"제가 낼 거예요."

나는 힘주어 말했다.

비싼 우표를 사 버릇해서 금전 감각이 마비됐는지도 모르겠다. 저금 따위는 알 바 아니다. 전 재산을 바쳐서라도 이 일을 완수하고 싶다.

"알았어. 그러려면 일단 소속사의 허가를 받아야 하는데. 그건 어떻게 하려고?"

"어떻게든 해결해 볼게요. 제가 소속사와 담판을 짓겠습니다."

"쉬운 일이 아니야."

"제가 해결할게요. 반드시."

내가 열의를 보이자 시라이시 선배가 평가하는 듯한 눈빛으로 내 얼굴을 지그시 바라보다가 "알았어" 하며 턱을 살짝 당겼다.

"시라이시!"

"제가 서포트하겠습니다, 부장님. 사장님께도 제가 직접 보고하고, 물론 책임도 제가 지겠습니다. 부장님도 그 광고 자리만 차면 더 이상 바랄 게 없으시잖아요."

"…그야, 그렇긴 하지만."

"마키무라, 괜찮으니까 한번 해봐. 간판에 사진이 없으면 눈에 안 띄니까, 그 문제를 포함해서 소속사와 얘기를 해봐야 할 거야. 내가 그 회사에 아는 사람이 있으니까, 그쪽이랑 약속은 잡아둘게. 넌 오늘 중에 기획서를 확실하게 정리해. 광고 표시 규제 문제도 있으니 그것도 오늘 중으로 알아보고. 시간 없으니까 당장 시작해."

"알겠습니다."

나는 자리로 돌아와 곧바로 작업을 시작했다.

그로부터 사흘 후, 나는 시라이시 선배와 함께 아사링의 소속사 사무실을 방문했다. 시라이시 선배의 지시에 따라 처음부터 끝까지 내가 프레젠테이션을 맡았다. 선배가 나를 시험하는 걸까.

그 자리에 아사링의 매니저도 참석했다. 야마무라라는

여성인데 아사링이 키우던 고양이를 입양했다.

전례가 없던 일인지라 소속사 측은 난색을 보였다. 그러나 나는 물러서지 않았다.

"이치노세 아사리가 없었다면 오늘 저는 여기 없습니다. 어쩌면 벌써 죽었을지도 모릅니다. 제게는 그만큼 크나큰 존재입니다. 저와 한마음인 팬클럽 회원이 15만 명이나 있습니다. 상업성만 추구하고 자기 음악에 긍지가 없는 가수는 열렬한 지지를 받지 못합니다. 데뷔하고 9년 4개월, 아사링이 완성한 43곡에는 그녀의 자긍심이 담겨 있습니다. 아사링이 만든 모든 노래의 가사는 팬들의 청춘, 인생과 함께하면서 많은 사람을 살렸습니다. 저도 아사링에게 커다란 위로를 받았습니다. 당연하지만, 광고비는 일절 신경 쓰지 않으셔도 됩니다. 저는 아사링에게 그 이상으로 많은 것을 받았습니다. 저는 아사링이 이 세상에 태어난 날을, 팬들과 함께 마지막으로 축하해 주고 싶습니다. 제발 광고를 허락해 주시고, 간판에 사진도 사용할 수 있게 도와주세요. 부탁드립니다. 부탁드립니다! 꼭 좀 부탁드립니다!"

나는 일어서서 머리를 조아렸다.

내 옆에서 시라이시 선배도 허리를 굽혔다.

"알겠습니다. 검토해 보도록 하죠."

소속사 측은 그렇게 말하고 자리를 떠났다.

다음 날 저녁, 회사에 아사링의 소속사에서 전화가 걸려 왔다. 나를 바꿔 달라고 한 사람은 매니저인 야마무라 씨였다.

"어제는 저희 사무실까지 찾아와주셔서 감사합니다."

적당히 인사를 나누고 나서 야마무라 씨가 본론을 꺼냈다.

"결론부터 말씀드리면, 간판 광고를 해도 된다는 허가가 내려왔습니다. 윗분들은 전례가 없는 일을 늘 못마땅해하는데, 당신 이야기를 했더니 허락해 주셨습니다."

나는 속으로 승리의 포즈를 취했고, 야마무라 씨는 말을 이어 나갔다.

"우리는 당신의 열정에 졌습니다. 어제 당신이 그랬죠. 상업성만 추구하고 자기 음악에 긍지가 없는 가수는 열렬한 지지를 받지 못한다고. 사실 이치노세 아사리를 길거리에서 스카우트한 건 바로 접니다. 데뷔 당시 저는 그 애를 스타로 만들고 싶어서 좀 더 밝은 멜로디와 가사로 바꾸어 보라고 조언했지만, 그 애는 고개를 가로젓기만 했어요. 자기는 평생 기타 하나만 들고 노래할 거라고. 결과적으로 그 신념 덕에 성공을 거두었지만, 저는 제가 그 애의 첫 번째 팬이었다는 사실을 잊고 있었어요. 그걸 어제 당신이 일깨워줬습니다."

"…."

"그리고요, 8월 5일 금요일에 요코하마 스타디움에서 고별 행사를 개최할 예정입니다. 팬들을 불러 모아 과거 콘서트 영상을 상영할 겁니다."

"앗."

"입장권은 무료예요. 윗선에서는 유료로 하자고 했지만, 제가 반대했어요. 이것도 당신 덕분에 가능했습니다. 마지막으로 이치노세 아사리를 지지해 준 팬들에게 아사리를 대신해서 은혜를 갚고 싶습니다. 그러니까, 간판 광고와 관련해서는 전부 당신에게 일임하겠습니다. 이왕 하는 거 화려하게 만들어주면 더 좋고요. 책임은 전부 매니저인 제가 지겠습니다."

야마무라 씨의 말에 가슴이 벅차올랐다. 동시에 내가 짊어진 무게가 너무 막중해서 몸이 부르르 떨렸다.

그날부터 나는 바쁘게 움직였다.

광고주인 내가 직접 간판 디자인을 조율하고 간판 제

작비로 300만 엔을 내고 간단한 광고 게재 심사까지 통과하고서야 시부야에 간판을 설치할 수 있었다. 게재 심사가 시간을 잡아먹는 바람에 실제로 광고를 낸 기간은 일주일이 조금 넘을 뿐이었지만 아사링의 소속사가 주도해서 SNS에 정보를 퍼뜨려 줬다.

SNS에서 이 광고가 화제를 불러일으킨 덕에 시부야의 옥외 광고가 비어 있었다는 사실이 알려지자, 기업에서 광고를 신청하기 시작했다.

일련의 노력을 인정받아 내가 그 일을 담당하게 됐다.

파란색과 흰색으로 물든 요코하마 스타디움 경기장이 내 시선을 붙잡았다.

예년과 다름없이 수많은 팬이 이곳을 에워쌌다. 스쳐 지나가는 이들은 예외 없이 약지에 아사리 링을 끼고 있었다. 내가 보낸 메시지를 받아준 그들에게 강렬한 동지애를 느꼈다. 콘서트장 일대에 땀 냄새가 가득했고, 평소에는 불쾌했던 그 냄새마저 어쩐지 애틋하기만 했다.

오후 7시부터 입장이니까 아직 40분 남았다. 나는 아사링의 소속사를 통해 입장권을 미리 받았다.

뒤에서 "마키무라!" 하고 부르는 목소리가 출입구로 향하던 내 발걸음을 붙잡았다.

뒤를 돌아본 나는 눈을 동그랗게 떴다. 경악했다, 아니, 전율했다는 말이 더 맞을 것이다.

시라이시 선배가 나와 똑같은 콘서트 티셔츠를 입고 서 있는 게 아닌가.

선배는 양손에 아사리 링을 끼고 있었다. 목에는 콘서트 기념 수건까지 두르고서.

"여긴 웬일이에요?"

"웬일은 뭐가 웬일이야. 나도 너랑 막상막하의 아사링 팬이거든. 요코하마 콘서트는 첫해부터 한 번도 안 빠뜨리고 다 왔었어. 혹시 당일에 나눠주는 입장권이 남아 있나 싶어서 오늘은 일찍 퇴근하고 온 거고."

전에 시라이시 선배는 아사링의 소속사에 아는 사람이 있다고 했었다. 광고 업계에 발이 넓은 선배가 아사링의 팬이라면 소속사에 아는 사람이 있어도 이상하지 않다.

"왜 팬이라고 말 안 했어요?"

내가 수상쩍게 물어보자 시라이시 선배는 "내 이미지랑 안 맞으니까 그렇지" 대꾸하며 눈은 부드럽게 휘어졌다.

"아사링은 서툴고 요령이 없잖아. 아사링이 표현하는 나약함이 낯설지 않았어. 나의 약점을 전부 간파당한 느낌이었어."

"…선배는 강한 사람이잖아요."

"뭐래. 나만큼 요령이 없는 사람이 어딨다고. 사람들 앞에서는 능수능란한 척 연기한 거뿐이야. 연애를 포함해 인생을 즐기지 못하는 현실에서 도망치려고 일에 매달리면서 나 자신을 속이는 거지. 내 인생은 잘못되지 않았다, 그렇게 나 자신을 달래려고 발버둥 치는 거야. 인정하기 싫지만 그게 진짜 나야."

"…."

예전에 사무실에서 봤던 시라이시 선배의 침울한 표정이 되살아났다. 동시에 이런 생각도 들었다. '시라이시 선배도 나와 같은 인간이구나'라고.

"선배는 자신을 사랑하세요?"

내가 물었다.

"어려운 질문이네. …그렇지만, 사랑하고 싶어."

"…."

상쾌한 바람이 내 가슴을 훑고 지나갔다. 조금 늦게 조용한 기쁨이 샘솟기 시작했다.

당일 입장권 배부는 이미 끝났다. 나는 입장권을 받지 못한 시라이시 선배에게 "저 대신 보고 오세요" 하며 내 입장권을 내밀었다.

"말도 안 돼."

"괜찮으니까 다녀오세요. 제가 간판 광고를 내고 싶다고 했을 때, 윗분들을 설득해 주신 빚을 아직 제대로 못 갚았잖아요."

나는 선배의 손에 입장권을 쥐어주었다.

그러자 시라이시 선배는 크게 콧숨을 내쉬고 나서 "알았어. 그러면 내가 이 입장권을 150만 엔에 살게"라고 진지한 얼굴로 말했다.

나는 곧장 그 말뜻을 이해했다. 시라이시 선배는 간판 광고비의 절반을 자기가 부담하려는 것이다.

"괜찮아요, 돈은."

"됐으니까 받아."

"괜찮아요."

"받으래도. 이건 선배의 명령이야."

"…"

한 걸음도 물러서지 않는 시라이시 선배에게 내가 졌다. 마지못해 선배의 호의를 받아들이기로 했다.

"그럼."

나는 고개를 살짝 숙인 다음 걸음을 뗐다.

그러자 시라이시 선배가 "아, 맞다. 깜빡했어" 하며 나를 불러 세우더니 야무진 표정으로 덧붙였다.

"잘했어, 마키무라."

가나가와에 밤이 찾아왔고, 나는 남쪽으로 무작정 걸었다. 이미 사방은 짙은 어둠에 갇혀 있었다. 한여름 밤은 편안하고, 개방적이고, 그러면서도 어쩐지 신비로웠다. 이성과 윤리관이 희미해지고 왠지 위험한 일에 휩쓸리고 싶어지면서 정상 궤도에서 벗어나도 될 것 같은 기분이랄까. 여름은 나이를 아무리 많이 먹더라도 상식 바깥의 세상에 발을 들이고 싶게 만드는 계절이다.

어쩌면 나도 여름의 마력에 이끌렸는지도 모른다.

어렴풋이 그런 느낌을 받으며 어깨에 걸친 슬링백에서 누런 봉투를 꺼냈다.

편지를 받고 나서, 접힌 이 세 장의 편지를 몇 번이나 다시 읽었다.

아사링에게 받은 마지막 편지.

아사링은 마지막으로 내게 전해주었다.

가르쳐주었다.

그리고 일깨워주었다.

나라는 사람이 어떻게 살아야 할지를.

✉〰

마키무라 미키에게
또 편지 보내줘서 고마워.
이게 마지막 편지가 될 거야.
더 이상 돈 낭비하게 할 수는 없으니까.
네 고민 말인데, 넌 근본적으로 나와 성격이 비슷한 것 같아.
난 예전부터 친구와 함께 있을 때도 고독을 느꼈거든.
내게 없는 것을 그 자리에 있던 누군가가 갖고 있거나
악의는 없을지라도 결과적으로 상대방이 내 콤플렉스를
건드리거나 하면 불현듯 마음이 불편해졌어. 조금 떨어진
신사에서 불꽃놀이를 바라보는 것처럼 소외감을 느낀달까,
그럴 거면 처음부터 혼자 신사에 가 있는 편이 낫겠다는
생각에 일부러 사람들과 엮이지 않는 길을 선택하고는 했어.
그런 연약함 때문에 다른 사람들보다 가수 데뷔도 늦어졌고.
소심하다, 걸핏하면 끙끙댄다, 열등감을 느낀다,
남의 눈치를 본다….
이런 약점들이 복합적으로 작용해서 고독을 느낀다고
생각하기 쉽지만, 실은 더 근본적인 원인이 있어.

고독을 느끼는 것도 그렇고.

사는 게 재미가 없는 것도 그래.

마음이 답답한 건 전부 '자신을 사랑하지 못해서'야.

자신을 사랑하지 못하는 게 모든 문제의 원흉이었어.

바꿀 수 없는 자신의 약점을 받아들이고 자신을 사랑하면

달을 바라보는 시선도 달라져. 설사 외톨이라고 할지라도.

반대로 자신을 사랑하지 못하면 샴페인을 한 손에 들고

캐비어를 볼이 미어지도록 입에 넣고 달을 바라보더라도

그 달은 탁하게만 보이지 않을까?

사람의 마음속에는 언제나 자기 자신이 존재하고, 그 존재가

삶의 이정표가 되어 때로는 격려하고 등을 떠밀어주기도

해. 의지할 수 있는 최고의 아군은 마음속 자기 자신이기에,

자신을 사랑한다는 건 마음속 자신을 신뢰하면서 하나가 된

상태라고 생각해. 자신을 사랑하는 사람은 물리적으로 혼자

있어도 내면적으로는 혼자가 아니야.

너라면, 분명 자신을 사랑할 수 있을 거야.

넌 일이 재미없어 죽겠다고 하면서도 꾸준히 한 회사에

다니잖아. 힘들다고 하소연하면서도 매일 출근한다는 건

네가 성실한 사람이라는 뜻이야.

— '해답은 언제나 과거의 내 안에.'

과거와 미래의 경계선에서 서성일 때면 네가 지나온 과거를 믿으면 돼.

현재는 과거를 이겨냈다는 증표잖아.

괴롭다는 건 과거에 즐거운 한때를 보냈다는 증거이기도 하고.

나는 이 세상을 살아가도 된다는 일종의 허가증이 필요해서 노래를 만들고 죽어라 발버둥 쳤어.

그렇지만 나는 마지막 순간까지 나 자신을 사랑하지 못했어.

그러니까, 너는 꼭 너 자신을 사랑했으면 좋겠어.

언젠가 너의 최애가 너 자신이 되기를 기도할게.

사람은 방황할지라도 가라앉지 않아.

끝으로, 인생을 찬양하는 싱어송라이터였던 내가

스스로 목숨을 끊었다는 사실에

이루 말할 수 없는 수치심을 느끼며.

이치노세 아사리

이 편지를 읽으면 영원히 사라지지 않을 듯한 들뜸 같은 것이 온몸을 휘감는다.

아사링의 말이 맞다.

삶의 가치는 무엇을 했다거나 몇 사람과 함께 보냈는

지로 정해지지 않는다. 자신을 사랑하지 못하는 사람이 재미를 느끼기란 불가능하다.

휴일을 혼자 보내건, 종일 내리 잠만 자면서 무의미하게 보내건, 그런 자신을 긍정적으로 받아들이기만 한다면 최고의 휴일이 될 수 있다.

혼자여도 괜찮고, 자다 깨기를 되풀이해도 괜찮다. 모든 악은 자신을 사랑하지 못하는 자기혐오에서 온다.

전에 육교 밑에서 술판을 벌이던 꾀죄죄한 노인이 생각났다. 빙그레 웃으며 한 번 더 사랑에 빠지고 싶다고 했던 그 노인은 아마도 자신을 사랑할 것이다. 나보다 그 사람이 더 인생을 재미있게 살지 않을까.

지쳐서 묵직해졌던 두 다리에 활기가 차올랐다.

나는 걸었다. 걸음을 내디딜 때마다 발바닥이 땅에 온전히 닿는 듯했다.

뭔가에 이끌리듯이 계속 걷다 보니 어느새 가마쿠라까지 왔다. 가로등 불빛이 어둠을 밝히는 가운데, 낯익은 우체국이 시야 끝에 걸렸다.

스마트폰 화면을 보니 22시 53분이었다. 앞으로 3분 후면 아사링이 태어난 시각이다. 멈춰 서서 숨을 고르고 나자 뜨거운 무언가가 끓어올랐다.

　아사링은 마지막 편지에 'PS'를 덧붙였다.

　거기에는 내게 보내는 감사 인사와 함께 이렇게 적혀 있었다.

✉︎≈

PS. 인생의 마지막 순간에 너와 얘기할 수 있어서 좋았어.

태어나줘서 고마워, 마키무라 미키.

참, 깜빡할 뻔했다.

언제였더라, 그날 오하기도 고마웠어. 진짜 맛있었어. 이상.

　아사링과 역 앞에서 만났던 그날, 헤어지기 전에 아사링이 내 이름을 물었다.

　아사링은 나를 기억하고 있었다.

　비가 세차게 쏟아졌던 그날의 일을.

　둘이 마주 보고 소리 높여 웃었던 순간을….

　그때 내가 선 대각선 맞은편에 있던 가정집 2층에 불이 켜졌다. 누가 창문으로 팔을 내밀었다.

　시야 가장자리에서 크림색 불빛이 점멸했다. 아사링의 고향 가나가와에는 그녀의 팬이 많다. 요코하마 스타디움에 들어가지 못한 아사링의 팬이 콘서트 티셔츠를 입고 하늘을 향해 아사리 링을 치켜올렸다.

전 국민을 상대로 이 일을 벌인 사람은 다름 아닌 나였다. 그런 내가 자랑스럽다.

눈물이 볼을 타고 흘러내렸다.

닷새 후면 아사링이 천국을 떠난다.

아사링, 보고 있어요? 우리 모두의 반지를.

태어나 줘서 고마워.

그건 내가 하고 싶은 말이에요, 아사링.

나는 전 재산을 바쳐서라도 당신이 태어난 날을 축하해 주고 싶었어요.

그게 바로 최애를 향한 팬의 자부심이거든요.

밤하늘을 올려다보고 있자 아사링의 노래를 부르고 싶다는 충동에 휩싸였다.

노래 제목은 〈 〉(괄호).

폭우가 내리던 그날 역 앞에서 아사링이 나를 위해 불러 줬던 곡이다.

아사링은 자기 노래에 관해 길게 설명하지 않았지만, 팬들은 〈 〉를 이렇게 해석했다. 이 곡의 제목은 네가 직접 붙이라는 뜻이라고.

나는 자신을 비하하고 주위 사람들의 눈치만 보면서 살아왔다. 평생 투명 인간처럼 살아온 내 삶에 언젠가 만족스러운 제목을 붙이고 싶다.

눈앞에 있는 육교를 올라갔다. 육교 위에 멈춰 서서 아오조라 우체국을 등지고 〈 〉를 불렀다.

어디선가 날아온 반딧불이 한 마리가 은은한 빛을 뿜으며 가까이 다가왔다.

갈 곳을 잃은 영혼처럼 이리저리 헤매다가 이윽고 내 왼손의 아사리 링 위에 내려앉았다.

"오리하라 씨, 여러모로 고마웠습니다."

그다음 주에 나는 아오조라 우체국을 찾아갔다. 오리하라 씨에게 감사 인사를 하고 일련의 과정을 보고했다.

"아아. 당신이었군요, 팬들에게 아사리 링을 치켜들자고 호소한 사람이."

오리하라 씨의 눈이 초승달처럼 구부러졌다.

"실은 저도 이치노세 아사리의 열렬한 팬이거든요. 저도 그날 집에서 아사리 링을 번쩍 치켜들고 있었어요."

뜻밖이었다. 시니컬한 사람인 줄 알았는데 아사링 이야기가 나온 순간 말수가 많아졌다.

나는 이번 일을 통해 광고가 얼마나 멋진 일인지 실감했다. 지금까지는 영업부 내에서도 지원 업무만 했었는데, 앞으로는 시라이시 선배 밑에서 본격적으로 영업 일을 배우게 됐다.

"그런데, 그 원피스 정말 예뻐요. 진짜 잘 어울려요."

오리하라 씨가 예쁘다고 칭찬한 이 원피스는 지난달 시부야에서 거절하지 못해 억지로 사게 된 화려한 원피스다.

다음 주 오봉 휴가* 때는 이 원피스를 입고 나고야로 여행을 간다. 시라이시 선배와 아사링의 매니저 야마무라 씨, 그리고 아사링의 팬 일곱 명과 함께.

현지에서 만나 각자 가고 싶은 곳을 방문한 다음, 밤에 다시 모여 다 같이 밥을 먹는다. 숙박하는 곳도 전부 제각각이다.

이름하여 '열 명이 모여서 함께하는 나 홀로 여행'.

이 여행은 내가 계획했다.

지난번 요코하마 스타디움 행사에서 아사링의 마지막 앨범이 발표된다는 소식이 전해졌다. 이미 녹음을 끝낸

---

* 한국의 추석과 비슷한 일본의 명절.

여섯 곡이 수록된 미니 앨범인데 연말에 발매될 예정이라고 한다. 나는 벌써 그날을 손꼽아 기다리고 있다.

"아, 그렇지. 괜찮으면, 이거 드릴게요."

오리하라 씨가 바지 주머니를 더듬거리더니 뭔가를 꺼냈다. 불상을 본떠 만든 자그마한 봉제 인형인데, 뒤집어 보니 등에 '굿 럭!'이라는 글씨가 수 놓여 있었다.

"이 인형을 갖고 있으면 행복해진대요. 당신도 나중에 행복해졌으면 좋겠다 싶은 사람을 만나게 되면 그 사람에게 주세요. 선의는 널리 퍼뜨려야 하니까요."

인형을 쥐고 생각했다. 아사링이 내게 그랬듯이, 다음에는 내가 누군가에게 선의를 베풀어야 할 차례라고.

오리하라 씨에게 인사하고 우체국을 나섰다.

비싼 우표를 사느라 900만 엔이 넘었던 저축액은 이제 300만 엔도 남지 않았다.

그렇지만 나는 손에 넣었다.

그렇다.

자기애라는 최고의 무기를.

두 번째 편지

친구에게

"알바! 이봐요, 거기, 알바!"

알바라는 말을 강조하며 오가사와라 씨가 성큼성큼 다가왔다.

"그쪽은 행사장 아르바이트 처음이야?"

조롱하는 듯한 말투로 그녀는 바로 코앞까지 얼굴을 들이밀었다. 오가사와라 씨는 이벤트 회사 직원인데 내가 맡은 구역 일대의 책임자다.

"전에도 해봤어요. 콘서트 스태프 일은 처음 하는 일이지만요."

"다른 행사랑 라이브 콘서트는 달라. 내가 왜 화내는지 알겠어?"

오가사와라 씨가 객석의 의자 간격이 너무 좁다고 덧붙여 말했다.

"오늘 아침에 의자를 촘촘하게 놓으라고 하셔서 이렇게 했는데요."

"이렇게 다닥다닥 붙이라고는 안 했는데?"

"…"

"오늘이 전날 리허설이니까 망정이지, 콘서트 당일이었으면 그냥은 못 넘어갔어."

"…알겠습니다. 다시 하겠습니다."

"지금 당장 다시 해. 어휴, 알바가 이렇지, 뭐. 아, 안녕하세요!"

치켜 올라갔던 오가사와라 씨의 눈이 갑자기 너구리 눈처럼 축 처졌다. 가수 이치노세 아사리가 플로어석에 나타났다.

"안녕하세요. 이번 11월 콘서트도 잘 부탁드립니다."

오가사와라 씨와는 딴판으로 이치노세 아사리 씨는 사근사근하게 대했다. 나 같은 아르바이트생에게도 정중하게 인사를 건넸다.

"알바들은 얼른 저기 있는 도시락 먹고 와! 쉬는 시간은 20분이니까 빨리빨리 움직여!"

이치노세 아사리 씨가 떠나자마자 오가사와라 씨는 태도를 180도 바꾸었다. 오늘 아침부터 쭉 이런 식이다. 윗

사람에게는 굽신굽신하면서 아르바이트생에게는 트집을 못 잡아서 안달이다.

한숨을 푹푹 내쉬며 무대 뒤로 걸어갔다. 캐노피 천막 안에 네모난 도시락이 산더미처럼 쌓여 있었다.

도시락을 우물거리며 스마트폰을 꺼내 기업에서 보내준 설문지에 답을 해나갔다. 관혼상제에 관한 설문 조사인데 대충 쓰기만 해도 한 달에 1만 엔 정도의 수입이 들어온다.

스마트폰 화면을 쳐다보고 있노라니 반투명한 광고가 떠올랐다.

'천국에 있는 사랑하는 사람에게 편지를 보내고 싶다면, 아오조라 우체국으로.'

뭐야, 사기 광고? 이런 광고에 낚이는 사람도 있나.

나는 광고를 닫고 페트병에 든 차를 죽 들이켰다. 새우튀김을 입에 욱여넣고 뜯어져 있던 상자에서 페트병을 새로 꺼낸 순간, 오가사와라 씨가 내 옆에 와서 섰다.

"이봐요, 알바. 지금, 뭐 먹는 거야?"

"예?"

어리둥절한 얼굴로 쳐다봤더니 오가사와라 씨가 도끼눈을 뜨고 설명했다.

오가사와라 씨는 업무 내용에 따라 등급이 다른 도시락을 준비한다고 했다. 다시 말해, 내가 지금 먹던 도시락은 기술 스태프를 위해 준비한 한 등급 위의 도시락인 셈이었다.

"아니, 좀 전에 손가락으로 가리키면서 저기 있는 도시락이라고 하셨잖아요."

실제로 나뿐 아니라 다른 아르바이트생들도 그 도시락을 먹고 있었다. 텐트 안을 한 바퀴 둘러보니 안쪽에 이것보다 좀 작은 도시락이 쌓여 있었다. 아마도 그게 우리 먹으라고 준비한 도시락일 테지만 아까 오가사와라 씨는 텐트 입구에 있는 도시락을 가리키며 말했었다.

"딱 보면 몰라?"

"딱 보고 어떻게 알아요!"

내가 받아치자, 오가사와라 씨의 낯빛이 창백해졌다. "하여튼 이 도시락 먹은 사람들은 아르바이트비에서 도시락값 차액만큼 뺄 거니까 그렇게들 알아"라며 우리를 째려보았다.

"허튼소리 그만해요!"

울분이 쌓인 탓에 목소리가 커졌다. 그렇지만 오가사와라 씨는 "내가 못 살아, 차도 두 병이나 마시질 않나" 하며 일부러 들으라는 듯이 한숨을 크게 내쉬었다. 거기다가 제대로 사과하지 않으면 우리가 소속된 인력 파견 회사에 연락해서 클레임을 걸겠다고 으박까지 질렀다.

오늘 아침에 차는 마음껏 마셔도 된다고 한 건 다른 누구도 아닌 오가사와라 씨였다.

나는 몸에서 열이 날 정도로 오장육부가 부글거렸다. 그러나 끓어오르던 분노는 단숨에 식었다. 교대하듯이 찾아온 공포에 온몸이 쪼그라들었다.

내가 무서운 건 오가사와라 씨가 아니다.

이런 부당한 대접을 받고도 아무 말도 하지 않는 다른 아르바이트생들이었다. 그들을 보며 나는 한기를 느꼈다. 하나같이 다 타버린 숯 같은 눈빛을 하고 있다.

이 콘서트 아르바이트는 4일간 이어지고 시급도 1,060엔으로 꽤 짭짤한 편이다. 돈을 벌기 위해서라면 어떤 부당한 일도 참는다. 문제를 일으켜 파견 회사에서 잘리면 곤란하다. 그런 비열한 속마음을 증명하듯이 다들 "죄송합니다, 잘못했습니다" 하며 오가사와라 씨에게 머리를 숙였다. 그중에는 오가사와라 씨보다 나이가 많아 보이는 사람도 있었다.

슬프게도 나 역시 이들과 다르지 않았다.

분노가 가라앉자마자 콘서트 마지막 날까지 내가 받을 수 있는 아르바이트비를 정확하게 계산해 봤다. 분노와 돈을 저울질한 결과, 감정적인 대처보다 살아남아야겠다는 의지 쪽으로 눈금이 확 기울었다.

그렇지만 손톱만큼 남아 있던 자존심이 머리를 숙이도록 내버려두지 않았다. 분해서 꽉 움켜쥔 내 주먹에는 돈을 거머쥐었을 때의 느낌이 언제까지고 달라붙어 있었다.

몇 년이나 정사원을 꿈꾸었는지 모른다.

내가 다섯 살이 되던 해에 부모님이 이혼했다. 그 후로 엄마와 같이 살았는데, 고등학교 2학년 때 새로 생긴 남자를 따라 엄마가 집을 나가버렸다. 부득이하게 고등학교를 중퇴했을 때부터 시작되었다. 기나긴 알바 생활이.

나고 자란 네리마를 떠난 나는 일자리를 찾아 이리저리 떠돌며 살았다. 파견 사원이나 비정규직으로 채용된 적은 몇 번 있지만 끝내 정사원이 되지는 못했다.

인력 부족에 시달리는 요즘 세상도 중졸에게는 엄격했다. 부모님에게 의지하고 싶어도 어디서 뭘 하고 사는지 알아낼 길이 없었다.

서른 살이 되면서 요코하마로 이사했다. 새로 들어간

파견 회사는 제법 쏠쏠한 아르바이트 자리를 자주 소개해 주었다.

그러나 그것도 이제 끝이다.

도시락 건으로 유일하게 사과하지 않은 나를 오가사와라 씨는 눈엣가시로 여겼다.

콘서트 아르바이트가 끝난 다음 날, 파견 회사에서 연락이 왔다. 이 회사는 오가사와라 씨네 회사와 밀접한 관계였다. 내 말은 귀담아듣지도 않으면서 일이 커질까 봐 겁이 나는지 해고라는 말은 입에 올리지 않았지만 말끝마다 내가 그만뒀으면 좋겠다는 뉘앙스를 풍겼다.

이대로 들러붙어 있어봤자 괜찮은 일자리를 소개받기는 글렀다.

고민 끝에 내 발로 관두기로 했다.

12월의 칼바람이 얇은 점퍼를 뚫고 들어왔다. 바람에 셔츠가 펄럭일 때마다 냉기가 들러붙고 손발이 꽁꽁 얼어붙었다.

나는 월세가 밀려 요코하마의 연립주택에서 쫓겨났다. 새 일자리도 구하지 못해 그저께부터 쫄쫄 굶었다.

길거리의 대형 모니터에서 뉴스가 나오고 있었다. 경제

산업성 장관과 마이무 그룹 사장 사와무라 잇페이가 기자들 앞에서 우주 개발 사업의 진행 상황을 발표했다.

사와무라 잇페이의 총자산은 3,000억 엔을 넘는다고 들었다. 나와의 간극이 너무 커서 눈물이 날 지경이었다.

"오키 씨, 찾았잖습니까."

돌연 선글라스를 낀 남자가 검은색 외제 차에서 내렸다. 동네 사채업자 구니무라 씨다.

나는 요코하마의 여러 사채업체에서 120만 엔을 빌렸다. 아르바이트를 잘린 탓에 지난달부터는 한 푼도 갚지 못했다.

"내가 여기 있는 걸 잘도 알아내셨네요."

"사채업자의 정보망을 우습게 보다가는 오키 씨, 큰코다칩니다."

구니무라 씨는 실실 웃음을 흘리며 금색 오일 라이터를 꺼내 궐련에 불을 붙였다.

나는 "땡전 한 푼 없습니다"라면서 빈 지갑을 꺼내 보여주었다. 그러자 구니무라 씨는 담배를 꼬나문 채로 내 오른 발목을 획 잡고서 운동화를 벗겼다. 너덜너덜한 운동화 안에서 꼬깃꼬깃한 5,000엔짜리 한 장이 나왔다.

나는 파친코 가게에 갈 생각이었다. 긴급 상황에 대비

해 항상 신발 안에 5,000엔짜리 한 장을 넣어두는 버릇이 있다.

"여기 있잖습니까, 오키 씨."

구니무라 씨는 선글라스 다리를 쓱 올리며 뻔뻔하게 웃었다. 손에 쥔 5,000엔짜리 지폐 한 장을 가슴 부근에 달린 주머니에 넣더니 즉석에서 쓴 영수증을 내 쪽으로 내던졌다.

"뭐, 당신도 이래저래 힘들 테니 오늘은 이쯤 하죠. 다음에 다시 오겠습니다. 어디로 도망가든 끝까지 찾아냅니다."

구니무라 씨는 내 어깨를 툭툭 두드리고 나서 외제 차를 타고 사라졌다.

가로등 불빛에 의지해 요코하마의 거리를 정처 없이 걸어 다녔다. 한참 걷다 보니 공기가 이질적으로 확 변했다. 어두침침한 골목 안쪽에 오래된 연립주택과 싸구려 여인숙이 늘어서 있었다. 외벽이 여기저기 벗겨지고 콘크리트 벽 사이로 잡초가 얼굴을 내밀고 있었다.

일용직 노동자와 노숙자의 모습도 보였다. 모닥불이 피워져 있고, 질 낮은 술과 담배며 그 밖에도 여러 가지가 뒤엉킨 듯한 불쾌한 냄새가 코를 찔렀다.

배에서 꼬르륵 소리가 났다. 허기와 추위 때문에 더는 걸을 수가 없어서 공원 벤치에 몸을 맡겼다.

"괜찮나?"

누가 내 얼굴을 들여다보았다. 놀라서 벌떡 일어나자, 키 큰 초로의 남자가 미소를 내비쳤다. "괜찮으면, 이거 들게" 하며 김이 모락모락 피어오르는 스티로폼 그릇과 일회용 나무젓가락을 내 앞으로 내밀었다. 포장마차에서 파는 라멘이었다.

"…제가 먹어도 돼요?"

"물론이지. 자네한테 주려고 사 왔어."

나는 사람을 신뢰할 수 없었다. 무슨 꿍꿍이가 있을 것 같아 선뜻 그릇을 받지 못하고 있었더니 남자가 "독은 안 들었어, 뭔가 부탁할 생각도 없고. 괜찮으니까 들게"라며 나를 안심시키려는 듯이 내 어깨에 손을 올렸다.

뒤에서 어슬렁어슬렁 걸어온 주인 없는 개가 남자의 발치에 달라붙었다. 남자는 호리호리한 몸을 굽히더니 손가락으로 개의 눈에 낀 눈곱을 떼주었다. 바지 주머니에서 육포를 꺼내 개에게 두세 번 먹여주기도 했다. 자연스러운 그 모습을 보니 경계심이 풀렸다.

"…고맙, 습니다. 그럼, 잘 먹겠습니다."

나는 남자에게 고개를 숙인 다음 그릇에 입술을 갖다 댔다.

그야말로 꿀맛이었다. 무엇보다 이틀 만에 입에 넣은 음식이었다. 진한 가다랑어포 국물이 온몸에 스며들자, 나는 젓가락질을 멈출 수 없었다.

"정말 고맙습니다. 저같이 살 가치가 없는 쓰레기에게 친절을 베풀어주셔서."

면을 후루룩거리며 머리를 숙이자, 남자는 난처한 기색을 보였다. 그러더니 "난 쓰레기라는 말은 별로 안 좋아하네, 자네가 어떤 사람인지는 몰라도"라는 전제를 깔고서 말을 이었다.

"진짜 아무짝에도 쓸모없는 인간은 자기가 쓰레기라고 한탄하지 않거든. 그리고 허접쓰레기 같은 놈도 뻔뻔하게 잘 살고 있으니까 자책할 줄 아는 사람은 충분히 살 가치가 있어."

남자는 개의 머리를 쓰다듬던 손길을 멈추더니 이번에는 캔 커피를 내밀었다.

"오늘은 날이 추우니까 저기 광장 안쪽에서 자게. 거기 난로가 있거든."

남자가 손으로 가리킨 곳에서 난롯불이 이글이글 타고

있었다.

"그리고, 이걸 갖고 있으면 도움이 될 거야."

라멘 그릇을 싹싹 비운 내게 남자가 작은 인형을 쥐여 주었다. 불상 모양의 봉제 인형인데, 등에 '굿 럭!'이라는 글씨가 새겨져 있었다.

"이 인형을 갖고 있으면 행복해진다더군. 부적이라 생각하며 갖고 있게나. 그럼 난 이만 가네."

멀어져 가는 남자에게 허리를 굽혀 인사했다.

너무도 고마워서 한동안 고개를 들 수가 없었다.

이튿날 아침.

공원 광장에서 눈을 뜬 나는 역 앞으로 갔다.

어젯밤, 공원 밖 전봇대에 붙어 있던 종이 한 장이 내 눈길을 끌었다.

'구인, 12월 15일, 모집 인원 8명, 일당 14,000엔'

거칠게 휘갈겨 써서 붙인 벽보였다. 날짜는 바로 다음 날이었고 업무 내용과 집합 장소가 적혀 있었다. 건설 현장에서 하는 간단한 작업이라는데, 이런 일에는 이력서가 필요 없다. 수상하기 짝이 없지만 지금은 달리 뾰족한 수가 없었다.

집합 장소로 지정된 역 앞 로터리로 가보니 행색이 남루한 이들이 잔뜩 모여 있었다. 사람을 모집하는 업체가 여러 곳인지 버스가 정해진 장소에 서면 해당 공고를 보고 모여든 이들이 버스에 올라탔다. 나도 그 사람들을 따라 눈앞에 정차한 버스에 타려고 했다.

그런데 내 뒤에서 헐레벌떡 뛰어온 남자에게 밀려 그만 나자빠지고 말았다.

그 남자가 버스에 오르자, 모집 정원이 다 찼다. "내가 먼저 왔다고요!" 하며 밖에서 소리를 질렀더니 어디선가 본 적 있는 남자 하나가 버스에서 내렸다. 어젯밤, 공원에서 라멘을 사준 그 남자였다.

"아, 자네였나. 타게."

"…그렇지만, 정원이 여덟 명이라서요."

"괜찮으니까 타. 사장님께는 내가 말해보지."

사에키라는 이름표를 단 그 남자를 따라 버스에 올랐다. 앞쪽에 있던 2인용 좌석에 몸을 기대자마자 버스가 출발했다.

"어젯밤에는 눈 좀 붙였나?"

사에키 씨가 내 옆자리에 앉았다.

"어제는 정말 감사했습니다. 덕분에 푹 잤습니다."

"다행이군. 그건 그렇고, 자네 이름을 물어봐도 되나?"

"오키 와타루입니다."

"그래, 오키. 나는 사에키라고 하네."

사에키 씨는 어젯밤에 봤던 구인 공고를 낸 건설 회사 직원이었다. 건설 현장에서 시공 관리를 맡고 있는데, 일손이 부족한지라 한 사람 정도 더 데려가도 문제없다고 했다.

한 30분 정도 버스를 타고 가니 건설 현장에 도착했다. 현재 가마쿠라의 광대한 부지에 치매 전문 의료 시설을 건설 중이라고 했다.

"그럼, 간단하게 오늘 할 일을 설명하겠습니다."

버스에서 내린 다음, 헬멧을 쓴 사에키 씨가 일꾼들을 불러 모았다.

공고에 나와 있던 대로 건설 자재 반입이 우리가 할 일이었다. 학창 시절부터 운동과는 담을 쌓고 살아온 탓에 건설 현장의 막노동만은 줄곧 피해 왔다. 다들 체격이 건장한데 나만 보통 키에 보통 체구라서 영 불안했다.

"자, 저쪽 조립식 건물에서 작업복으로 갈아입고 나오세요. 작업은 9시부터입니다."

사에키 씨는 가벼운 묵례를 한 다음, 목장갑은 꼭 껴야 한다고 덧붙였다.

조립식 건물에 들어가 작업복으로 갈아입고 나오자, 대형 트럭이 요란한 엔진 소리를 울리며 차례차례 도착했다. 우리는 현장 감독의 지시에 따라 트럭에서 자재를 내려야 했다.

짐칸에 실린 자재는 목재와 철근과 커다란 시멘트 포대 등등이었다. 목재는 두 사람이 한 조가 되어 짊어지고 옮겨야 했고, 시멘트 포대는 수레에 실어 옮겨야 하는데 양쪽 다 무게가 엄청났다.

"안 무겁나? 그 시멘트 포대. 내가 도와주지."

힘이 없는 내가 딱해 보였는지 사에키 씨가 수레를 밀어주었다.

"고맙습니다, 사에키 씨. 이거 장난 아니게 무겁네요."

"자네의 노력 여하에 따라 이 의료 시설이 다르게 완공될 걸세. 힘들 때는 내가 이 나라를 위해 이바지하고 있다는 긍지를 갖고 일하게."

"알겠습니다."

"그나저나 오늘은 시멘트 포대만 해도 백 개나 돼."

"백 개요?"

"하하하. 걱정할 거 없네. 예순넷이나 먹은 나도 매일

하는 일이니까."

사에키 씨는 현장에서도 다정하고 친절했다. 건설 현장이라고 우락부락한 사람만 있는 건 아닌 것 같아 안심했는데, 철골 구조물 옆에 온 순간 분위기가 돌변했다.

"빨리빨리 움직여, 이 새끼야!"

비계공이 철근 발판 위에 서서 자기 부하에게 욕을 퍼부었다.

"대체 언제쯤 제대로 할 거야, 이 새끼야! 됐고, 거기! 뭘 멀뚱멀뚱 쳐다보고 있어? 새로 왔냐?"

"…."

"인마, 너 말이야! 박복하게 생긴 너!"

나였다.

죄송하다고 냉큼 고개를 숙였지만, 그 남자는 좀처럼 분을 삭이지 못했다. "진정하게, 오카우치" 하며 사에키 씨가 끼어들었지만, 그는 "시끄러워, 늙다리! 당신은 알바들 관리나 제대로 해!"라며 한층 더 열을 올렸다.

무시무시한 곳에 와버렸다.

'대체 이게 어디가 간단한 작업이야?'

그렇게 후회하면서도 돈을 벌려면 무거운 자재를 계속 옮길 수밖에 없었다.

땅거미가 지고 어둑어둑한 저녁이 찾아왔다.

작업은 오후 5시에 끝이 났다. 한 번도 경험한 적 없는 피로가 온몸이 휘감았다. 옷을 갈아입으려고 조립식 건물로 이동했지만, 온몸이 안 아픈 데가 없어서 작업복도 벗을 수 없었다. 특히 등 근육이 비명을 질러대는 통에 아직도 무거운 짐을 진 듯했다.

그렇지만 신기하게도 마음속에는 흐뭇한 만족감이 차올랐다. 평소에는 느끼지 못했던 육체적 피로와 만족감이 교차하며 의외로 육체노동이 잘 맞는지도 모른다는 생각이 꿈틀거렸다.

"여러분, 수고하셨습니다."

조립식 건물 안에 들어온 사에키 씨가 우리에게 이온 음료를 나눠주었다. 사에키 씨는 황토색 봉투를 잔뜩 들고 있었다. 그러더니 일당을 직접 건네주었다.

"고생했네, 오키. 오늘 어땠나?"

봉투를 주면서 사에키 씨가 물었다.

"힘들었지만, 그래도 성취감은 있었습니다."

"그렇다면, 자네는 이 일이 적성에 맞나 보군. 괜찮으면 당분간 계속 일해보지 않겠나? 사장님께는 내가 말해보겠네."

"제가 할 수 있을까요? 솔직히 별로 자신이 없어요."

"없으면 지금부터 만들면 되지. 누구나 처음에는 백지 상태 아니겠나."

"…고맙습니다. 그럼, 부탁드립니다."

잠깐 고민하다가 받아들이기로 했다.

"그런데, 어디 잘 데는 있고?"

"…아뇨. 실은 요코하마에서 살았는데 그 집에서도 쫓겨났습니다."

솔직하게 현재 처한 상황을 털어놓자, 사에키 씨가 "그러면 내가 사는 기숙사에서 지내면 되겠군" 하며 눈썹을 내리고 빙긋 웃었다.

사에키 씨네 회사가 운영하는 기숙사는 여기서 가깝다고 했다. 비용은 하루에 1,500엔이며, 공용이지만 화장실과 욕실도 있고, 사에키 씨도 쭉 거기서 산다고 했다. 나는 사에키 씨의 호의에 기대기로 했다.

사에키 씨를 따라 걸었다. 그 기숙사는 떠들썩한 도심과 떨어진 곳에 있었다. 3층짜리 건물인데 지붕 끄트머리에는 이끼가 껴 있고, 빗물받이는 중간에 꺾인 상태로 늘어져 있었다. 창문은 뿌옇고 그중 몇 개는 금이 가 있었다. 내가 배정받은 방은 두 평 남짓한 작은 방이었지만,

추운 길바닥에서 자야 하는 현실에 비하면 천국이나 매한가지였다.

방에서 잠깐 쉬다가 욕실로 가서 몸을 씻었다. 편의점에 가려고 현관문을 열고 나갔더니 쓰레기 수거장 근처에 접이의자가 쭉 놓여 있었다. 벌거벗은 벚나무 옆에서 덩그러니 매달린 알전구 불빛에 의지해 기숙사 사람들이 술판을 벌이고 있었다.

"안녕하세요."

내일도 일을 같이 해야 하니 안면도 트고 몇 마디 대화라도 나누려고 벽 쪽에 놓인 접이의자에 턱 걸터앉았다.

"어이, 애송이. 넌 거기 앉으려면 한참 멀었어."

빡빡머리 남자가 담배를 입에 물고서 나를 노려보았다. 오늘 현장에서 부하를 질책하던 사람이었다. 폐자재 무더기에 등을 기댄 채 땅바닥에 퍼질러 앉아 있다. 오카우치 씨랬나.

"저쪽에서 같이 마실까, 오키."

나보다 늦게 온 사에키 씨가 턱짓했다. "오카우치는 입은 저렇게 걸걸해도 본바탕은 괜찮은 사람이야"라고 귓속말했다.

"그나저나 오카우치, 건강검진은 받았나?"

사에키 씨가 빈 플라스틱 맥주 상자에 앉아 오카우치 씨에게 물었다.

"노인네가 말이 많아서 큰일이야. 그런 오지랖 좀 그만 부려."

"마흔 넘으면 건강을 잘 챙겨야 해."

"거참 시끄럽다니까! 당신 몸 관리나 잘해!"

사에키 씨는 쓴웃음을 지으며 옆에 앉은 내게 캔 맥주를 내밀었다.

"매번 고맙습니다."

"괜찮으면 이것도 먹게. 저녁밥 아직이지?"

사에키 씨가 랩으로 싼 주먹밥 두 개를 꺼냈다. 사에키 씨는 요리 솜씨가 좋아 점심 도시락도 직접 싸서 다닌다고 했다.

그 자리에 있던 전원이 술을 마셨지만 사에키 씨만 혼자 우롱차를 홀짝거렸다. "술은 못 드세요?"라고 물었더니 "술은, 끊었어"라며 주먹밥을 오물오물 씹었다.

"어디, 몸이 안 좋으세요?"

"…혈압도 좀 높고, 이런저런 사정이 있네."

대답을 얼버무리는 사에키 씨를 보고 괜한 질문을 했다 싶어 후회하는 찰나, 오카우치 씨가 정색했다.

"이봐, 애송이. 여기서는 서로의 과거를 묻지 않는 게 규칙이야. 닥치고 술이나 마셔."

"죄송합니다."

나는 의자에 앉은 채로 고개를 숙인 다음 새하얀 주먹밥을 덥석 베어 물었다.

그다음 날에도 건설 현장에서 땀을 흘렸다.

가끔은 가나가와현 내의 다른 현장을 돌 때도 있지만 기본적으로는 첫날 갔던 의료 시설 건설 현장에서 자재 반입 작업을 했다.

매일 고된 일을 하다 보니 몸은 녹초가 됐지만, 힘든 순간에는 언제나 사에키 씨가 도움의 손길을 내밀어줬다. 사에키 씨의 얼굴에 먹칠하지 않겠다는 일념으로 투덜거리지도 않고 부지런히 일했다. 기숙사에서 지내며 밤마다 알전구가 매달린 쓰레기 수거장 옆에서 술잔을 기울이는 일상이 이어졌다.

섣달그믐날 밤에도 일을 마친 기숙사 사람들은 쓰레기 수거장으로 하나둘 모여들었다. 그날은 유독 날씨가 추워서 낡은 드럼통에 모닥불을 피우고 빙 둘러앉았다.

"여기 사는 사람 중에는 한 해의 마지막 날에도 고향에 돌아가는 사람이 아무도 없구나."

누군가가 내뱉은 한마디에 분위기가 후끈 달아올랐다.

"애당초 난 돌아갈 집이 없어."

"난 12월 31일을 5년째 여기서 보내고 있다고."

누가 더 불행한지 자랑하는 이야기를 듣고 있자니 웃음이 났다.

"그렇지만 올해도 무탈하게 끝났으니 감사한 일이지."

사에키 씨가 툭 내뱉듯이 말하자 오카우치 씨가 "뜬금없이 감동적인 말을 꺼내는 건 반칙이야, 늙다리. 누굴 울리려고!"라며 시원스레 받아쳤다. 다 같이 어깨를 들썩이며 한바탕 웃고 났더니 불길이 한결 뜨거워진 느낌이 들었다.

불현듯 멀리서 뎅, 하는 낮고 무거운 소리가 들려왔다. 처음에는 아무도 알아차리지 못하고 농담을 주고받았지만, 그 소리가 두 번, 세 번 울려 퍼지면서 대화가 뚝 끊어졌다.

"제야의 종은 인간의 백팔 번뇌를 씻어내기 위해 친다더군."

사에키 씨가 한 손에 우롱차를 들고 중얼거렸다. 그러

자 오카우치 씨가 "난 번민이 그렇게 나쁘다고 생각 안 해"라며 턱을 쓰다듬으면서 생각에 잠긴 표정으로 말을 이었다.

"왜냐면, 사람은 원하는 게 있으면 노력할 수 있거든. 번민이 힘을 낼 동기를 유발하니까 되레 환영해야 하지 않겠어?"

"그거 정답이네."

사에키 씨는 짧게 한마디 하고서 다음 말을 덧붙였다.

"애초에 번민을 전부 없애는 건 무리일뿐더러 전부 없애고 나면 우린 로봇과 하등 다를 바가 없어. 오카우치 말마따나 욕망이 사람을 살아가게 하는 힘이 돼주는 건 맞아. 다만…."

사에키 씨는 한 박자 뜸을 들인 다음, 뒷말을 이었다.

"그 욕망에 잡아먹히지 않게 조심해야 해. 잡아먹히면 불행해지거든."

나는 사에키 씨의 말을 경청하면서 맞는 말이라고 고개를 끄덕끄덕했다.

욕망과 불행은 한 몸인지라 내 과거만 되돌아보더라도 욕망에 잡아먹혔을 때 불행한 결과가 찾아온 적이 여러 번 있었다. 복권도 욕심을 내서 한꺼번에 수백 장씩 사는 사람보다 어쩌다 몇 장 사는 사람이 더 잘 당첨된다는 말을 자주 듣는다.

"이렇게 술을 마시고 노는 것도 번민을 해소하고 싶어서일까요?"

내가 조용히 입술을 달싹거리자, 누군가가 "그러면 지금 여기서 실컷 마시고 없애버리면 되지"라고 대답해서 다 같이 배를 잡고 웃었다.

"어이, 난 백팔 잔 마시려면 아직 멀었어!"

오카우치 씨의 농담에 사람들은 한 번 더 손뼉을 치며 크게 웃었다.

"수고들 많네."

그때 갑자기 양복 차림의 남자가 나타났다. 우리가 일하는 건설 회사의 사장이었다. 나는 다다라는 이름에 예순 살쯤 된 그 사람에게 "늘 신세를 지고 있습니다" 하며 허리를 숙였다.

"해넘이 메밀국수 사 왔네. 저기 차 안에 있으니까 갖고 와서 들게나."

다다 사장이 지시하자 다들 자리에서 일어났다.

"그전에 올해 마지막 건배를 들어야지."

다다 사장이 손에 든 슈퍼마켓 봉지에서 술병을 꺼냈

다. 사에키 씨가 "모처럼 이렇게 모였으니 다 같이 사진이라도 찍죠" 하며 스마트폰을 들었다.

"오키, 맥주면 되지?"

"고맙습니다, 오카우치 씨. 잘 마시겠습니다."

내 일솜씨가 마음에 들었는지 오카우치 씨는 여전히 입은 거칠지만, 이제는 나를 '애송이'가 아니라 '오키'라고 부른다. 전에 앉았던 접이의자에 앉아도 더 이상 잔소리도 하지 않는다.

"그럼, 건배!"

멀리서 타종하는 소리가 한 번 더 울렸다.

새해가 되고도 알전구 불빛 아래의 이 술자리는 파할 줄을 몰랐다.

건설 현장에서 일한 지 두 달 정도 지났다.

2월의 어느 날, 퇴근하고 기숙사 쓰레기 수거장 옆에 자리를 잡고 앉아 있는데 사에키 씨가 서글서글하게 웃으며 나타났다.

"오늘은 오키의 서른한 번째 생일이다. 자, 다 같이 축하해 주자고!"

사에키 씨가 든 종이 접시 위에는 작은 생크림 케이크

가 올려져 있었다.

해가 바뀌고 나서도 당분간 여기서 계속 일하게 되어 절차에 따라 다다 사장에게 이력서를 제출했다. 사에키 씨는 그 이력서를 보고 내 생일을 안 것 같다.

"어린애도 아니고 이게 뭐 하는 짓이야, 늙다리."

오카우치 씨가 툴툴거렸지만, 사에키 씨가 양초에 불을 붙이는 모습을 본 다른 사람들은 '해피 버스데이 투유'를 웅얼거렸다.

생일.

생일이라는 말에 위화감이 드는 건 지금까지 살면서 그날이 특별한 날이라는 경험을 한 번도 해보지 못했기 때문이다.

어렸을 때 부모님에게 생일 축하한다는 말을 들어본 기억이 없다. 선물이나 케이크도 나와는 상관이 없었고, 친구의 생일 파티에 초대받아 갔을 때도 멀찍이 떨어져서 바라보는 느낌이었다. 나도 모르는 사이에 '축하받는 사람'과 '그 밖의 사람'이 나누어져 있다고 받아들이게 됐다. 그리고 나는 후자라고 생각했다.

"어이, 뭐야, 오키. 우는 거야?"

오카우치 씨가 나를 놀렸지만, 가슴이 뭉클해서 목소

리가 나오지 않았다. 사에키 씨가 사진을 찍자며 스마트폰을 꺼냈을 때도 나는 얼떨떨하기만 했다.

바람에 흔들리는 촛불을 바라보고 있자니 파도처럼 밀려온 과거의 기억이 머릿속에서 한꺼번에 휘몰아쳤다.

외롭고 쓸쓸했던 어린 시절. 아무도 신경 쓰지 않고, 아무도 축하해 주지 않았던 생일날. 공허했던 지난날에 색이 덧입혀진 것만 같았다.

생일 축하 노래가 끝난 순간, 촛불을 후, 불었다. 사람들은 "생일 축하한다"라고 이구동성으로 외치며 내 어깨를 여러 번 두드려주었다. 그때의 따스한 기운이 지금까지 비어 있던 자리를 채워주었다.

"여러분, 고맙습니다. …정말 감사합니다."

그날 그 순간, 태어나서 처음으로 '살아도 된다'라는 생각이 가슴속에서 움트기 시작했다.

"파이프 두 개 들고 와, 오키!"

"옛!"

"오키! 이쪽으로 와서 해체 작업 좀 도와줘!"

"지금 갑니다!"

나는 건설 현장에 완전히 녹아들었다. 수많은 전문용

어도 익혔고 내가 기술자들에게 도움이 된다는 사실이 기뻤다. 현장을 찾아온 다다 사장에게 밥을 얻어먹은 적도 있다.

의료 시설은 조금씩 완성되었다. 미력하나마 나도 일조하고 있다는 실감이 사기를 북돋아 주었다.

매서운 추위가 다소 누그러지기 시작한 2월 말이었다.

오카우치 씨의 부탁으로 홈센터*에서 산업용 안전벨트를 사서 나오는데, 눈에 익은 외제 차가 느릿느릿 내 옆에 와서 섰다.

"오랜만입니다, 오키 씨."

그 선글라스를 보자마자 다리가 후들후들 떨렸다. 사채업자 구니무라 씨였다.

"…오랜만입니다."

"얼굴 보는 게 두 달 반만이던가요? 후쿠자와 유키치** 면상은 이래저래 넉 달이나 못 봤는데. 이런, 살이 붙은 겁니까? 건설 현장 일이 만족스러운가 봅니다."

전부 꿰고 있었다.

---

* 일용 잡화나 주택 설비 용품 등을 판매하는 일본의 대형 소매점.
** 일본의 계몽 사상가로, 2024년에 시부사와 에이이치로 변경되기 전까지 1만 엔권 지폐에 그의 얼굴이 나와 있었다.

신발 안에 들어 있던 5,000엔짜리를 빼앗긴 뒤로 구니무라 씨네 회사에는 한 푼도 갚지 못했다. 공교롭게도 오늘 다른 사채업자에게 빌린 돈을 갚은 터라 수중에 돈이 거의 남아 있지 않았다.

"슬슬 내가 본때를 보여줄 때가 왔나 봅니다."

구니무라 씨가 담배에 불을 붙이자, 그 행동이 신호라도 된 듯 멈춰 있던 외제 차 창문이 서서히 내려갔다. 이목구비가 진한 남자가 창문에 통나무만 한 팔뚝을 걸친 채로 날카로운 눈빛을 날렸다.

길었던 여름방학이 끝났을 때처럼 잠시 분리돼 있던 과거가 원래 형태를 띠며 내 머릿속으로 밀려왔다.

결국 한 달만 더 기다려달라고 사정했다.

그러나 어떻게 돈을 갚아야 할지 막막했다. 필사적으로 머리를 쥐어짜면서 기숙사로 돌아오니 3층으로 올라가는 계단참에 반으로 접힌 가죽 지갑이 떨어져 있었다.

충동적으로 너덜너덜한 그 지갑을 집어 들었다. 그러면 안 되는 걸 알면서 펼쳐 본 지갑 안에 어린 여자아이 사진이 끼워져 있었다. 딸인가, 하며 다음 칸을 살펴보니 1만 엔짜리 지폐가 세 장이나 들어 있었다.

주위를 둘러보니 아무도 없었다. 단숨에 심박수가 뛰

어올랐다. 나쁜 짓인 줄 알면서도 지갑을 셔츠 안에 슬그머니 집어넣었다.

그대로 내 방으로 뛰어들었다. 문을 닫고 지갑 안을 확인해 보니 카드 같은 건 거의 없고 신분증도 하나도 없었다. 지갑도 낡아빠졌고, 이대로 돌려주지 않더라도 지갑 주인은 현금 말고는 딱히 피해가 없겠구나 싶었다.

그렇다고 죄책감이 없지는 않았다. 원래 있던 장소에 갖다 놓고 싶은 마음도 들었지만 아까 봤던 남자의 굵은 팔뚝이 머릿속에서 떠나지 않았다. 전에 내가 잃어버린 지갑도 다시 돌아오지 않았다. '그러니까 이건 내가 가져도 돼, 돈은 돌고 도는 거잖아, 인간은 원래 별수 없어' 별별 핑계를 갖다 붙이면서 내가 저지른 잘못을 정당화하려고 애를 썼다.

그날 저녁이었다.

방 안에 처박혀 있으면 수상하게 여길지도 모른다는 생각에 여느 때처럼 쓰레기 수거장으로 갔다.

맨 끝에 놓인 접이의자에 태연한 표정을 짓고 앉아 있었더니 사에키 씨가 당황한 얼굴로 나타났다.

"내 지갑 못 봤나?"

가슴이 철렁했다. 내가 아까 주운 지갑이 사에키 씨 거였다니.

"아무리 찾아도 안 보여. 현장에 놓고 왔나."

심장이 벌렁거려서 숨이 잘 안 쉬어졌다. 사에키 씨의 시선을 똑바로 받아낼 수도 없고, 그렇다고 "제가 주웠습니다" 하고 나설 배짱도 없다. 내가 주웠다고 밝혔다가 겨우겨우 손에 넣은 안식처를 잃게 될까 봐 겁이 났다.

30분쯤 지났을까. 기숙사로 들어갔던 사에키 씨가 되돌아왔다.

"늙다리, 지갑은 찾았어?"

오카우치 씨의 물음에 "방에 있었어. 소란 떨어서 미안하네"라고 대답하는 사에키 씨의 얼굴에 과장된 미소가 번졌다.

사에키 씨는 거짓말을 하고 있다.

동료를 의심하고 싶지 않겠지. 동료를 의심할 바에야 지갑을 잃어버리는 게 낫다. 사에키 씨에게는 돈보다 더 소중한 것이 있었다.

무슨 운명의 장난인지 작년 12월 31일에 여기서 사에키 씨에게 들었던 말이 내 가슴을 후벼팠다.

…그 욕망에 잡아먹히지 않게 조심해야 해. 잡아먹히

면 불행해지거든.

용기를 내지 못하는 내가 너무 한심했다. "기어이 치매에 걸리고 말았군, 늙다리!"라고 놀리는 오카우치 씨의 목소리가 어딘가 먼 곳에서 들려오는 것 같았다.

그날 밤은 이부자리에 누워도 도무지 마음이 진정되지 않았다.

지갑을 돌려줘야 한다는 의무감과 모든 걸 잃을지도 모른다는 두려움이 맞붙었다.

사에키 씨는 너그러운 사람이니까 솔직하게 말하면 용서해 줄 것이다. 다른 사람들에게 떠벌리지도 않겠지.

그렇지만 나는 신뢰를 잃게 된다.

사에키 씨가 지금까지와 똑같이 나를 대해줄까. 술자리에서 제외되지는 않을까. 여러 가지 잡념이 내 가슴을 무겁게 내리눌렀다.

어느새 창밖이 환하게 밝았다.

커튼 틈새로 비쳐 든 햇빛이 낡은 검은색 지갑을 비추었다. 동전 넣는 칸에 수선한 흔적이 보였다.

어쩌면 이 지갑은 소중한 사람이 사에키 씨에게 준 선물일지도 모른다. 상상이 또 다른 상상을 낳자, 거대한 죄책감이 나를 짓눌렀다.

그래, 돌려주자. 아냐, 역시 관두자. 아냐, 돌려주자.

가진 걸 다 잃어도 좋다. 그렇게 큰 신세를 진 사에키 씨의 지갑을 도둑질할 수는 없다.

시곗바늘이 6시에 가까워지고 있었다. 항상 현장에 맨 먼저 출근하는 사에키 씨는 아침 일찍 일어난다. 벌써 일어났을 테니까 지금 당장 돌려주러 가자.

나는 옷을 갈아입고 발소리를 죽이며 계단을 내려갔다. 그냥 모른 척하고 싶은 나약한 마음을 간신히 뿌리치고 2층으로 내려갔더니 복도 안쪽에 사람이 여럿 모여 있었다.

이어서 기숙사 아래에 구급차가 도착하고 다급하게 계단을 뛰어 올라온 구급대원이 내 눈앞을 휙 지나갔다.

"화장실 바닥에 쓰러져 있었대."

소곤거리는 말소리를 들으며 화장실로 가자, 산소마스크를 쓴 사람이 들것에 실려 있었다.

거기 누운 사람이 사에키 씨였다.

그 순간, 세상이 무너지는 듯한 느낌이 나를 덮쳤다. 무슨 일이 일어났는지 이해가 되지 않아 그만 넋이 나가버렸다.

"사에키 씨, 정신 차리세요! 사에키 씨!"

"비켜요!"

구급대원이 손으로 막았지만, 나는 들것에 달라붙어서 계속 외쳤다.

"그만해, 오키!"

옆에 있던 오카우치 씨가 내 몸을 잡아당겼다.

오카우치 씨의 지시에 따라 우리는 평소대로 현장에서 일을 했다.

오전이 끝나갈 즈음, 병원에 따라갔던 다다 사장에게서 현장으로 연락이 왔다.

사에키 씨가 숨을 거뒀다고.

사에키 씨는 심근경색이었다.

전에 혈압이 조금 높은 편이라는 말을 본인에게 들은 적이 있는데, 삼한사온으로 기온 변화가 격심한 탓에 혈압이 비정상적으로 올라갔던 모양이다.

나는 사에키 씨의 죽음을 받아들이지 못했다. 동요를 쉽게 가라앉히지 못한 채 기숙사에서 가까운 회관에서 장례식을 치렀다. 사에키 씨는 친척이 없어서 조문객이라고는 직장 사람이 다였다. 유골은 일단 회사 창고에 보관해 뒀지만, 무덤이 없으므로 언젠가 무연고자로 처리되어 관공서에서 인수하게 될 거라고 다다 사장이 말했다.

그러나 나는 알고 있었다.

사에키 씨의 지갑에 어린 여자아이의 사진이 들어 있던걸….

"오키. 미안하지만 사에키 씨가 머물던 방의 짐 좀 정리해 주겠나?"

장례식 다음 날, 다다 사장의 부탁으로 2층 맨 끝 방에 발을 디뎠다.

아무도 없는 그 방은 공기가 부족하고 생활의 온기도 완전히 사라지고 없었다. 반듯하게 개켜진 이불 옆에 골판지 상자가 몇 개 쌓여 있었다. 정리라는 말은 너무 무미건조하고, 오히려 고인의 흔적을 하나하나 지워 나가는 작업에 가까웠다. 유품 정리가 유족에게는 무척 힘겨운 일이겠다고 생각하면서 내용물을 하나씩 확인했다.

깨끗이 정리된 목제 책상에는 서랍이 세 개 있었다. 맨 위 칸을 열자, 필름을 현상한 사진 다발이 들어 있었다. 건설 현장에서 일하는 사진, 어느 집 마당에서 개의 머리를 쓰다듬는 사진, 그리고 작년 섣달그믐날에 기숙사 사람들과 함께 술판을 벌였을 때 찍은 사진도 있었다. 오카우치 씨가 한 손에 캔 맥주를 들고 손가락으로 브이를 그리고 있었다. 그 옆에서는 내가 발그스레 홍조가 떠오른 얼굴로 헤벌쭉 웃고 있다.

사진 다발을 손에 들고 넘기는데 한 장이 바닥으로 떨어졌다. 집어 들고 보니, 내가 환하게 웃으며 케이크에 꽂힌 초를 불고 있었다.

"맞아, 사에키 씨는 그날도 사진을 찍었지…."

새어 나온 내 목소리가 떨렸다.

그날의 떠들썩했던 웃음소리와 술기운이 얼얼하게 올라 몸이 후끈 달아올랐던 느낌이 사진을 통해 선명하게 되살아났다.

'2월 19일, 친구의 생일에.'

사진 뒷면에 적힌 '친구'라는 글자를 본 순간, 가슴이 옥죄어왔다.

가슴 깊숙한 곳을 건드린 무언가가 눈물방울이 되어 흘러내렸다.

대기 공간에는 나처럼 번호표를 쥔 사람들이 띄엄띄엄 앉아 있었다. 일직선으로 뻗은 창구 안쪽에서는 파란색 유니폼을 입은 직원들이 봉투를 분류하고 있다. 내부 설비와 분위기는 여느 우체국과 똑같았다.

나는 가마쿠라의 한 우체국에 와 있다.

엊저녁에 스마트폰으로 무연고 묘에 관해 검색하는데, 화면 위로 반투명한 광고가 떠올랐다.

'천국에 있는 사랑하는 사람에게 편지를 보내고 싶다면, 아오조라 우체국으로.'

작년 가을에 콘서트장에서 아르바이트할 때도 같은 광고를 봤다. 그때는 사기 광고 같아서 신경도 쓰지 않았지만, 평생의 은인을 잃고 나자 그런 수상한 광고라도 믿고 싶어졌다.

인터넷을 샅샅이 뒤져봐도 천국에 편지를 보냈다는 이야기는 나오지 않았다. 그렇지만 아오조라 우체국은 실제로 있었다. 주소를 검색해 가마쿠라 대불 뒤쪽에 있는 이 우체국까지 왔다.

전광판의 숫자를 멀뚱히 바라보고 있노라니 스피커에서 내 번호가 불렸다. 반신반의하면서 끝 쪽 창구로 가자, 오리하라라는 이름표를 단 여자가 값을 매기는 듯한 눈길로 나를 쳐다보았다.

"저기요, 천국에 편지를 보낼 수….."

"연간 소득을 말씀해 주세요."

오리하라 씨는 내 말을 끝까지 듣지도 않고 종이 한 장을 꺼냈다. "먼저 이 종이의 빈칸을 전부 채워주세요. 자세한 이야기는 그다음에 하겠습니다"라는 말을 끝으로 내게서 눈을 거뒀다.

뒤쪽으로 가서 오리하라 씨에게 받은 종이를 살펴보니 연간 소득, 저축액, 거기다 부채까지 써넣게 돼 있었다. 솔직하게 써서 창구에 제출하자 오리하라 씨는 구라키라는 직원과 얼굴을 맞대고 대화를 이어 나갔다.

"오키 님."

내 이름을 불러서 다시 창구로 가니 오리하라 씨가 담담하게 말했다.

"그럼, 우푯값 26만 엔을 부탁드립니다."

"예?"

"26만 엔입니다. 그리고 상대방에게 답장을 받고 싶으시면 26만 엔을 더 내셔야 합니다."

"지금 장난쳐요? 혹시 이거, 사기 아니에요?"

"당신의 연간 소득과 저금을 고려한 지극히 타당한 금액입니다. 못 내겠으면 돌아가세요."

"…."

우푯값이 너무 비싸서 사기라는 의심이 강하게 들 수

밖에 없었다.

그렇지만 이렇게 번듯한 우체국까지 지어놓고서 사기를 칠 것 같지는 않았다. 오리하라 씨가 설명을 덧붙였다. 우표를 사려면 통장과 전년도 확정 신고서가 필요하다는 것, 천국에 편지를 보낸다는 사실을 절대로 누설하지 않겠다고 쓴 계약서에 도장을 찍어야 한다는 것, 편지를 보낼 수 있는 건 고인이 죽고 49일까지라는 것 등등.

나는 마지막으로 사에키 씨에게 제대로 감사 인사를 전하고 유골을 어떻게 하길 바라는지 직접 물어보고 싶었다. 그렇게 하는 게 신세 졌던 사람에게 보답하는 길이라고 믿었다.

그렇지만 답장까지 받는다고 했을 때 52만 엔이란 돈은 가난뱅이인 내게는 너무나 큰 금액이다.

빚이 있다는 사정을 털어놓으며 오리하라 씨에게 흥정을 시도했다. 하지만 "저희는 자선 사업을 하는 게 아닙니다"라면서 1엔도 깎아주지 않았다.

머리를 쥐어뜯으며 고민한 끝에 편지를 보내기로 마음을 굳혔다.

다다 사장에게 부탁해 두 달 치 월급을 미리 당겨 받았다. 편지를 써서 다시 아오조라 우체국을 찾아간 나는 오리하라 씨에게 필요한 서류와 우푯값 52만 엔을 현금으로 건넸다.

"여기, 회신용까지 포함해서 총 52만 엔 치 우표입니다."

트레이에 10만 엔이라고 표시된 우표 네 장과 1만 엔이라고 표시된 우표 열두 장이 올려졌다. 받는 사람 이름을 적은 누런 봉투와 회신용 봉투에 우표를 붙인 다음 오리하라 씨에게 내밀었다.

"직접 넣으세요."

오리하라 씨의 목소리는 한겨울 서리처럼 차가웠다.

이 사람은 애인이 없는 게 분명하다는 말을 집어삼키고 오리하라 씨가 알려준 숲으로 갔다.

숲 안으로 가니 초록빛 잔디밭 한복판에 원통 모양 우체통이 서 있었다.

사에키 씨에게 무사히 도착하기를….

나는 우체통 앞에서 머리를 조아리고 난 다음 편지를 넣었다.

사에키 가즈오 씨께

안녕하세요. 일로 신세를 많이 졌던 오키 와타루입니다.

천국으로 편지를 보내주는 우체국이 있다는 소식을 듣고
이렇게 연락드립니다.

사에키 씨, 천국에서는 건강하게 잘 지내십니까?

당신이 심근경색으로 세상을 떠난 지 일주일이 지났지만,

저희는 아직도 현실을 받아들이지 못하고 있습니다.

당신이 없는 현장은 구멍이 뻥 뚫린 것 같습니다.

당신의 활기찬 목소리와 다정한 격려를 두 번 다시 들을
수 없다고 생각하면 가슴이 미어집니다.

당신과 처음 만난 건 추운 겨울밤이었습니다.

그날 밤, 당신이 사 준 라멘 맛을

저는 한순간도 잊은 적이 없습니다.

그리고 그날 당신은 제게 이렇게 말해주었습니다.

― 진짜 아무짝에도 쓸모없는 인간은 자기가 쓰레기라고
한탄하지 않거든. 그리고 허접쓰레기 같은 놈도
뻔뻔하게 잘 살고 있으니까 자책할 줄 아는 사람은
충분히 살 가치가 있어.

당신의 그 말이 살아갈 기력을 잃어버린

저를 구원해 줬습니다.

당신은 제게 일자리를 만들어줬습니다.

살 곳을 마련해 줬습니다.

노동의 재미와 보람을 가르쳐줬습니다.

특히 제 생일을 축하해 줬던 일은 평생 잊지 못할 겁니다.

부모님은 제가 어릴 때 이혼했고,

저는 누구에게도 사랑받지 못하고 자랐습니다.

태어난 날을 축하받은 적도 없었습니다.

그날 케이크에 꽂힌 촛불을 불었을 때,

살면서 처음으로 보금자리가 생긴 기분이었습니다.

당신이 제게 '살아갈 의미'와 '살아갈 터전'을 선사해

줬습니다. 그리고 당신이 제게 그랬듯이,

저도 언젠가 타인에게 손을 내밀어주는 사람이

되고 싶다는 생각을 심어줬습니다.

사에키 씨.

정말, 정말, 감사했습니다.

끝에 가서 현실적인 이야기를 꺼내서 죄송하지만,

한 가지만 상의드리고 싶습니다.

유품과 유골은 어떻게 하면 좋을까요?

유골은 일단 회사에서 보관 중이지만,

언젠가는 관공서에서 무연고자를 위해 마련한 합동 묘에 안치하게 된다고 합니다.
회신용 봉투를 동봉했으므로
답장을 보내주시면 좋겠습니다.
잘 부탁드립니다.

편지를 보내고 닷새가 지났다.

건설 현장 일을 마치고 기숙사로 돌아오니 내 방의 녹슨 우편함에 누런 봉투가 꽂혀 있었다. 사채업자가 보낸 독촉장인가 싶어 불안한 마음으로 꺼내 보니 봉투 뒷면에 '사에키 가즈오'라는 이름이 적혀 있었다.

나는 흥분을 감추지 못하고 그 자리에서 급하게 봉투를 뜯었다.

오키 와타루에게
잘 지냈나. 사에키일세.
오키, 굳이 이런 데까지 편지를 보내줘서 고맙네.
우푯값이 비쌌지?
나 때문에 괜한 돈을 쓰게 해서 미안하네.

일은 잘하고 있나?

자네는 일을 너무 열심히 해서 탈이니까

가끔은 휴가를 내고 쉬는 게 좋아.

사람은 몸이 재산이거든.

우리 회사는 복리 후생 차원에서 아타미에 있는 온천을 싸게

이용하도록 지원하고 있으니 쉬는 날 한 번 가보게.

자세한 내용은 다다 사장님께 물어보면 알려줄 걸세.

그나저나, 그랬군. 내가 심근경색으로 죽었단 말이지.

혈압은 조심한다고 조심했는데, 그날은 유난히 추웠잖나.

자네한테도 여러모로 폐를 끼친 것 같군. 정말 미안하네.

나한테 무척 고마워하는 것 같네만,

그런 건 신경 안 써도 되네.

나도 젊을 때 고생을 많이 해서 그런지

힘들어하는 젊은이를 보면

옛날의 나를 보는 것 같아서 그냥 지나칠 수가 있어야지.

그 포장마차에서 파는 라멘, 맛있었지?

가게 주인이 인정이 아주 많은 사람이라서 나도 여러

번 공짜로 얻어먹었어. 죽기 전에 한 번 더 먹어 둘걸,

후회막심이라네.

그날 생일도 자네가 기뻤다고 하니 나도 기분이 좋군.

자네 인생은 이제부터 시작이야. 앞으로도 자네가 태어난

날을 축하해 줄 사람이 반드시 나타날 걸세.

나이가 들수록 자네 내면에서 '살아갈 의미'와 '살아갈

터전'의 윤곽이 더 뚜렷해지고 선명해지리라 믿네.

그건 그렇고 유품과 유골 말인데, 유품은 알아서 처분해

주게. 혹시라도 갖고 싶은 게 있으면 뭐든지 가져가게.

텔레비전은 아직 쓸 만하니까 자네 방에 두고 쓰면 될 거야.

난 무덤이 없으니 유골은 무연고자로 처리해도 돼.

다만, 자네에게 부탁이 하나 있네.

괜히 마음 쓰는 게 싫어서 다다 사장님을 포함해

동료들에게는 털어놓지 못했네만,

실은 내게는 사나에라는 딸이 하나 있어.

사정이 있어서 20년 가까이 얼굴도 못 보고 살았지만,

벌써 결혼해서 도쿄 가쓰시카구에 살고 있다는 소식을 전해

들었다네.

오키. 미안하네만, 딸에게 내가 죽었다는 소식을

전해주지 않겠나.

상속 문제도 있고, 딸이 사는 곳 주소를 알려줄 테니

미안하지만, 부탁 좀 함세….

편지에는 나와 사에키 씨만 아는 사실이 적혀 있었다.

사에키 씨의 인품이 드러나는 문장을 보면서 나는 확신했다. 이 편지는 사에키 씨가 쓴 게 틀림없다고.

예상대로 사에키 씨에게는 딸이 있었다. 부족하나마 은혜를 갚기 위해 사에키 씨의 딸이 사는 집을 찾아가기로 마음먹었다.

이튿날, 가마쿠라에서 전철을 갈아타고 가쓰시카에 도착해 그 단지를 찾아갔다. 편지에 적힌 주소를 확인하며 계단을 올라가자 1층 동쪽에 '와타나베'라는 문패가 걸려 있었다.

인터폰을 누르자 "예" 하는 여자 목소리가 흘러나왔다. 나는 호흡을 가다듬은 다음 "바쁜 저녁 시간에 찾아와서 죄송합니다. 사에키 가즈오 씨 따님 맞으시죠?" 하고 물었다.

여자는 말없이 인터폰을 끊었다. 여자의 냉대에 일이 조용히 끝나지 않겠다는 예감이 들었다.

얼마 후, 나와 나이가 비슷해 보이는 여자가 난감한 기색으로 문을 열었다. 얇은 카디건을 걸쳤고 머리카락은 뒤에서 하나로 묶었다.

"…누구시죠?"

"사에키 씨와 같이 일했던 오키라고 합니다. 사나에 씨 맞으십니까?"

나는 사에키 씨의 유골함을 들고 있었다. 사에키 씨가 세상을 떠났다고 전한 다음, 유골을 받아달라고 부탁하자 사나에 씨는 눈을 치켜뜨고서 "그딴 거 필요 없어요!"라고 소리쳤다.

"그 사람과는 진즉에 연을 끊었어요. 술독에 빠져 살던 그 사람 때문에 우리 가족은 풍비박산이 났어요."

흥분한 탓에 걸치고 있던 카디건이 바닥으로 떨어졌다. 사나에 씨는 옷을 줍지도 않고 얼굴이 벌게진 채로 말을 이었다.

술버릇이 좋지 않았던 사에키 씨는 술이 들어가면 가족에게 손찌검을 일삼았다. 사나에 씨가 중학생 때 부모님은 이혼했고, 그 후로 죽도록 일만 하던 어머니는 몸이 망가져 10년 전에 세상을 떠났다.

"난 그 사람을 아버지라고 생각 안 해요. 상속도 포기할게요. 그 사람과는 일절 엮이고 싶지 않습니다."

시끄러운 말소리를 듣고 놀랐는지 열린 문틈으로 분홍색 플리스 파자마를 입은 여자아이가 얼굴을 내밀었다.

"안에 들어가 있어. 가오루."

사나에 씨가 머리에 손을 올리며 쓰다듬자, 여자아이가 나를 향해 빵긋 웃었다. 아이는 "안녕히 가세요~" 하고 애교가 묻어나는 말투로 인사하며 문을 닫았다.

"몇 살인가요?"

"다섯 살입니다. 오늘은 어린이집이 쉬는 날이라서 집에 있어요."

딸을 바라보는 사나에 씨의 눈빛은 한없이 부드러웠다. 사에키 씨를 닮아 눈매에 친근한 미소를 머금은 사나에 씨를 보니 원래는 사나에 씨도 상냥한 사람일 거라는 생각이 들었다.

"사에키 씨 때문에 따님이 예전에 고생을 많이 하신 건 잘 알겠습니다."

나는 작게 헛기침을 한 다음 이어서 말했다.

"그렇지만, 당신 아버지는 완전히 다른 사람이 되었습니다. 술도 끊었고, 제게 사에키 씨는 구세주나 다름없습니다."

나는 사에키 씨와 있었던 일을 자세히 이야기했다.

"그리고 이건 어디까지나 제 추측입니다만, 사에키 씨는 당신에게 재산을 남겨주려고 애를 쓰셨던 것 같습니다. 사에키 씨는 옆에서 보기에도 대단하다 싶을 정도로 검소하게 생활했습니다. 건설 회사에서 한자리하는 사람이니까 벌이도 나쁘지 않았을 텐데, 마지막까지 저렴한 사원 기숙사에서 살았습니다."

사에키 씨는 늘 구멍 난 옷을 입고 다녔다. 빚이 있어 보이지도 않는데 근검절약이 몸에 배어 있었다.

생활력이 강하다는 말로는 설명할 수 없는 뭔가가 있었다.

"…그랬군요."

사나에 씨의 표정이 숙연해졌다. 그렇지만 이내 불쾌한 듯 얼굴을 찡그렸다.

"그래도 유골은 받을 수 없어요. 아무리 다른 사람이 됐다고 쳐도 어머니를 죽음으로 몰고 간 건 그 사람이 분명하니까요. 아무튼 내게는 지금 이룬 생활이 있어요. 그럼, 이만."

사나에 씨는 고개를 까딱하더니 문을 열고 그대로 들어가버렸다.

유골함을 껴안고 기숙사 내 방으로 돌아왔다. 그대로 버티고 서 있는다고 사나에 씨가 고개를 끄덕여줄 것 같지는 않았다.

 딸에게 자신의 죽음을 전해 달라던 사에키 씨의 부탁은 완수했으니 이제 유품 정리만 하면 된다. 최소한의 성의는 보였으니까 이만하면 됐다고 나 자신을 설득했지만, 기분은 영 찜찜했다.

 가슴에 커다란 응어리가 남아 있었다. 사에키 씨의 지갑을 훔친 일이다.

 그게 사에키 씨의 지갑이라는 건 몰랐지만, 그렇더라도 사람으로서 절대로 하면 안 되는 짓을 저지르고 말았다. 그 지갑은 아직 내 방에 있다.

 사에키 씨에게 편지를 보낼 때 지갑을 훔쳤다는 사실을 고백하려고 했었다. 그러나 막상 편지에 쓰려고 하니 손이 움직여지지 않았다. 두려움에 심장이 조여들어 용서를 구할 수 없었다.

 편지를 한 번 더 보내려면 회신용 우푯값까지 포함해 이번에도 52만 엔이 필요하다. 그런 거금이 내게 있을 리가 없다.

 사에키 씨가 천국을 떠나기까지는 아직 시간이 남아 있다.

 나는 갈등했다.

편지를 한 번 더 보내고 용서를 빌 것인가, 아니면 이대로 끝까지 도망칠 것인가….

이불 위에 앉아 머리를 쥐어뜯는 내게 천사가 내려와 말을 걸었다.

'가만히 있는 건 옳지 않아. 사에키 씨는 정의로운 사람이었어. 그 사람을 존경한다면 반드시 사죄해야 해. 작년 연말에 사에키 씨가 한 말 기억 안 나? 욕망에 잡아먹히지 않게 조심하라고, 잡아먹히면 불행해진다고. 이번에 제대로 사죄하지 않으면 평생 땅을 치며 후회할 거야. 사에키 씨를 떠올릴 때마다 양심의 가책에 시달릴 거라고. 사에키 씨는 처음으로 네 생일을 축하해 준 사람이잖아. 그런 사람의 지갑을 훔치는 건 결코 해선 안 될 짓이야. 그러니까 용기를 내서 사과해!'

그런데 천사와 교대하듯 이번에는 악마가 얼굴을 내밀었다.

'잠자코 있으면 절대 안 들켜. 그 사람은 이미 죽었으니까 모른 척하면 그만이라고. 어차피 생판 남이잖아. 그런 사람한테 큰돈을 써야 할 이유가 뭐가 있어? 잘 생각해 봐. 52만 엔이면 고기덮밥이 몇 그릇인지. 넌 할 만큼 했어. 월급까지 당겨 받는 게 어디 쉬운 일이야? 감사 인사도 했고, 성의도 충분히 보였어. 세상에 알려도 될 만한 훈훈한 미담이라고. 인간은 원래 그렇게 생겨 먹었어. 원래 그렇다니까. 원래 그래!'

점점 커지는 악마의 목소리가 내 고막을 뒤흔들었다.

결론을 못 내리고 있는데, 누가 방문을 똑똑 두드렸다.

문 앞에 다다 사장이 서 있었다.

"잠깐 이야기 좀 하지, 오키."

엄숙한 표정의 다다 사장을 방 안으로 들였다.

"사에키 씨 장례식을 치르느라 어수선해서 깜빡했는데, 실은 사에키 씨가 생전에 자네를…."

다다 사장은 목소리에 힘을 실어 말했다.

그 말을 들으며 가슴 밑바닥에서 뜨거운 감정이 솟구쳤다.

다음 날 점심시간, 나는 사채업자 구니무라 씨를 불러냈다. 지난번에 만났던 홈센터 앞에서 바닥에 손을 짚은 채 무릎을 꿇고 빌었다. 52만 엔을 빌려달라고.

다다 사장에게는 한 번 더 부탁할 염치가 없었다. 남은 건 구니무라 씨밖에 없다 싶었다.

"이번 달 원리금도 못 갚은 주제에 그런 부탁을 잘도

하는군요, 당신은."

"부탁드립니다. 보시는 대로입니다."

"보시는 대로라. 성공한 사람이 무릎을 꿇는다면 몰라도 낙오자가 엎드려 절하는 건 아무런 가치가 없습니다. 애당초 그런 거금을 어디에 쓰려는 거죠?"

"…신세 진 분께 은혜를 갚고 사죄하고 싶습니다."

나는 일어서서 내 전 재산인 5만 엔을 구니무라 씨에게 쥐여주었다. 이건 상환금에 포함하지 않아도 된다. 52만 엔을 빌리기 위한 수수료라고 생각해 달라는 말을 덧붙이면서.

"…하나만 묻겠습니다."

구니무라 씨가 담뱃갑을 톡톡 두드리며 물었다.

"신세 졌다는 분은 당신에게 어떤 존재입니까?"

"…"

사에키 씨의 온화한 미소가 침묵에 잠긴 내 눈꺼풀 안쪽에 떠올랐다. 그가 내게 베풀어줬던 선의가 선명한 색채를 띠며 현실처럼 내 눈앞에 어른거렸다.

나는 분명하게 대답했다.

내게 처음으로 사랑이 뭔지 가르쳐준 사람이라고.

"…사랑이라."

구니무라 씨는 싸늘한 한마디를 남긴 채 담배 연기를 내뿜었다. 내 얼굴을 뚫어지게 쳐다보다가 땅바닥에 던진 담배꽁초를 발로 밟아 뭉개면서 말했다.

"사랑이냐 돈이냐 선택해야 한다면 난 무조건 돈입니다. 가난뱅이의 자긍심으로는 배를 채울 수 없거든요. 돈은 인생의 방향키 역할을 합니다. 돈이 만능은 아니지만, 웬만한 문제는 돈으로 해결할 수 있습니다. 돈이 없어도 살 수는 있지만, 돈이 있으면 멋들어지게 살 수 있습니다. 돈은 희망이고, 희망이 없는 인생은 초라하고, 돈이 없으면 미래를 이야기할 수 없습니다. 그런데도 당신은 사랑이 우선이라는 겁니까? 이렇게 빚에 허덕이는 당신이?"

나는 천천히 고개를 위아래로 움직였다.

"마음에 안 들어, 그런 젖내 나는 말을 입에 올리는 인간은."

구니무라 씨는 새로 담배 한 개비를 꺼내 느릿느릿 불을 붙였다. "그렇지만" 하고 운을 떼더니 코로 하얀 담배 연기를 허공에 뿜어냈다.

"나는 이 일을 하면서 별별 인간을 경험해 봤기 때문에 믿을 만한 사람과 그렇지 않은 사람을 본능적으로 어느 정도 구분할 수 있습니다. 지금 내 본능이 당신에게 52만 엔을 빌려주면 이자까지 포함해서 전액을 돌려받을 수 있다고 하는군요. 가끔은 내 이 본능적인 감각을 확인해 보는 것도 나쁘지 않지."

구니무라 씨가 멈춰 서 있던 외제 차로 다가갔다. 하아, 하며 따분한 얼굴로 현금 뭉치와 차용증을 갖고 돌아왔다.

"60만 엔, 빌려드리죠. 상환 기간은 1년입니다."

"…괜찮습니까?"

"괜찮을 리가 없죠. 나도 다 먹고살려고 하는 짓인데. 이자까지 붙여서 확실히 갚을 거죠?"

"꼭 갚겠습니다. 고맙습니다."

두툼한 현금 뭉치를 받아 들고서 몸을 90도로 구부려 머리를 깊이 조아렸다.

다음 날, 퇴근하자마자 샤워도 하지 않고 아오조라 우체국으로 달려갔다. 오리하라 씨에게 왕복 우푯값을 낸 다음, 지갑과 캔 맥주도 같이 보내달라고 부탁하자 추가로 5만 엔을 더 내야 한다는 대답이 돌아왔다.

택배비는 별도였다. 나는 60만 엔을 빌려준 구니무라 씨에게 속으로 감사 인사를 전했다.

추가 비용 5만 엔을 내고 쇼핑백에 지갑과 캔 맥주를

담았다. 편지와 함께 창구로 들고 갔더니 오리하라 씨는 오늘도 야멸차게 "편지는 직접 넣으세요"라고 나를 향해 쏘아붙였다.

나는 숲으로 갔다.

어제 밤새워 쓴 편지 내용을 되새기며 천천히 편지봉투를 우체통에 넣었다.

사에키 가즈오 씨께

또 연락해서 죄송합니다. 오키입니다.

답장을 보내주셔서 고맙습니다.

우푯값은 걱정하지 마세요.

제가 이래 봬도 모아둔 돈이 제법 있거든요.

먼저 알려드릴 게 있습니다.

사에키 씨의 유품은 저와 회사 사람들이

같이 정리했습니다.

다다 사장님과 오카우치 씨를 비롯해

저마다 사에키 씨의 추억이 깃든 물건을 나눠 가졌습니다.

저는 서랍에 들어 있던 사진을 몇 장 챙겼습니다.

그리고 가쓰시카에 가서 따님에게

당신이 돌아가셨다는 소식도 전했습니다.

제 말을 듣고 사나에 씨는 망연자실했습니다.

사에키 씨의 유골함을 들고 갔더니,

사나에 씨가 그 유골함을 받아줬습니다.

사에키 씨.

사나에 씨는 건강하게 잘 지냅니다.

그리고 사나에 씨에게는 딸이 있더라고요.

다섯 살이고 이름은 가오루인데,

사나에 씨도 그렇고, 가오루도 그렇고,

다정해 보이는 눈매가 사에키 씨를 꼭 빼닮았습니다.

사나에 씨 가족은 행복하게 살고 있으니까

걱정 붙들어 매세요.

그 이야기는 이쯤 하고,

오늘은 당신에게 사죄드려야 할 일이 있습니다.

솔직히 이 이야기를 꺼내기가 너무나 무섭습니다.

그래도 꼭 말씀드려야 하는 일입니다.

2주 전쯤에 지갑을 잃어버렸던 일을 기억하시죠?

기숙사 계단에 떨어져 있던 그 지갑을 주운 건

바로 저였습니다.

그게 당신 것인지도 모른 채 유혹에 넘어간 저는

그 지갑을 제 방에 갖고 오고 말았습니다.

그날 저녁에 당신이 지갑이 없어졌는데 못 봤냐고 물었을 때 저는 솔직하게 밝히지 못했습니다.

지난번 편지에 숨김없이 고백하려고 했지만,

끝내 그렇게 하지 못했습니다.

저는 아버지를 모르고 자랐습니다.

그래서 당신을 아버지처럼 생각했습니다.

그런 당신을 실망시킬까 봐 겁이 났습니다.

그런데 저는 그때 깨달았습니다.

당신과의 관계가 깨지는 것보다,

내가 저지른 죄를 직시하는 것보다,

일자리와 어렵게 얻은 안식처를 잃게 될 현실을

더 두려워했다는 것을.

머리로는 죄를 반추하면서도

돈과 안식처를 지키고 내 몸을 보호하고 싶다는

욕망에 사로잡혀 있었습니다.

남의 지갑을 훔친 것으로도 모자라

끝까지 내 입장에서 이해득실만 따졌습니다.

이런 인간을 어떻게 쓰레기라고 부르지 않겠습니까. 저는 결국 쓰레기입니다. 이 편지를 쓰는 지금도 한 번 쓰레기는 영원한 쓰레기라는 사실을 통감하고 있습니다.

당신에게 그토록 큰 신세를 져 놓고도

끝끝내 은혜를 원수로 갚고 말았습니다.

솔직히 고백한다고 용서받을 수 있는 일은 아니지만,

지갑도 같이 보냅니다. 돈에는 일절 손을 대지 않았습니다.

맥주도 함께 넣었으니 혹시 괜찮으시면

먼 길 떠나기 전에 한잔하시길 바랍니다.

마지막으로, 한 번만 더 용서를 빌고 싶습니다.

사에키 씨, 죄송합니다.

정말 죄송합니다.

당신을 배신해서 정말 죄송합니다.

나는 사나에 씨가 유골을 받아줬다고 거짓말했다. 사에키 씨의 심정을 생각하니 솔직하게 말할 수 없었다.

그 편지를 보내고 나흘이 지났다.

일을 마치고 기숙사로 돌아오자, 내 방 우편함에 누런 봉투가 꽂혀 있었다.

나는 지난 나흘간 밤잠을 설쳤다. 지갑을 훔쳤다는 사실을 적어 보내고 나니 너무 두려운 나머지 답장이 오지 않았으면 좋겠다는 생각까지 하면서 전전긍긍했다.

조마조마해하며 손에 든 봉투 뒷면에는 '사에키 가즈오'라고 적혀 있었다.

나는 방에 들어가 문을 닫았다. 온몸이 덜덜 떨리는 것을 느끼며 천천히 봉투를 열었다.

✉〰

오키 와타루에게

잘 지냈나. 사에키일세.

편지 고맙네, 오키.

편지를 또 보내오리라고는 상상도 못 한 터라

적잖이 놀랐네. 또 헛돈을 쓰게 해서 정말 면목이 없군.

내가 살아 있었더라면 자네에게 우푯값을 갚았을 텐데,

그러지 못하는 나를 부디 용서해 주게.

일단 내 딸을 만나러 가준 이야기부터 해야겠군.

바쁠 텐데 고맙네.

자네는 참 따뜻한 사람이군.

나는 내 딸의 성격을 잘 알고 있네.

기가 센 그 애가 내 유골을 받아줬을 리가 없어.

괜히 마음 쓰게 해서 미안하네.

사나에한테 들었겠지만, 옛날에 나는 변변치 못한 아비였어.

맨날 술만 퍼마시고,

취하면 가족에게 폭력을 휘두를 때도 있었어.

한 10년 전이었나, 아내가 세상을 떠났다는 소식을 들었지.

몰래 성묘는 하고 왔네만, 그 사람에게는 사죄를 아무리

해도 부족할 따름이야.

시간이 흐르고 또 흘러도 가족에게 나는 용서받을 수 없는

인간이야. 그럴 만한 짓을 했거든.

사나에에게 딸이 생겼다고?

말괄량이였던 딸이 엄마가 됐다니.

그랬군, 내 손녀 이름이 가오루(薫)란 말이지.

먼저 세상을 떠난 아내 이름이 가에코(薫枝子)였어.

제 엄마 이름에서 한 글자 따왔나 보군.

좋은 소식을 전해줘서 고맙네, 오키.

사나에 가족이 행복하게 살고 있다면

나는 더 바랄 게 없네.

내 유골에 관해서는 더 이상 마음 쓰지 말게.

그리고 내 지갑 말인데, 지갑에 관해서라면

도리어 내가 감사 인사를 해야 할 것 같군.

아내에게 선물 받은 소중한 지갑을 돌려줘서 고마워.

물론 자네가 한 행동은 절대로 용서받을 수 없는 잘못이

맞아. 철저히 반성하고, 앞으로는 두 번 다시

그런 짓은 하지 말게.

그렇지만 비싼 우푯값을 내면서까지 용기를 내

용서를 구한 건 칭찬받아 마땅하네.

오키.

자네가 편지에 '저는 아버지를 모르고 자랐습니다'라고

썼었지. 그건 나도 마찬가지야. 나도 아들이 없거든.

그래서 자네가 내게 느꼈던 감정을

나도 자네에게 똑같이 느꼈어.

자네는 기쁜 일이 있으면 얼굴을 있는 대로 구기고 웃었어.

아직 어린 티가 벗겨지지 않은 웃는 얼굴과 현장에서

하루하루 성장해 나가는 자네 모습을 지켜보는 게

소소한 낙이었어.

오키.

비굴해지지 말게.

비굴해지면 안 돼.

지갑을 훔쳤다고 솔직하게 고백할 줄 아는 사람이 어째서

쓰레기라는 건가?

생각해 보게.

아침 일찍 시작되는 건설 현장에

자네가 한 번이라도 지각한 적 있나?

내가 지쳐서 일어설 기력이 없을 때

손을 내밀어준 게 누구였나?

바로 자네 아닌가.

자네가 기숙사 복도에 떨어져 있던 쓰레기를 줍는 모습을 내 두 눈으로 똑똑히 봤어. 나는 자네가 다리가 불편한 일꾼의 손을 잡아주는 모습도 여러 번 목격했어.

그런 귀한 사람이

어째서 쓰레기라는 건가?

전에도 말했다시피 진짜 아무짝에도 쓸모없는 인간은

자기가 변변찮다는 사실을 모를뿐더러 설사 알더라도

인정하지 않아. 자신의 약점을 인정하는 사람을

이 사회는 반드시 받아들여 줄 걸세.

다다 사장님이 나를 받아들여 준 것처럼.

혹시 자네가 내게 빚을 갚고 싶다면,

마지막으로 내 부탁을 하나만 들어주겠나?

나는 자네가….

눈으로 한 줄씩 좇을수록 가슴에 똬리를 틀고 있던 두려움이 희미해졌다.

사에키 씨의 편지에는 이렇게 쓰여 있었다.

'나는 자네가, 우리 회사의 정직원이 됐으면 좋겠네'라고 말이다.

사나에 씨를 만나고 돌아왔던 날, 다다 사장은 말했다.

사에키 씨가 4월부터 나를 정직원으로 삼자며 강력하게 추천했다고.

사장은 깜짝 놀랐다고 했다. 사에키 씨가 그렇게 간절히 부탁하는 건 처음 봤다면서.

그 이야기를 들은 순간, 나는 더 이상 고민하지 않았다. 사에키 씨에게 사죄해야겠다고 굳게 다짐했다.

나는 눈시울이 뜨거워지는 것을 느끼며 편지를 계속 읽어 내려갔다.

…나는 자네가 우리 회사의 정직원이 됐으면 좋겠네.
나는 헤어진 아내와 딸에게 집을 못 지어준 게
천추의 한이었네. 그래서 건설 회사에 취직했지.
건설이란 한 폭의 그림 같은 풍경이 아니라 사람의 생활과
국가의 사명을 눈에 보이는 형태로 만드는 일이라네.

건설업은 국가의 토대일세.

현장에서 흘린 땀과 거기서 보낸 시간이

역사가 되어 건물에 새겨지지.

자네도 알겠지만, 지금 짓는 그 건물은

치매 전문 의료 시설이야.

강한 사명감과 윤리를 요구하는 중대한 프로젝트의 시공을

관리하다가

중간에 손을 떼게 되어 얼마나 안타까운지 모른다네.

그래서 자네에게 맡기고 싶어.

아르바이트가 아니라 정직원이 되어

그 일의 한쪽 날개를 맡아주게.

먼저 가슴속에 새겨야 지도에 남길 수 있거든.

자네가 가진 '끊임없이 노력하는 강인한 자세'와 '성실함'을

나는 믿네.

나이 차이가 많이 나지만, 친구여.

부디 두 손으로 행복을 거머쥐기를.

PS. 다다 사장님과 오카우치에게도 안부 전해주게.

오카우치한테 건강검진 꼭 받으라고 하고.

그리고, 맥주 고맙네.

내 건강을 생각해서 일부러 무알코올 맥주를 골랐나 본데.

길 떠나기 전에 오랜만에 한잔 마셔 볼까… 싶지만,

안 되겠어. 나는 마실 자격이 없거든.

편지이긴 하지만, 사에키 씨가 마치 내게 직접 말을 거는 듯했다.

남을 밀어내야만 살아남을 수 있다고 믿는 요즘 같은 시대에, 손익을 따지지 않고 남에게 손을 내밀어줄 수 있는 사람이 과연 몇이나 될까.

사에키 씨는 내 마음속에 확실한 뭔가를 남겨주었다.

사에키 씨의 표현을 빌리자면, 그는 나라는 한 인간을 건설했다.

사에키 씨.

정직원 건은 기꺼이 받아들이겠습니다.

그리고 인간으로서도 한 가지 목표를 향해 걸어가겠습니다.

당신이 지은 최고의 걸작품이 되기 위해.

기숙사 쓰레기 수거장에서 꽃잎이 하나둘 지기 시작한 벚나무를 올려다보았다. 나뭇가지에서 떨어져 어두운 바닥 위에 흩어진 꽃잎은 바람이 불 때마다 허공으로 날아올랐다가 다시 땅으로 내려왔다. 대낮의 화사한 봄과는 사뭇 다른 그 광경이 고요한 허무를 느끼게 한다.

"오카우치 씨, 건강검진 꼭 받으셔야 합니다."

"시끄러워. 오키, 네가 사에키 씨냐? 정직원 됐다고 우쭐거리지 말라고, 이 자식아."

캔 맥주를 한 손에 든 오카우치 씨는 오늘도 막말을 내뱉는다.

오늘 오전에 회사 사무실에서 사에키 씨의 사십구재를 올렸다. 4월부터 정직원이 된 내가 다다 사장의 지시에 따라 식을 진행했다.

"아니, 그 오지랖 넓은 늙다리는 나한테 건강검진 받으러 가라고 그렇게 성화더니 자기가 먼저 죽어버리면 어쩌란 거야?"

오카우치 씨는 푸념처럼 내뱉었지만, 눈가가 젖어 있었다. 오카우치 씨는 부끄럼을 많이 타서 이런 식으로밖에 표현하지 못하지만, 속으로는 사에키 씨를 좋아했던 것 같다. 그 사실을 뒷받침하듯 유품으로 나눠 받은 사에키 씨의 배낭을 매일 애지중지 메고 다닌다.

나는 바지 호주머니에서 사진 한 장을 꺼냈다. 사에키

씨의 유품으로 받은 이 사진은 작년 12월 31일에 여기서 찍었다.

"돈을 모아서 언젠가 사에키 씨의 무덤을 만들어 드리고 싶어요. 그게 신세 진 분께 은혜를 갚는 길일 것 같아서요."

물끄러미 사진을 쳐다보며 중얼거렸더니 오카우치 씨의 날카로운 눈빛이 나를 향했다.

"이봐, 오키. …내가 그 돈 절반 낼게."

오카우치 씨가 배낭에서 큼지막한 상자를 꺼냈다. 상자 안에 특대형 데커레이션 케이크가 들어 있었다. 오늘은 사에키 씨의 생일이다.

오카우치 씨는 뻘쭘해하며 꾸물꾸물 자리에서 일어섰다.

"오지랖 넓은 늙다리. 아니, 누구보다 다정했던 늙다리에게. …건배."

오카우치 씨가 캔 맥주를 치켜들자 다들 미리 의논이라도 한 듯 술잔을 높이 들었다.

"오카우치. 너랑 안 어울리니까 무리하지 마."

"시끄러워. 당신이야말로 그런 복장은 진짜 안 어울리는 거 몰라?"

"내 옷이 뭐가 어때서!"

히죽 웃으며 기억을 되새김질했다. 사에키 씨에게 답장을 받은 나는 다시 한번 아오조라 우체국을 찾아갔다. 오리하라 씨에게 26만 엔을 내고 우표를 사서 사에키 씨에게 마지막 편지를 보냈다.

나이 차이가 많이 나지만, 친구여.

부디 편히 잠들기를.

겨우 두 줄만 쓴 편지와 사에키 씨의 손녀인 가오루의 사진 한 장을 같이 보냈다. 사나에 씨를 만나 사에키 씨의 유골함에 바칠 사진이 필요하다고 했더니 떨떠름한 얼굴로 사진을 챙겨주었다.

사나에 씨가 가오루를 안고 있는 사진이었다. 가오루만 찍힌 사진도 있었을 테지만, 어쩌면 사나에 씨는 일부러 자기 얼굴이 나온 사진을 골랐을 수도 있다.

참고로 우푯값은 구니무라 씨가 아니라 대형 소비자금융에서 빌렸다. 4월부터 정직원으로 일하고 있다고 했더니 신용 등급이 올라갔는지 생각보다 선선히 돈을 빌려주었다.

"나도 벚꽃처럼 인기가 많았으면 좋겠군."

"벚꽃은 폈다가 금방 지는데. 그래도 좋아?"

시끌벅적한 웃음소리가 쓰레기 수거장 주위를 떠다녔다. 사람들의 말소리와 웃는 얼굴이 스산한 기숙사 벽과 쓸쓸한 쓰레기 수거장을 전혀 다른 풍경으로 바꾸는 듯했다.

한 사람이 생일 축하 노래를 흥얼거리자 어느새 하나둘 따라 부르기 시작했다.

벚나무가 밤바람에 흔들려 하얀 꽃잎이 흩날렸다. 박자를 무시한 손뼉에 맞춰 소박한 생일 파티가 이어졌다.

희끄무레한 알전구 불빛이 그런 우리의 모습을 비추고 있었다.

세 번째 편지

할머니에게

택시에서 내리자마자 현관 앞에서 떠돌던 선향 냄새가 코를 찔렀다. 평범하지 않은 그 연기가 가슴을 도려내는 듯한 현실을 내게 전해주었다. 불단을 모신 안쪽 방에서 누군가가 훌쩍거리는 소리가 귀를 헤집고 들어왔다.

비틀거리는 발걸음으로 그 소리를 따라가 방문 앞에 섰다. 조금 열린 장지문 틈새로 이불 위에 누워 있는 할머니의 모습을 본 순간 내 안의 무언가가 끊어지는 소리가 났다.

"할머니!"

장지문을 와락 열어젖히자, 할머니는 얼굴에 흰 천을 덮고서 잠든 사람처럼 누워 있었다. 그 자리에 얼어붙은 듯이 선 나는 온몸에서 힘이 빠져나가는 것을 느끼며 무너지듯 주저앉았다.

"말도 안 돼요, 할머니. 거짓말이라고 말해줘요!"

기다시피 하며 이불 옆으로 가서 할머니 손을 잡았다. 얼음장처럼 차가운 그 손이 섬뜩할 만치 현실을 들이밀었다.

"왜 좀 더 일찍 연락 안 했어?"

나는 하치오지의 연수 시설에서 여름 합숙 특강을 들으며 공부하고 있었다. 합숙 마지막 날인 오늘 아침에야 연수 시설로 할머니가 돌아가셨다는 연락이 왔다.

"할머니 뜻이었어."

옆에 웅크리고 앉아 있던 엄마가 내 어깨에 살포시 손을 올렸다.

"그저께 가마쿠라에 있는 병원으로 실려 갔는데, 할머니는 네가 합숙 중인 걸 알고 계셨어. 너한테는 당신이 입원했다는 소식을 절대로 알리지 말라고 단단히 못을 박으셨어. 고등학교 입시를 앞둔 손녀를 방해하고 싶지 않다면서."

엄마의 떨리는 목소리가 냉기 서린 음성이 되어 귓가에 파고들었다. 두려움인지 슬픔인지 모를 감정이 치밀어올라 미친 듯이 울부짖고 싶었다.

널을 뛰는 내 감정의 파동은 알 바 아니라는 듯이 마당에서는 매미가 태평하게 울어댔다.

　매미 울음소리가 방아쇠가 된 것처럼 할머니와 함께했던 작년 여름의 기억이 생생하게 되살아났다.

　작년 봄, 중학교 2학년이 된 나는 열심히 공부했다.

　우리 가족은 사이타마 우라와에 살고 있다. 둘 다 일류대 출신인 부모님은 나도 도쿄의 명문대에 들어가기를 기대했다. 그래서 어릴 때부터 걸핏하면 "공부해"라는 말을 듣고 자랐다.

　황금연휴가 끝났을 무렵부터 같은 반의 기무라 야요이와 친해졌다.

　똑같은 책을 읽고 독후감을 쓴 뒤로 우리는 서로를 의식하게 됐다. 도서실에서 마주치면 몇 마디씩 말을 주고받게 됐는데, 둘 다 아무도 꺼내보지 않을 것 같고 인지도가 낮은 책을 좋아했다. 어느 날 방과 후 도서실에서 《까마귀의 기억력은 어느 정도일까》라는 책을 읽고 있자 야요이가 《개미의 사회 구조》라는 책을 빼 들고 와서 둘이 배를 잡고 웃은 적도 있다.

　야요이는 초등학생 때 교통사고를 당하는 바람에 어쩔 수 없이 휠체어 신세를 지게 됐다. 친해지고 난 다음부터 나는 야요이가 책장을 올려다보고 있으면 책을 대신 꺼내주거나, 교정을 지나다가 높낮이가 다른 바닥이 나타나면 자연히 야요이의 휠체어를 밀어줬다.

5월 중순, 중간고사가 끝났을 즈음이었다.

"메구미, 대단해. 중간고사 성적, 반에서 1등이던데?"

"야요이, 너도 잘했잖아. 국어는 나보다 훨씬 더 점수가 높던데?"

수업을 마치고 야요이와 이야기하고 있는데, 교실 한쪽에서 수상한 낌새가 느껴졌다.

"메구미, 너 요즘 얘랑 엄청 친하더라?"

우리 반의 중심인물 격인 미즈하라 가에데가 카랑카랑한 목소리로 대화에 끼어들었다.

가에데는 작년에도 한 반이었는데 예전에는 사이가 좋았다. 소풍 때도 같은 조였고 둘 다 성적이 좋아서 경쟁 관계를 유지했지만, 내가 성적이 올라가면서 가에데는 더 이상 내게 말을 붙이지 않았다.

"메구미, 위선자라는 말, 알아?"

가에데가 던진 말에 온몸이 딱딱하게 굳었다.

"휠체어 타고 다니는 애한테 친절하게 대하는 자신을 멋있는 사람이라고 생각하는 거. 그런 게 오히려 더 무례

한 거 아냐?"

가에데는 팔짱을 낀 채 왜소한 나를 내려다보며 말을 내뱉었다. 가느다란 가에데의 눈매에는 냉소와 조바심이 섞여 있었다.

"아니야. 그런 거 아냐."

내가 가느다란 목소리로 반론하자 가에데가 내 말을 가로막았다.

"다 티 나. 난 착한 사람이에요, 엄청 어필하고 싶은 거 잖아. 안 그래?"

가에데가 동의를 구하는 듯 돌아보자, 뒤쪽에 서 있던 두 사람이 피식 웃음을 흘렸다.

"뭐, 네가 그러고 싶다면 상관은 안 할게."

가에데는 어깨를 으쓱하며 이제 재미없다는 듯이 대화를 마무리 지었다. 그러더니 돌아서서 돌을 던지듯이 툭 한마디 했다.

"그렇지만 위선 떠는 건 의외로 들키기 쉬우니까 조심하라고."

교실을 나서는 세 사람의 발소리가 멀어졌다. 야요이가 "저런 말은 신경 안 써도 돼"라고 다정하게 말해줬지만, 나는 억지웃음을 지어 보이며 그 자리에 우두커니 서 있었다.

이튿날 아침이 찾아왔다.

어젯밤에는 가에데가 했던 말이 뇌리에 달라붙어 좀처럼 잠들지 못했다.

건물 출입구에서 야요이와 만나 둘이 나란히 복도를 걷고 있자니 서예 시간에 글씨를 쓴 종이가 벽에 붙은 모습이 시야에 들어왔다. 진한 먹물 냄새가 물씬 나는 복도를 지나가다가 내가 쓴 글자를 발견한 순간 심장이 터질 것 같았다.

우정이라고 쓴 글자 위에 자그맣게 '가짜'라고 적혀 있었다.

교실 문에 손을 올리자, 위장이 바싹 오그라드는 듯한 느낌이 나를 덮쳤다. 용기를 짜내어 문을 연 다음, 휠체어에 앉은 야요이를 먼저 들여보내고 나니 몇몇 아이들의 시선이 내 얼굴에 꽂혔다. 푹 찌르는 듯한 눈빛이 아니라 차갑고 무심한 눈빛이었다.

"위선자 납셨네."

교실 중간의 내 자리로 걸어가는데 어디선가 날아온 목소리가 내 가슴을 후벼팠다. 용기가 없어 그 목소리의 주인이 누구인지 확인할 수 없었다. 내 자리까지 걸어가는 길이 한없이 길게 느껴졌다. 누군가의 책상에 살짝 부딪치기만 해도 "뭐야?" 하는 성난 목소리가 날아올 것만 같아서 필요 이상으로 몸을 움츠리고 걸었다.

간신히 자리에 앉았는데, 책상 안에 구겨진 종이가 들어 있었다. 가방을 만지는 시늉을 하며 뒤쪽을 쳐다보자 맨 뒷자리의 가에데가 어색하게 눈을 돌렸다.

겁이 났지만, 책상 안에 있던 종이를 꺼냈다. 떨리는 손으로 천천히 종이를 펴 보니 사인펜으로 갈겨쓴 글자가 적혀 있었다.

위선자.

조례가 시작되기 전의 몇 분이 영원처럼 느껴졌다. 내 편이 되어줄 야요이의 자리가 너무 멀어서 도움을 청할 수 없었다.

칠판에 적힌 글자를 쳐다보는 척하면서 시간이 빨리 지나가기를 빌었다. 그러나 아무리 간절히 빌어도 오늘 하루가 괴로움으로 가득 차리라는 걸 나는 알고 있었다.

아니, 오늘뿐만이 아니다.

내일도, 모레도.

다음 날 아침부터는 교실에 들어갔을 때 나를 쳐다보

는 시선이 더 늘어났다.

 자리에 앉고 보니 내 자리 주위에만 부자연스러운 공간이 만들어져 있었다. 내가 옆자리에 앉은 애에게 다가가려고 하면 그 애는 슬그머니 자리에서 일어나 다른 애들에게 말을 걸었다. 내가 말을 붙이면 쌀쌀맞게 한두 마디 하는 게 고작이었다.

 야요이에게 의논하자 내가 걱정스러운지 학교에서는 친하게 지내지 말자는 말을 꺼냈다. 하지만 나는 아무런 잘못도 하지 않았다. 어째서 소중한 친구와 멀어져야 하는지 이해가 가지 않았다.

 어느 날 방과 후, 나는 가에데에게 직접 따졌다.
 "내가 우정이라고 쓴 종이에 '가짜'라고 쓴 게 너야?"
 일부러 세 보이려고 표정을 가다듬었지만, 가에데는 주눅이 들기는커녕 펄펄 날뛰었다.
 "뭐? 무슨 헛소리야?"
 "내 책상 안에다 위선자라고 쓴 종이를 넣어놓은 것도 너 맞지?"
 "애가 생사람 잡네. 내가 썼다는 증거 있어?"
 가에데는 잘못을 인정하지 않고 나를 째려보았다.

그날을 기점으로 가에데의 괴롭힘은 나날이 심해졌다. 수업 시간에 내가 이름이 불려 문제의 정답을 맞히면 혀를 끌끌 찼다. 반대로 틀리면 들으라는 듯이 뒤에서 큰 소리로 웃어댔다.

교활하게도 학교 폭력 사건으로 번지지 않을 정도로만 나를 괴롭혔다. 가에데는 머리가 좋다. 직접적으로 폭력을 쓰거나 대놓고 악담을 퍼붓지 않는다. 교묘하게 아슬아슬한 선을 지켰기에 실제로 야요이가 담임 선생님에게 상의하러 갔을 때도 선생님은 사태를 심각하게 받아들이지 않았다. "알았어. 다음에 내가 주의를 줄게"라며 건성으로 대답했다.

5월 말이었다.

학교에 와서 내 자리에 앉자, 이번에도 책상 안에 구겨진 종이가 들어 있었다.

그날의 불쾌했던 기억이 되살아났다. 손끝으로 종이를 만져보니 살짝 눅눅했다. 내 땀 때문에 그렇게 됐는지, 원래 종이가 젖어 있었는지 몰라 당황스러웠다.

펴 보고 싶지 않았다. 종이에 적힌 글자가 또 내게 상처를 주리라는 걸 모르지 않았다. 그렇지만 이대로 종이를 무시하는 선택 역시 나를 궁지에 몰아넣을 것 같았다.

느릿느릿 손가락을 움직여 종이를 펼쳐 나갔다. 떨리는 손끝을 나도 느낄 수 있었다. 긴 한숨을 내쉬며 종이를 완전히 펼쳤다. 종이에는 아무것도 쓰여 있지 않았다. 긴장이 풀려 숨을 훅 내쉰 순간, 뒤에서 들린 가에데의 말소리가 내 고막을 흔들었다.

"봤어? 쟤 얼굴? 하하하."

고개를 들 수 없었다.

뒷자리에서 들려오는 웃음소리가 귓속으로 쏟아져 들어오고, 이 교실에서 나만 불청객이 된 듯했다.

사라지고 싶었다.

이대로 내 존재 자체를 지워버리고 싶었다.

여기 있는 한 고통이 사라지는 날은 오지 않으리라.

다음 날 나는 학교에 가지 않았다.

그다음 날도.

그다음 날도.

또 그다음 날도….

창문을 두드리는 굵은 빗방울이 어두컴컴한 방 안에 무거운 공기를 나르고 있었다. 나는 이불을 둘둘 말고 누워 얼굴만 내놓은 채 천장을 물끄러미 쳐다보았다. 6월부터 학교에 가지 않게 되면서 시간 감각을 잃어버렸다.

가에데의 목소리가 머릿속에서 떨어지지 않았다.

— 메구미, 위선자라는 말, 알아?

— 난 착한 사람이에요, 엄청 어필하고 싶은 거잖아.

— 위선 떠는 건 의외로 들키기 쉬우니까 조심하라고.

난 어떤 의도가 있어서 야요이와 친하게 지낸 게 아니었다.

하굣길에 야요이의 휠체어를 밀고 있다가 야요이의 부모님을 마주친 적이 있다. 두 분 다 딸에게 친구가 생겼다며 무척 기뻐하셨다. 야요이 부모님이 기뻐하시는 얼굴을 보자 내 가슴이 따스하게 물들었다.

그다음 날부터 야요이의 휠체어를 밀고 있을 때면 왠지 자랑스러운 기분이 들었다. 요즘 들어 이런 생각이 든다. 야요이의 휠체어를 밀어준 건 야요이를 위해서가 아니라 나를 위해서가 아니었을까. 그리고 그게 바로 '위선'이 아닐까.

"메구미, 잠깐 들어가도 돼?"

계단을 올라온 엄마가 방문을 똑똑 두드렸다.

조금 전에 담임 선생님과 학교 상담사가 집에 왔었다. 만나고 싶다며 방문을 두드렸지만 나는 거절했고, 부모님이 나 대신 두 사람을 상대했다.

나는 이불에서 빠져나와 방문을 빼꼼 열었다.

"선생님께 이야기 전해 들었어. 가에데랑 다툼이 있었다면서?"

예전에는 가에데와 사이가 좋았기에 엄마도 가에데를 알고 있다.

"다음에 아빠랑 같이 가에데 집에 가서 그쪽 부모님이랑 이야기해 볼게."

"안 돼!"

나도 모르게 언성이 높아졌다.

"일이 커지면 점점 더 등교하기 힘들어지잖아!"

"그럼, 학교에 가려고 노력해야지. 도망치면 안 돼."

"엄마는 아무것도 모르면서! 진짜 내가 걱정되는 거 맞는 거야?"

"당연하지! 하나밖에 없는 딸을 걱정하지 않는 부모가 어딨어!"

"됐어, 엄마! 아무튼 가에데 부모님은 절대 만나지 마!"

말이 안 통해 못마땅한 감정을 있는 대로 드러내며 방문을 쾅 닫았다.

엄마와 아빠는 도쿄에 있는 종합상사에서 근무한다.

사내에서 만나 결혼했고, 결혼하고 나서도 거기서 계속 일하고 있다. 휴일 출근이 잦은 탓에 최근에는 대화도 거의 하지 못했다.

내 방에서 이불을 뒤집어쓰고 누워 있던 어느 날, 저녁 무렵에 인터폰이 울렸다.

집에는 아무도 없었다. 인터폰 소리가 멎고 인기척이 사라진 걸 확인한 다음 조용히 창문을 열었다.

야요이가 휠체어를 타고 왔던 길을 돌아가려 하고 있었다. 내가 걱정돼서 와본 모양이었다.

야요이는 평소에도 혼자서 교실로 이동하고 혼자서 화장실도 간다. 그렇지만 우리 집 앞은 완만한 비탈길이다. 야요이는 가느다란 팔로 몸을 지탱해 가며 비탈길을 올라왔다.

내가 야요이를 도와줘야 한다.

밖에 나가려고 결심한 찰나, 같은 반 여자애들이 우리 집 앞을 지나갔다. 대화를 나눈 적은 거의 없지만, 가에데가 뭐라고 바람을 넣어서 나를 싫어할지도 모른다.

— 메구미, 위선자라는 말, 알아?

— 난 착한 사람이에요, 엄청 어필하고 싶은 거잖아.

― 위선 떠는 건 의외로 들키기 쉬우니까 조심하라고.

가에데의 목소리가 메아리처럼 울려 퍼져서 그 자리에서 꼼짝하지 못했다.

창밖에서는 야요이가 필사적으로 휠체어를 밀고 있었다. 가느다란 팔로 휠체어 바퀴를 돌릴 때마다 가녀린 어깨가 달싹거렸다.

내가 저 비탈길에서 도와줘야 하는데.

그렇지만 나는….

힘겹게 휠체어를 굴리는 야요이의 모습을 차마 보고 있기 힘들어서 천천히 창문을 닫았다.

내 방 거울에 보기 흉한 얼굴이 비쳤다. 무기력하고 공허한 눈동자, 거칠거칠하고 갈라진 입술, 움푹 꺼진 볼과 동그란 윤곽. 위선자라는 말에 뭉개져 도움이 필요한 사람을 외면한 비열한 내가 거기 있었다.

그날부터 방에서 한 발짝도 나갈 수 없었다.

기말고사도 치지 않았고, 정신이 들었을 때는 1학기가 끝나 있었다.

여름방학이 시작되고 얼마 안 됐을 때, 엄마가 말을 꺼냈다. 여름방학을 가마쿠라의 할머니 댁에서 보내는 게 어떻겠냐고.

가마쿠라에 사는 마사코 할머니와는 한동안 만나지 못했다. 내가 초등학교에 입학할 무렵까지는 할머니가 이따금 우리 집에 왔지만, 엄마와 교육 방침이 달라서 멀어졌다고 한다.

마사코 할머니는 내게 잘해주셨다. 엄마가 나를 혼낼 때면 언제나 내 편이 돼주었다.

사람을 만나는 건 두렵지만, 할머니라면….

"기분 전환이 될 수도 있잖니, 거기 있다가 힘들면 언제든지 돌아오면 되고."

"…알았어."

나는 엄마의 제안을 따르기로 했다.

눈부신 여름 햇살 속에서 차창 밖으로 보이는 경치가 조금씩 달라졌다. 우라와의 주택가를 벗어나 고속도로로 들어서자, 도시의 소란스러움은 뒤로 물러나고 눈앞으로 한적한 풍경이 흘러갔다.

아빠는 지금 해외 출장 중이다. 뒷좌석에서 봐도 운전하는 엄마가 긴장하는 게 느껴졌다. 엄마도 몇 년이나 할머니 얼굴을 보지 않았다. 시원한 에어컨 바람이 차내를 가득 채우고 있는데도 왠지 숨이 막히는 듯했다.

"네가 아기였을 때는 할머니 댁에 몇 번 갔었어."

침묵이 거북했는지 엄마가 룸미러 너머로 말을 붙여 왔다. 나는 "그랬구나"라고 짤막하게 대답하고는 창밖으로 눈길을 보냈다.

고속도로를 빠져나온 다음부터 창밖에 초록이 넘실거렸다. 창문을 열자, 풀 내음이 차 안으로 흘러 들어왔다. 상쾌한 공기가 무거운 마음을 조금이나마 가볍게 해주었다.

좁은 산길을 따라 올라가자, 나무들의 그림자가 창문을 뒤덮었다. 마치 터널을 빠져나갈 때처럼 앞으로 직진만 하던 차가 서서히 속도를 늦추었다.

차는 유턴을 한 번 하고 나서 '미야타'라고 적힌 문패 앞에 멈춰 섰다. 기와로 지붕을 덮은 오래된 가옥이 주변의 밭과 산 사이에 섞여 조용히 서 있었다.

자동차 소리를 들었을까, 현관에서 소매 달린 남색 앞치마를 두른 할머니가 느긋하게 걸어 나왔다.

"오랜만이에요."

먼저 차에서 내린 엄마가 깍듯이 고개를 숙였다.

"엄마, 내가 부탁해 놓고 이런 말 하긴 뭣하지만, 메구미한테 너무 오냐오냐하면 안 돼요."

뒷좌석에서 내릴 때 엄마가 그렇게 말하는 소리가 들렸다. 할머니는 고개를 끄덕끄덕하다가 나를 보자마자 미소를 지으며 내 옆으로 왔다.

"잘 왔다, 메구미. 이제 오후 간식 먹자."

할머니는 '이제 나만 믿어'라고 엄마에게 눈짓을 보낸 다음 내 손을 살며시 잡았다. 나는 엄마에게 잘 가라고 인사하고 할머니를 따라갔다.

바로 옆에서 쳐다본 할머니는 곧 팔순이 된다는 사실이 믿기지 않을 정도로 허리가 꼿꼿했다. 흰머리가 듬성듬성 섞인 검은 머리카락을 깔끔하게 다듬었으며 목소리도 힘차고 말투도 또렷했다.

"손녀야?"

괭이를 쥔 노인이 밭일을 멈추고 웃으며 말을 걸었다.

"맞아요, 고토 씨. 당분간 같이 지내게 됐어요."

내가 머리를 숙이자, 밀짚모자를 쓴 노인이 손을 흔들어주었다.

현관에 발을 들인 순간 오래된 다다미 냄새가 훅 끼쳤다. 단순하면서도 정겨운 느낌의 신발장이 놓여 있고 손때 묻은 목제 우산꽂이가 그 옆을 차지하고 있었다.

널빤지가 빈틈없이 깔린 통로에 발을 내딛고 걸음을 옮길 때마다 삐걱삐걱 소리가 났다. 결이 선명한 널빤지 곳곳에 남아 있는 작은 흠집이 이 집의 역사를 말해주는 듯했다.

할머니가 안쪽의 미닫이문을 열고 들어갔다. 부엌일까, 한복판에 목제 테이블이 놓여 있고 구수한 팥 냄새가 코끝을 간지럽혔다.

"먼 데까지 오느라 피곤하지? 거기 앉으렴."

갈아입을 옷이 든 배낭을 내려놓고 방석이 깔린 가장자리의 의자에 걸터앉았다. 바닥에 부드러운 융단이 깔려 있어 걸을 때마다 폭신폭신해서 기분이 좋았다.

"자, 먹자."

할머니가 오하기를 내밀었다. 방금 만들었는지 김이 모락모락 났다.

화과자는 좋아하지 않지만, 팥 냄새가 식욕을 돋우어서 덥석 베어 물었다.

"…맛있다."

무의식적으로 말이 튀어나왔다. 찹쌀의 끈기와 탄력이 절묘하게 어우러져 씹을 때마다 은은한 단맛이 입안 가득 퍼지며 혀 위에서 녹아내렸다. 팥앙금도 과하게 달지 않고 부드러웠다. 할머니가 시간과 정성을 들여 만들었다는 게 느껴져 감격스러웠다.

우리 엄마는 회사 일이 바빠서 식탁 위에 올라오는 반찬은 대부분 슈퍼에서 사 온 거였다. 엄마가 직접 만든 간식을 먹어본 적이 없는 나는 정신없이 두 번째 오하기를 오물거렸다. 얼굴에 떡고물을 찐득찐득 묻히고 오하기를 문 내가 우스운지 마주 앉은 할머니의 눈가가 둥글게 휘어졌다.

"그나저나 많이 컸구나."

"…."

나는 차가운 보리차를 마시며 대답할 말을 찾았다. 원래도 낯가림이 심한 편인 나는 아무리 할머니라도 거의 기억이 안 나는 사람이 말을 걸었을 때 뭐라고 대답해야 할지 몰라 우물쭈물했다.

"잠깐 옆방에 가볼까?"

내가 긴장한 티가 났는지 할머니가 내 머리 위에 살며시 손을 올렸다. 할머니를 따라 옆방으로 가자, 분위기가 확 달라졌다.

부엌의 네 배는 족히 넘을 정도로 널따란 다다미방이 눈앞에 나타났다. 다다미 특유의 냄새와 시간이 만들어낸 고요가 피부에 와닿았다.

할머니는 폐 질환을 앓기 전인 4년 전까지 서예 교실을 운영했다고 한다. 우리 엄마가 초등학생이었을 때 남편을 잃고 홀몸으로 자식 둘을 키우셨다.

"거기 기다란 책상 앞에 가서 정좌하고 앉으렴."

할머니가 하라는 대로 방석 위에 무릎을 꿇고 앉았다. 볼을 볼록하게 부풀린 내게 할머니가 벼루와 고형 먹을 내밀었다.

"이 벼루에 물을 붓고 먹을 갈아봐."

동그란 물통을 건네받은 나는 벼루에 물을 조금 떨어뜨렸다. 학교에서 서예를 배운 적은 있지만 그때마다 먹물을 사용했다. 고체로 된 먹을 가는 건 처음이다.

"서두르지 말고 신중하게. 등을 조금만 더 펴볼래?"

할머니는 부드러운 말투로 내 어깨뼈 언저리에 손을 갖다 댔다. 나는 숨을 크게 내쉰 다음, 먹에 물을 묻혀 앞뒤로 천천히 움직였다. 차가운 먹의 감촉에 가슴이 두근거렸다.

"벼루에서 먹을 가는 부분을 '언덕', 먹물이 고이는 부분을 '바다'라고 한단다. 기억해 두렴."

할머니는 내 옆에 무릎을 꿇고 앉았다. 눈이 마주치면

나를 안심시키려는 듯이 입꼬리를 올리고 옆에서 가만히 지켜보았다.

벼루에 먹물이 충분히 고인 걸 확인한 할머니가 책상 위에 천으로 된 깔개를 펼쳤다. 오래 사용한 듯한 붓을 내게 건네주고 깔개 위에 종이를 올리더니 문진으로 꾹 눌렀다.

"여기다 네가 좋아하는 걸 써보렴."

"…좋아하는 거요?"

"그래. 뭐든지 상관없어. 좋아하는 말, 좋아하는 음식, 좋아하는 놀이."

나는 잠깐 생각하다가 종이에 '햄버거'라고 썼다. 할머니는 눈꼬리를 내린 채 "그러면 이번에는 햄버거라는 글씨를 조금 더 예쁘게 써볼까?" 하며 새 종이를 꺼냈다.

나는 또다시 붓을 거머쥐었다.

"가슴을 조금만 더 펴볼래?"

할머니는 내 뒤로 가서 한쪽 손을 오른쪽 어깨에 올렸다. "힘은 빼도 돼. 편안하게. 그래, 옳지" 하며 나머지 한 손을 내 허리에 대고 어깨부터 허리를 연결하듯이 손을 미끄러뜨렸다. 조급하게 재촉하지 않고 내가 자연스럽게 자세를 고치기를 기다리는 듯한 신중함이 느껴지는 손길이었다.

"잘했어. 지금 이 자세를 유지하면 전보다 붓이 훨씬 안정될 거야."

등이 서서히 반듯하게 펴지고 긴장했던 어깨가 아래로 조금 내려갔다. 할머니는 손을 떼고 한 걸음 뒤로 물러났다가 다시 내 옆으로 돌아왔다.

"방금 그 자세를 의식하면서. 한 번 더 써보자."

나는 기분이 묘했다.

조용한 공간에 앉아 있자 답답했던 기분이 조금 풀렸다. 가에데와 그런 일이 생기고 나서 나는 줄곧 반 아이들에게 미움을 사지 않도록 조심스럽게 행동했다. 그런데 내 옆에 할머니가 앉아 있기만 해도 든든한 내 편이 생긴 것 같아 주위를 의식하지 않고 집중할 수 있었다.

햄버거라는 글자를 여러 번 썼더니 햄버거를 먹고 싶었다. 동시에 햄버거에 얽힌 추억도 떠올랐다. 소풍 때 햄버거 도시락을 싸 갔던 일, 가족끼리 레스토랑에 가서 맛있는 햄버거를 먹었던 일.

세 번, 네 번, 잇따라 햄버거를 쓰던 내 옆에서 할머니가 조용히 속삭였다.

"훌륭해."

내 가슴에 불빛이 켜졌다. 이어서 할머니는 이렇게 말하면서 미소 지었다.

"오늘 저녁에는 햄버거를 먹어야겠구나."

다다미 위에 깔린 이불이 내 몸을 포근하게 감쌌다. 귀를 기울이면 멀리서 새가 지저귀는 소리가 들렸다. 뻐꾸기 울음소리와 이따금 들려오는 참새 떼 조잘거리는 소리가 아침이 왔음을 알려주는 듯했다.

덮고 있던 이불을 조금 걷어내자 차가운 아침 공기가 목덜미를 쓰다듬었다. 옆에 놓인 선풍기가 필요 없을 정도로 서늘해서 시골의 아침은 이렇게 쌀쌀한가 싶어 화들짝 놀랐다.

이어서 복도를 걷는 할머니의 발소리가 가까워지더니 장지문 너머에서 목소리가 들려왔다.

"메구미, 아침 먹자. 얼른 세수하고 부엌으로 와."

나는 잠옷 차림에서 티셔츠와 청바지로 갈아입고 세면실로 가 양치질을 했다.

"안녕히 주무셨어요?"

인사하며 부엌 미닫이문을 열자, 할머니가 빠릿빠릿하게 움직이며 냄비에 든 된장국을 그릇에 옮겨 담고 있었다.

"다 됐다, 먹자."

내가 자리에 앉자마자 할머니가 나무 밥통에서 갓 지은 밥을 퍼 주었다. 하얗고 반들반들한 밥알은 냄새만 맡아도 그 맛이 느껴졌다. 된장국은 국물 맛이 진하고 달걀말이는 은은하면서도 절묘한 단맛이 나서 "맛있다!"라는 탄성이 저절로 튀어나왔다.

"이 된장국에 든 가지는 이웃에 사는 고토 할아버지가 직접 키운 거란다."

할머니가 바깥에 펼쳐진 밭으로 시선을 보냈다. 어제 말을 걸었던 밀짚모자 할아버지가 오늘도 묵묵히 밭을 갈고 있었다.

푹 익은 가지를 한입 베어 물자 안에서 담백한 단맛이 퍼져 나왔다. 밥을 푹푹 퍼먹으면서 오늘 아침밥도 엊저녁에 먹은 햄버거와 막상막하로 맛있다고 생각했다.

여기 계속 있으면 살찌겠어.

그렇게 걱정하면서도 결국 못 참고 밥 한 그릇을 더 먹어 치웠다.

아침 설거지를 마친 다음 바깥바람을 쐬려고 밭으로 갔다.

마당 한쪽에 작은 해바라기밭이 있었다. 가까이 가서 보니 아직 만개하려면 멀었는지 작은 꽃망울이 바람에 흔들리고 있었다.

"올해는 비가 적게 와서 활짝 피려면 시간이 좀 더 걸릴 거야."

밀짚모자를 쓴 고토 할아버지가 "좋은 아침이구나" 인사하며 내 쪽으로 걸어왔다.

나도 할아버지에게 인사하고 간단하게 자기소개를 했다. 고토 할아버지는 까맣게 탄 얼굴에 미소를 머금고 왼발을 감싸듯이 서 있었다. 이쪽으로 걸어올 때도 조금 절름거리던데, 다리가 불편한 걸까. 그 모습이 어쩐지 야요이와 겹쳐 보였다.

"그래, 사이타마에서 왔다고? 고등학생인 내 손자도 사이타마에 살고 있단다."

"그래요?"

"그나저나, 어떠냐. 시간 있으면 나랑 같이 밭일 안 해 볼래?"

"…."

처음에는 망설였지만, 할머니만큼 인자해 보이는 할아버지의 미소를 보자 해봐도 괜찮겠다는 마음이 들었다.

나는 고개를 까딱했다. 할아버지가 갖고 온 장화를 신고 할아버지의 넓은 등을 쳐다보면서 밭에 들어갔다.

"오늘은 햇볕이 강하니까, 이걸 쓰거라."

할아버지가 자기가 쓰고 있던 밀짚모자를 내 머리에 덮어씌웠다.

"자, 이 괭이를 꽉 거머쥐고."

나는 모자에 달린 끈을 묶고 할아버지가 건네준 목장갑을 낀 다음, 기다란 자루가 달린 괭이를 거머쥐었다. 끝에 넓적한 날이 달려 있어서 생각보다 무거웠다.

"일단 날 끝을 이렇게 흙에 갖다 대는 거야. 너무 깊게 찌를 필요 없어. 가볍게 걸친다는 느낌으로."

괭이로 흙을 파는 할아버지의 익숙한 손놀림을 빤히 쳐다보았다. 다리가 불편하다는 느낌이 전혀 없었다.

나는 고무줄로 긴 머리를 질끈 묶고 할아버지를 흉내 내어 괭이의 날 끝을 땅에 갖다 댔다. 딱딱할 줄 알았던 흙은 보기보다 훨씬 부드러웠다.

"힘이 너무 들어갔어."

할아버지는 싱거운 미소를 내비치며 옆으로 오더니 자루를 쥔 내 손 위에 자기 손을 포갰다.

"잘 봐, 이렇게. 날의 무게를 느끼면서 그걸 땅에 걸치

듯이 갖다 놓는 거야."

두사람이 같이 땅을 파자 흙은 놀라울 정도로 쉽게 무너졌다.

"그다음에 이걸 들어 올리는 거지."

할아버지는 날 끝을 땅속에 넣고 들어 올리듯이 가볍게 흙을 뒤집었다.

"이렇게 하면 뿌리에 공기가 닿아서 식물이 잘 자란단다. 해보렴."

나는 할아버지가 하라는 대로 다시 한번 도전했다. 아직 어색하지만, 괭이가 흙을 들어 올리는 느낌이 손끝에 전해졌다.

"오호, 잘했어. 솜씨가 좋구나, 메구미."

"고맙습니다."

숨을 헉헉거리는 사이, 가슴속에 자신감이 싹트기 시작했다.

괭이를 내리찍고, 흙을 뒤집는다. 괭이가 땅에 닿을 때마다 축축한 흙 내음이 확 올라왔다. 단순한 작업이지만 뺨을 타고 흐르는 땀이 보람을 느끼게 했다.

한 시간쯤 그러고 있다가 "이번에는 토마토다"라고 말하는 할아버지를 따라 걸음을 옮겼다.

나는 토마토 지지대를 만드는 일을 거들었다. 할아버지의 지시에 따라 토마토가 쓰러지지 않도록 조심스럽게 끈으로 묶어서 고정했다.

파릇파릇한 이파리 사이에서 작고 푸르스름한 열매를 발견했다.

"이게 빨갛게 익으면 먹을 수 있단다."

나는 조심스레 그 열매를 만져보았다.

"…이렇게 자그마한 열매가 먹어도 될 만큼 커져요?"

"그렇지. 이 애들이 얼마나 신통방통하다고."

할아버지는 눈을 반짝거리며 자랑스럽다는 듯이 말했다.

"태양을 보면서 자라고, 바람을 맞으면서도 강하게 살아남지. 제때제때 보살펴주기만 하면 어김없이 열매를 맺어 보답한단다."

"…"

뙤약볕 속에 서 있었더니 등줄기에서 땀이 비 오듯 쏟아졌다.

나는 신기할 정도로 작업에 몰두했다. 괭이질을 하고 토마토를 만질 때마다 내 안에 쌓였던 울분이 조금씩 깎여나가는 듯한 느낌이 들었다.

"두 사람 다 차 마시고 해요."

할머니가 툇마루에서 우리를 불렀다. 오늘도 오후에는 서예를 하기로 되어 있다.

오늘은 '좋아하는 것'에 '밭'이라고 써야겠다고 다짐했다.

다음 날도 비슷한 나날이 이어졌다.

오전에는 고토 할아버지와 밭일을 하고, 중간에 점심을 먹은 다음, 오후에는 글씨를 썼다. 날이 갈수록 붓을 잡는 기법을 중심으로 한 지도가 늘어났고, 조금씩 솜씨가 좋아지고 있다는 걸 느낄 수 있었다.

글씨를 잘 쓸 때마다 할머니는 "훌륭해"라고 칭찬해 줬다. 나는 그 말을 듣는 게 무척 기뻤다.

8월에 접어들었을 무렵, 나는 종이에 '불꽃'이라고 썼다. 나는 불꽃놀이 축제를 무척 좋아했다.

"곧 가마쿠라에서 불꽃놀이 축제가 열린다던데. 할머니랑 같이 보러 갈래?"

할머니의 그 말에 가슴이 두근거렸다.

자그마한 녹색 열차가 주택가 사이를 연결하듯 달리고 있다. 바람이 머금고 온 희미한 바다 내음이 열차 안을 가득 채웠다가 흩어졌다.

가마쿠라역에서 에노덴*을 타고 할머니와 함께 보냈던 시간을 회상했다.

나는 할머니의 장례식이 끝나고 나서도 마음이 정리되지 않아 가마쿠라에 머물러 있었다. 장례식에는 고토 할아버지를 비롯해 할머니에게 서예를 배웠던 많은 이가 참석했다. 생전에 할머니를 따르던 사람이 많았음을 알 수 있었다.

할머니는 난치성 폐 질환을 앓고 있었다. 발병한 지는 좀 됐는데 이번 여름에 급속도로 나빠졌다.

원래대로라면 올해 여름에도 할머니 댁에 놀러 갈 예정이었다. 1월에도 가려고 했었는데 할머니가 몸이 안 좋다고 해서 가지 못했다. 그때는 감기에 걸렸다고 했었지만, 어쩌면 우리가 걱정할까 봐 거짓말을 했을지도 모른다는 생각이 든다.

문득 창밖으로 시선을 옮겼더니 눈앞에 색색의 간판이 지나갔다.

부동산과 음식점에 이어 '빙수 시작했습니다!'라는 화려한 바닷가 휴게소 간판도 보였다. 아무 생각 없이 쳐다

---

* 가마쿠라시와 후지사와시 사이를 오가는 에노시마 전철의 줄임말.

보다가 방금 지나간 간판을 한 번 더 돌아보았다.

'천국에 있는 사랑하는 사람에게 편지를 보내고 싶다면, 아오조라 우체국으로.'

처음에는 누군가의 장난쯤으로 여겼다. 그런데 유심히 보니 '가마쿠라 대불 뒤쪽에 있습니다!'라는 간단한 지도도 첨부되어 있었다.

이 세상에 그런 판타지가 존재할 리가 없잖아.

머리로는 그렇게 생각하면서도 나는 어느새 열차에서 내리고 있었다.

다시 가마쿠라로 돌아온 나는 간판에서 본 지도를 떠올리며 대불 주변을 산책했다.

한참 걷다가 드디어 발견했다.

'아오조라 우체국'이라고 적힌 간판을.

얼핏 보기에는 어디에나 있는 평범한 우체국이다. 안에 들어가 사정을 설명하자 뒷문을 통해 2층으로 올라가라고 안내해 주었다.

번호표를 뽑고 차례를 기다리고 있자 얼마 안 있어 내 번호가 불렸다. 잔뜩 긴장한 채 창구로 갔더니 구라키라는 이름표를 단 남자가 나를 빤히 쳐다보았다.

"저기."

"안녕?"

"아, 안녕하세요. 저기요, 제가 좀 전에 에노덴을 탔는데요. 천국에 있는 사랑하는 사람에게 편지를 보낼 수 있다는 간판이 보이는 거예요."

떠듬떠듬 상황을 털어놓았더니 구라키 씨가 나를 안심시키려는 듯이 빙긋 웃어 보였다.

구라키 씨는 내가 미성년자이기 때문인지 학생증을 보여달라고 했다. 가방에서 학생증을 꺼내 보여주자 "중학생이구나"라고 중얼거렸다. 그러더니 "아는 것만 써줄래?" 하며 종이 한 장을 꺼냈다.

종이에 적힌 말이 어려워서 이해하기 힘들었다. 창구 안에서 구라키 씨가 "연간 소득은 안 써도 돼. 부채란 남에게 빌린 돈을 말하는데, 중학생이니까 그런 건 없지?" 하면서 차근차근 설명해 주었다.

어찌어찌해서 겨우 종이를 제출하자 구라키 씨는 다른 직원과 머리를 맞대고 쑥덕댔다. 그러다가 5분 후에 구라키 씨 입에서 "우푯값으로 15만 엔을 내야 해"라는 말이 흘러나왔다.

"15만 엔이요?"

"그래. 아무리 중학생이라도 그게 최저 금액이거든. 그리고 말이다, 혹시 할머니께 답장을 받고 싶으면 회신용 우푯값으로 15만 엔을 더 준비해야 해."

고민하는 내게 구라키 씨가 하나하나 자상하게 가르쳐 주었다. 천국에 편지를 보내는 일은 다른 사람에게는 비밀이다, 계약서에 지장을 찍어야 한다, 편지를 보낼 수 있는 건 망자가 죽은 지 49일까지다 등등.

이렇게 성실해 보이는 구라키 씨가 나를 속이는 것 같지는 않았다. 우체국 안을 쭉 둘러보니 똑똑해 보이는 어른 손님이 대부분이었다. 조직적으로 사기 행각을 벌이는 것 같지도 않았다.

나는 할머니에게 답장을 받고 싶었다. 하지만 중학생인 내게 30만 엔이라는 큰돈이 있을 리 만무하다. 저금한 돈은 기껏해야 10만 엔 정도다.

나는 생각을 좀 해봐야겠다고 구라키 씨에게 말하고 우체국에서 나왔다. 국도를 지나 유이가하마 해변으로 발걸음을 돌렸다.

해변에는 사람들의 발소리와 웃음소리가 울려 퍼지고 있었다.

끝없이 이어진 파란 바다를 바라보며 그날을 회상했다.

작년에 할머니와 함께 불꽃놀이를 보러 갔던 날을.

큼지막한 꽃송이가 잇따라 하늘로 솟아오르면서 빛의 융단이 가마쿠라의 밤을 장식했다.
"예쁘다…."
불꽃놀이가 시작되고 나서 이 말을 몇 번이나 했는지 모른다. 이렇게 가까운 곳에서 불꽃을 보는 건 처음이다.
"할머니, 저기 보세요!"
"예쁘구나."
"아, 할머니, 저쪽도!"
강변 둔치에 자리를 깔고 앉은 나는 흥분을 감추지 못했다.

나는 머리카락을 뒤에서 하나로 묶고 할머니가 준비해준 꽃 장식을 머리에 달았다. 지금 입은 유카타*도 할머니가 만들어줬다. 파란 바탕에 자그마한 흰색 꽃이 시원함을 더해주고 있어, 소매를 보기만 해도 마음이 흐뭇했다.
"메구미, 엉덩이 안 아프니?"
"괜찮아요. 고마워요, 할머니."

---

* 목욕한 뒤나 여름철에 입는 무명 홑옷.

나는 생긋 웃으며 노점에서 사 온 딸기빙수를 한 숟가락 떠서 입에 넣었다.

그때 조금 떨어진 곳에서 휠체어에 앉은 여자의 모습이 시야에 잡혔다. 불꽃이 밤하늘을 물들인 가운데, 한순간 휠체어의 윤곽이 어둠 속에 선명하게 나타났다.

야요이의 얼굴이 아련히 떠올랐다. 뒤이어 '위선자'를 외치는 반 아이의 차가운 목소리가 내 심장을 푹 찔렀다.

나는 눈을 내리깔고 양 무릎을 감싸며 몸을 웅크렸다. 내가 이상해 보였는지 할머니가 "괜찮니?" 하며 내 어깨에 팔을 둘렀다.

"할머니. 사실은 학교에서…."

나는 할머니에게 몽땅 털어놓았다.

"우리 반에 야요이라는 애가 있는데…. 걔가 휠체어를 타고 다녀서 내가 자주 밀어줬거든요. 그랬더니 어느 날부터 우리 반 애들이 나한테 위선자라고 손가락질하고…. 그게 너무 괴로워서, 학교에 갈 수가 없었어요…."

목소리가 떨리고 눈에는 눈물이 그렁그렁 차올랐다.

"…난 그냥 야요이와 친해지고 싶었을 뿐이에요. 그게 다였는데, 다들 나를 벌레처럼 쳐다보고, 비웃고…."

끝에 가서는 미처 말을 맺지 못했다. 코를 훌쩍거리며

손가락으로 볼을 타고 흐르는 눈물을 훔쳤다.

지금까지 할머니는 내게 학교생활에 관해 한 번도 묻지 않았다. 내가 스스로 말할 때까지 기다렸는지도 모른다.

내가 긴말을 쏟아내는 동안 할머니는 동요나 놀라는 표정을 한 번도 내비치지 않았다. 말없이 모든 것을 부드럽게 감싸는 듯한 눈빛으로 내 옆을 지킬 뿐이었다.

"…그랬구나. 그런 일이 있었구나."

할머니는 내가 울음을 그치길 기다렸다가 손수건을 건네주었다.

"힘들었을 텐데. 얘기해 줘서 고맙구나."

할머니의 눈이 부드럽게 휘어졌다. 가만히 밤하늘을 올려다보던 할머니의 시선이 다시 내 얼굴에 닿았다.

"나는 네 마음을 충분히 이해해. 그렇지만 우리가 타인의 시선을 결정할 수는 없단다. 중요한 건 네가 어떻게 하고 싶으냐, 더 정확히 말하면 네가 무엇을 믿느냐에 달렸단다."

할머니는 밤하늘을 가득 수놓은 불꽃을 올려다보며 말을 이었다.

"네 신념을 타인에게 반드시 인정받을 필요는 없어. 중요한 건 그걸 옳다고 믿는 네 마음이지. 네가 스스로 납득

할 수 있도록 살아가는 것보다 중요한 건 없단다. 너는 네가 야요이에게 한 행동이 잘못됐다고 생각하니?"

나는 고개를 가로저었다.

"그렇다면, 그게 정답이야."

"…그렇지만, 위선자 소리를 듣는 건 정말 끔찍해요."

할머니의 얘기에 가슴이 뭉클해지는 한편으로 그건 그냥 허울 좋은 말일 뿐이라는 생각도 들었다.

"앞으로도 야요이와 친하게 지내면 점점 더 외톨이가 될 거 같아요…."

"가령 그게 진정한 고립이라면, 나는 그렇게 돼도 좋다고 생각해."

묵직한 그 말에 놀란 나는 고개를 번쩍 쳐들었다.

할머니는 밤하늘에 피어난 불꽃을 묵묵히 쳐다보고 있었다. 그 옆얼굴에는 지난날을 그리워하는 것 같기도 하고, 조금 먼 곳을 내다보는 것 같기도 한 표정이 서려 있었다.

이윽고 할머니는 내 눈을 지그시 바라보며 목소리를 살짝 낮추었다.

"난 서예 교실에서 정성을 다하면 예쁜 글씨를 쓸 수 있다고 가르쳤단다. 그런데 어느 날 한 남자아이가 이렇게 말하더구나. 자기가 쓰고 싶은 글씨는 선생님이 가르쳐주는 대로 쓰는 글씨가 아니라고. 그러면서 내가 시범을 보여준 대로 쓴 글씨에는 자기 진심이 들어가 있지 않다는 걸 깨달았다고 하더구나."

할머니는 내 눈을 들여다보면서 말을 이었다.

"나는 그 아이한테 네가 쓰고 싶은 글씨를 자유롭게 써보라고 했어. 그랬더니 며칠 후에 그 아이가 감정과 의지를 담아 쓴 글씨를 들고 왔단다. 기술적으로 썩 훌륭하지는 않았지만, 그 글씨에는 그 아이의 진심이 고스란히 드러나 있었어. 나는 그때 깨달았단다. 글씨를 잘 쓰는 게 전부가 아니라는 것을. 중요한 건 참된 마음과 의지를 담아 솔직하게 표현하는 거라는 것을."

"…"

"그때부터 서예 교실에서 내가 가장 중요하게 여기는 건 자신을 속이지 않는 마음가짐이란다. 남의 시선만 신경 쓰고 자신의 감정을 무시하게 되면, 글씨를 아무리 잘 쓰더라도 그걸로 진심을 표현할 수는 없어. 남에게 잘 보이려고 자신을 내버리게 되면, 정말 절망적인 외로움을 맛보게 된단다."

그 말을 듣자, 내 마음을 가리고 있던 불안감이 조금씩

엎어졌다.

"만일 네가 소신을 지켜 나가고 있다면, 다른 사람의 목소리에 현혹될 거 없단다. 좀 외로울 수는 있지만 고독과 정면으로 마주하는 그 시간이 반드시 너를 강하게 만들어줄 거야. 인생에서 자신을 속이지 않고 살아가는 자세보다 더 강한 건 없다고 나는 믿어."

할머니가 살며시 내 손을 잡았다. 크기는 작지만 굳센 의지가 느껴지는 손이었다.

밤하늘에 휘황찬란한 불꽃이 피어올랐다. 산뜻한 빨간색 불꽃이 눈 깜짝할 사이에 사방으로 퍼져 나갔다.

불꽃은 마치 가슴 한복판에서 넘쳐흐르는 힘처럼 차례차례 다른 빛깔로 변하면서 밤하늘을 오색찬란하게 수놓았다.

불꽃놀이 축제 다음 날, 할머니가 다다미 위에 정좌하고 말했다.

"좋아하는 걸 쓰는 시간은 어제까지였단다. 오늘부터는 좋아하는 것 말고 원하는 것을 종이에 표현해 봐."

"원하는 것…."

"그래. 자신을 속이면 안 돼. 네 마음속에 떠오른 것을 꾸밈없이 표현하는 거야. 꼭 갖고 싶다는 열망을 담아 네가 원하는 것을 머릿속에 그리면서, 그리고 그것을 손에 넣은 다음의 모습을 상상하면서."

"…."

나는 할머니의 말을 듣고 잠깐 망설이다가 종이에 '자전거'라고 썼다. 그날부터 매일매일 할머니가 옆에서 지켜보는 가운데, '옷', '책상' 등등 생각나는 대로 솔직하게 썼다.

어느 날, 단어 하나가 뇌리에 맴돌았다.

'용기'라는 단어였다.

나는 먹을 갈았다. 손에 익은 붓을 느릿느릿 움직여 조심스럽게 첫 획을 긋고 글자를 완성했다.

옆에서 무릎을 꿇고 지켜보는 할머니의 표정이 여느 때보다 경직되어 있었다. 평소에는 어려운 글자를 쓸 때면 할머니가 시범을 보여주는데 오늘은 그것도 없었다.

"…한 번 더 써보자."

할머니가 조용히 새 종이를 내려놓았다.

3주 가까이 연습했기에 서예 기교가 많이 늘었다고 자부한다. 붓을 쥐는 자세, 힘 조절하는 법, 그리고 의욕을 높이는 방법까지. 방금 쓴 글씨도 나쁘지는 않지만, 내가 봐도 뭔가 확 와닿지는 않았다.

"…한 번 더 써보자."

다시 써보자는 말을 여러 번 듣는 동안, 이건 기교를 부린다고 쓸 수 있는 글자가 아니라는 확신이 강하게 들었다.

나는 용기를 머릿속에 그려보았다.

내가 원하는 용기는 다시 한번 학교에 갈 수 있는 용기다.

위선자라고 조롱당해도 야요이의 휠체어를 밀어줄 수 있는 용기. 그건 야요이를 지키는 용기이기도 하다.

나는 그런 용기를 갖고 싶었다.

그리고 그런 용기가 생기면 다시 야요이와 친하게 지낼 수 있다. 도서실에서 좋아하는 책에 관해 이야기할 수 있다. 공부에 전념할 수 있다.

"다시 쓸게요."

다시 쓴 종이가 스무 장이 넘었을 즈음, 할머니가 입을 떼기 전에 내가 먼저 말했다.

"다시 쓸게요."

손끝에서 의지와 기교가 하나가 되는 느낌을 기억하면서 몇 번이고 붓을 움직였다.

무릎을 꿇고 오래 앉아 있었더니 다리가 저렸다. 먹을 너무 많이 갈아서 손끝이 얼얼했다.

"오늘 딴 가지가 실해서 좀 갖고 왔어."

현관 쪽에서 고토 할아버지의 목소리가 들렸다. 그렇지만 할머니는 꼼짝도 하지 않고 그 자리를 지켰다. 그 모습을 보고 지쳤던 나도 등을 쭉 폈다.

산더미처럼 쌓인 실패한 종이를 보자 한 가지 의문이 머릿속을 빙빙 돌았다.

처음에는 흐릿한 점 같았다. 뭔가가 마음에 걸리지만 그 점의 정체는 알 수 없었다. 희미하게 남은 위화감이 가슴 한구석을 차지했다.

다시 한번 용기의 이미지를 머릿속에 자세히 그려보았다. 다시 학교에 가기 위한 용기. 정확히 말하면, 가에데와 반 아이들과 맞설 용기.

바로 그때, 불꽃놀이를 보러 갔을 때 할머니에게 들었던 말이 생각났다.

…서예 교실에서 내가 가장 중요하게 여기는 건 자신을 속이지 않는 마음가짐이란다.

"…다시 쓸게요."

그렇게 말한 순간, 머릿속의 점이 꿈틀꿈틀 움직였다.

동시에 뇌리에 스친 할머니의 말이 점을 선으로 만들며 위화감의 윤곽을 선명하게 만들어줬다.

…인생에서 자신을 속이지 않고 살아가는 자세보다 더 강한 건 없다고 나는 믿어.

내 안의 의문이 하나의 확신으로 바뀌었다.

용기라는 글자를 멋스럽게 쓰는 게 무슨 의미가 있어?

용맹함을 뜻하는 글자에 필요한 건 기술을 동반한 아름다움이 아니다. 힘이다.

서체가 거칠어질지언정 용기라는 글자를 힘차게 표현하고 싶다….

나는 붓에 먹물을 묻혀 종이에 대고 힘껏 휘둘렀다. 머릿속으로 전체적인 균형을 조절하면서 힘차게 붓으로 획을 그었다.

마지막 획을 그은 다음, 주뼛거리며 옆에 있는 할머니에게 눈길을 보냈다.

"…훌륭해."

할머니가 눈을 가늘게 떴다. 할머니의 눈가에 물기가 돌았다.

할머니는 말했다.

"사람의 마음은 말로 이루어져 있어. 너는 오늘 종이에 용기라는 말을 몇 번이고 다시 쓰면서 거듭 마음에 새겼단다. 자신을 속이지 않고 네가 생각하는 최고의 글씨를 완성했지. 이게 바로 서예란다. 불평 한마디 내뱉지 않고 네 의지로 자기 자신과 대치한 오늘 이 시간을 평생 기억하렴."

나는 흐트러진 호흡을 가다듬고 고개를 끄덕였다.

벽시계로 눈을 돌리자, 바늘은 이미 오후 4시를 지나 있었다.

감각이 느껴지지 않을 만큼 두 다리가 저렸지만 이대로 좀 더 무릎을 꿇은 채 앉아 있고 싶었다.

창문으로 비쳐 든 햇살이 곧게 편 내 등을 부드럽게 어루만졌다.

8월의 마지막 주가 시작되고, 이윽고 내가 할머니 댁에서 지내는 마지막 날이 찾아왔다.

고토 할아버지의 밭일을 거들고, 떠나기 전에 점심을 챙겨 먹은 다음, 다다미방의 장지문을 열었다.

"오늘이 마지막 서예 수업이구나."

먼저 와 있던 할머니는 차림새가 평소와 달랐다. 쪽빛 기모노를 입고 연한 은실을 섞어 만든 허리띠를 둘렀다.

위풍당당한 그 모습을 보고 침을 꿀꺽 삼켰다. 여느 때의 자상한 미소를 머금은 할머니가 아니라 오랜 세월 궁지를 갖고 일해 온 서예가가 거기 있었다.

익숙한 방석 위에 똑바로 앉자, 할머니는 다다미 위에 무릎을 꿇고 앉아 눈에 힘을 주며 말했다.

"그럼, 시작하자. 지난 한 달 동안 네가 얻은 것을 글자로 표현해 보렴."

"…."

나는 잠시 생각에 빠졌다가 조용히 두 눈을 감았다. 지난 한 달을 돌아보다가 어떤 한 단어를 찾았다.

나는 집중력이 올라가는 느낌을 받으며 먹을 갈았다. 붓에 먹물을 듬뿍 묻혔다가 벼루 끄트머리에 대고 여분의 먹물을 털어냈다.

전보다 훨씬 더 손에 익은 탓에 손안의 붓이 마치 내 생각을 전달하는 도구처럼 느껴졌다.

천천히 첫 획을 그은 순간, 눈꺼풀 안쪽에서 지금까지의 기억이 흘러넘쳤다.

처음 붓을 쥐었을 때의 불안한 손놀림, 무심히 내뱉은 할머니의 말 한마디에 위로를 얻었던 순간, 그리고 실패를 거듭하며 거머쥔 미미한 자신감. 그런 것들이 하나하나 되살아나 가슴이 시큰했다.

한 획 한 획이 내 발자국을 더듬는 것 같았다. 저절로

등이 꼿꼿하게 펴지고 집중력이 높아짐에 따라 감각이 예민해졌다.

드디어 여기까지 왔다….

눈시울이 젖어 들었다. 눈물 한 방울이 떨어져 종이에 작은 얼룩이 생겼다. 나는 개의치 않고 붓을 움직였다.

글씨를 완성하고 붓을 내려놓은 뒤에야 눈물로 흠뻑 젖은 종이가 시야에 들어왔다. 딱 한 글자가 종이 한복판을 당당히 차지하고 있었다.

먹물이 마르기를 기다렸다가 종이를 손에 든 할머니의 눈가가 풀어졌다.

"훌륭해."

마지막 날이 돼서야 처음으로 단번에 합격점을 받았다.

그때 불현듯 알아차렸다.

항상 내 오른쪽에 앉아 있던 할머니가 오늘은 거기 없었다는 사실을.

할머니는 언제나 온화한 미소를 머금고 내 오른쪽 옆을 지키고 있었다.

"앞으로 살아가는 동안, 여기서 붓글씨를 쓸 때처럼 내가 항상 네 옆에서 지켜보고 있다고 생각하렴. 지금도, 앞으로도, 그리고 내가 죽고 난 뒤에도."

"…할머니, 고마워요. 정말 …고맙습니다."

나는 어깨를 들썩이며 고개를 숙였다. 할머니는 아무 말도 하지 않고 그저 나를 꼭 안아주었다.

잠시 그러고 있자 나를 데리러 온 자동차 소리가 들려왔다.

나는 배낭을 메고 현관으로 갔다.

"메구미, 이거 가져가렴."

할머니가 작은 인형을 건네주었다. 불상처럼 생긴 봉제 인형인데, 뒤로 돌려 보니 등에 '굿 럭!'이라는 글자가 새겨져 있었다.

"이게 뭐예요?"

"내가 만들었어. 나는 가마쿠라의 대불을 무척 좋아하거든. 네 엄마가 아직 어릴 때, 일과 육아를 동시에 하느라 지쳐서 가마쿠라의 대불을 찾아간 적이 있단다. 그때 대불의 웅장한 모습을 보니까 내 고민은 참으로 보잘것없다는 생각이 들더구나."

"…."

"뒤에 적힌 '굿 럭'은 행운을 빈다는 뜻이란다. 나는 네가 행복해지기를 진심으로 바라거든. 그리고 앞으로 살다가 행복해졌으면 좋겠다 싶은 사람을 만나게 되면, 이 인형을 그 사람에게 주렴. 착한 마음을 퍼뜨려 줘."

나는 힘차게 고개를 끄덕이고서 두 손으로 인형을 받았다.

현관 앞에서 고토 할아버지가 빙그레 웃으며 나를 기다리고 있었다.

"메구미. 네가 도와준 덕분에 이렇게 잘 자랐단다."

할아버지의 두 손에 들린 대나무 소쿠리에는 새빨간 토마토가 들어 있었다. "전부 갖고 가거라" 하며 쇼핑백에 넣어 내 손에 들려주었다.

"고맙습니다, 할아버지."

마지막으로 밭을 한 번 더 눈에 담고 싶어졌다. 밭으로 갔더니 토마토밭 반대편에 노란색 꽃이 피어 있었다.

여기 왔을 때는 아직 덜 믿음직스럽게 보이던 해바라기가 태양을 향해 훤칠하게 자라 있었다.

여름방학이 끝난 교정에는 어쩐지 둔탁한 공기가 떠돌고 있었다.

교문을 통과한 학생들의 얼굴에는 여름방학의 여운이랄까, 나른한 표정이 묻어 있었다. 습기를 머금고 아래로 조금 처진 운동장의 깃발도 더위에 지친 것처럼 보인다.

나는 학교 건물 앞에 서서 하늘을 우러러보았다. 끝없이 펼쳐진 파란 하늘에 구름이 유유히 흘러가고 있다.

"가자."

소리 내 중얼거리며 천천히 건물 안에 발을 내디뎠다.

오늘 아침, 부모님이 같이 가겠다며 성화였지만 나는 끝까지 뿌리쳤다. 우라와의 우리 집에 돌아온 나는 할머니가 해준 말을 여러 번 곱씹으며 여기까지 왔다. 이건 내가 치러야 할 싸움이다.

나는 새 실내화를 갖고 왔다. 새로 태어나고 싶다는 바람을 담아.

출입구에서 신발장을 열자, 마치 나를 기다렸다는 듯이 낯익은 실내화가 얼굴을 내밀었다. 새 실내화와 바꾸려고 헌 실내화를 집어 들었더니 흰색 천 곳곳에 낙서가 휘갈겨져 있는 게 보였다.

위선자.

가식쟁이.

내숭쟁이.

순간, 이게 무슨 일인지 바로 이해되지 않았다.

머릿속이 새하얘졌고, 현실이 아니길 바라며 실내화를 한 번 더 쳐다봤지만, 눈앞의 광경은 그대로였다.

이미 지난 일이다. 2학기부터는 절대로 이런 일은 없다. 그렇게 자신을 다독이며 새 실내화를 꿰신었다. 하지만 아직은 돌을 매단 것처럼 발걸음이 무거웠다.

기운을 끌어모아 교실로 걸어가는데, 담소를 나누며 지나가던 같은 반 아이가 나를 보더니 노골적으로 시선을 피했다. 재빨리 옆에 있던 아이에게 귓속말하는 모습이 너무나 어색해서 다분히 의도적인 행동임을 간파했다.

정신이 퍼뜩 들었을 때, 나는 복도 한복판에 서 있었다. 몇 걸음만 더 걸어가면 우리 반 교실인데 그쪽으로 발을 뗄 수 없었다. 문 너머에 있을 가에데의 모습이 머릿속을 떠다녔다. 눈을 가늘게 뜨고 나를 조롱하던 가에데의 얼굴이 지금 내 앞에 있는 것 같았다.

가슴속의 자신감이 모래성처럼 무너져 내렸다.

그때 벽에 붙은 종이 한 장이 내 시선을 사로잡았다. 내가 학교를 쉬는 동안 다른 아이들이 써낸 종이에 섞여, 낯익은 종이 한 장이 얌전히 그 자리를 차지하고 있었다.

"이건…."

나는 숨이 멎는 것 같았다.

할머니와의 마지막 서예 시간에 내가 쓴 글자 하나가

눈물로 얼룩진 종이 위에서 얼굴을 드러냈다.

'길'

아마도 할머니가 학교에 연락해서 종이를 붙여달라고 부탁했으리라.

내가 학교로 돌아가리라고 믿고서….

발끝에서 힘이 솟구치는 느낌이었다. 사라져가던 자신감이 서서히 차오르며 원래대로 돌아왔다.

나는 회상했다.

날마다 다다미 위에서 무릎을 꿇고 지냈던 한 달을.

손가락의 감각이 사라질 때까지 줄기차게 용기라고 썼던 시간을.

할머니 댁을 떠나던 날 봤던 해바라기를.

여름 한철 쑥쑥 자라 하늘을 뚫을 듯이 당당하게 서 있던 그 모습을.

내가 할머니와 함께 지내면서 얻은 건, 길이다.

나아가야 할 길.

나아가고 싶은 길.

자신을 속이지 않는 길.

나는 내가 믿는 길을 걸어간다….

나는 새 실내화를 벗어 복도 쓰레기통에 던져 넣었다. 가방에 넣었던 낙서투성이 실내화를 다시 꺼내 신었다.

새 실내화를 신고 가는 건 내 안의 신념이 용서하지 않는다. 내가 가야 할 길에는 이 헌 실내화가 어울린다.

교실 문을 열었다. 내가 자리에 앉자마자 가에데가 히죽히죽 웃으며 다가왔다.

"어머, 돌아왔구나, 위선자."

나는 벌떡 일어섰다.

"난 옳다고 생각하는 일을 했을 뿐이야."

내 고함에 의기소침해진 가에데를 앞에 두고 말을 계속했다.

"괴롭히고 싶으면 어디 실컷 괴롭혀 봐. 그래도 난 지금까지 했던 것처럼 똑같이 할 거니까. 그리고 소중한 내 친구에 대해서 이러쿵저러쿵하는 건 그만둬. 걔를 괴롭히면 나도 가만 안 있어. 나 혼자서라도 반 애들 모두와 맞서 싸울 거야."

야요이가 휠체어를 끌며 내 옆으로 왔다.

"메구미."

"야요이, 이래저래 너에게 걱정 끼쳐서 미안해. 난 이제 괜찮아."

"메구미…."

"울지 마, 야요이. 걱정하지 마, 내가 옆에 있잖아. 내가 쭉 옆에 있어 줄게."

그 말을 내뱉은 순간, 가슴속에 따스한 빛이 번졌다.

나는 다시 한번 나를 믿을 수 있게 됐다.

그게 바로 내 길이었다.

유이가하마 해변을 빠져나온 나는 우라와의 우리 집으로 돌아왔다.

나는 천국에 있는 할머니에게 편지를 보내기로 다짐했다. 회신용 봉투까지 넣어서.

그렇지만 내 방 서랍 안에는 10만 엔이 조금 넘는 돈이 들어 있을 뿐이었다. 이게 내 전 재산이다. 왕복 우푯값 30만 엔을 마련하려면 20만 엔이나 모자란다.

저녁이 되자 엄마가 퇴근하고 돌아왔다.

나는 1층으로 내려가 "돈 좀 빌려줘" 하며 고개를 숙였다.

"얼마나?"

"…20만 엔."

"그렇게 큰돈을 어디다 쓰려고?"

의아해하는 엄마 앞에서 말이 턱 막혔다. 아오조라 우체국에서 정한 규칙 때문에 천국에 있는 고인에게 편지를 보낸다는 사실을 떠벌릴 수는 없었다.

"지금까지 네가 돈을 빌려달라고 부탁한 일은 한 번도 없었어. 그러니까, 그럴 만한 사정이 있다는 건 알겠어. 그렇지만 이유를 말해주지 않으면 그렇게 큰돈은 못 줘."

나는 입술을 악물고 목소리를 짜냈다.

"내게 살아갈 길을 보여준 사람을 위해 쓰고 싶어."

"…할머니 말이야?"

나는 고개를 주억거렸다.

내가 더는 입을 떼지 않자, 엄마가 말문을 열었다.

"지금의 네가 있는 건 할머니가 작년에 너를 맡아줬기 때문이야. 작년 여름 이후로 넌 눈에 띄게 성장했어. 그러니 할머니를 위해서 뭔가 하고 싶다면 돈을 안 빌려줄 수가 없지."

"고마워, 엄마."

"게다가 아직 상도 못 줬잖아."

"상?"

"그래. 넌 작년 2학기부터 학교에 복귀하고 열심히 공부해서 뒤처졌던 성적을 만회했잖아. 그 노력에 대한 상을 못 줬어."

엄마는 눈웃음을 지으며 부엌 서랍에서 봉투를 갖고 왔다.

"언젠가 갚을 수 있으면 갚아."

그렇게 말하고 저녁을 차리는 엄마에게 허리를 깊숙이 굽혔다.

나는 내 방에 틀어박혔다. 책상 위에 편지지를 올려놓고 뭐라고 쓸지 머리를 싸안았다.

우체국 직원 구라키 씨가 고인이 천국에 머무는 기간은 죽고 나서 49일까지라고 했다. 할머니가 답장을 쓸 시간 등을 고려하면 느긋하게 앉아 있을 수가 없다.

나는 그날 밤새도록 편지 내용을 고민했다. 할머니에게 인정받고 싶어서 한 글자 한 글자 정성을 담아 편지를 써 나갔다.

할머니에게

할머니 손녀 메구미예요. 천국에 편지를 보낼 수 있는
우체국이 있다는 걸 알고 이렇게 펜을 들었습니다.
할머니, 거기서는 아프지 않고 잘 지내세요?

식사도 잘 드시고요?

천국에도 할머니가 좋아하는 오하기가 있으면 좋을 텐데.

할머니 장례식에는 서예 교실에서 붓글씨를 배웠던

사람들이 많이 왔었어요.

입을 모아 감사 인사하는 걸 보면서 할머니의 붓이 여러

사람의 마음을 움직였다는 사실을 깨달았고, 다시 한번

할머니가 대단한 사람이구나 생각했어요.

전화로도 말씀드렸지만,

저는 작년 2학기부터 다시 학교에 다니고 있어요.

처음에는 너무 무서워서 교실에 들어갈 때마다 엄청나게

긴장했는데, 시간이 지날수록 반 아이들도 저한테 조금씩

마음을 열어줬어요.

3학년이 되면서 저를 괴롭히는 주범이었던 애와는

반이 갈렸고 여전히 사이는 나쁘지만 우리 둘 다 좋은

고등학교에 입학하면 좋겠다고 생각하고 있어요.

작년 여름에 할머니와 보냈던 시간이 제게는 값진

보물이나 다름없어요. 할머니와의 서예 시간에 깨달은

'길'이라는 글자.

할머니가 학교 복도에 붙여달라고 부탁했던 그 종이는

지금도 제 방 벽에 걸려 있어요.

할머니에게 선물 받은 불상 모양 인형도 부적처럼 항상 가방에 넣고 다니고요. 정말 고맙습니다.

그렇지만 살아 있으면 고민이 끝이 없나 봐요.

학업과 인간관계 등등, 자꾸만 방향을 잃고 머뭇거리게 돼요.

특히 진학에 관해서는 무엇을 기준으로 학교를 선택해야 할지 아직도 답이 안 나와요.

그래서 마지막으로 부탁을 하나 하고 싶어요.

할머니, 인생이라는 길을 걸어가는 제게

조언 좀 해주실래요?

앞으로 제가 망설이거나

앞으로 나아가지 못하고 멈춰 설 때마다

할머니의 조언을 떠올리면서

다시 걸음을 내딛고 싶어요.

다음 날 아침.

나는 아오조라 우체국으로 달려가 구라키 씨에게 우표를 샀다. 구라키 씨가 알려준 숲에 가서 회신용 봉투를 동봉한 편지를 우체통에 넣었다.

그런데 할머니에게서는 답장이 오지 않았다.

1주일이 지나고, 2주일이 지나도 통 연락이 없었다.

나는 할머니에게 인생살이에 대한 조언을 얻고 싶었다. 그토록 자상했던 할머니가 왜 답장을 보내주지 않는지 답답할 따름이었다.

기다림에 지쳐 다시 아오조라 우체국을 찾아갔다. 진짜 천국에 편지를 보낸 게 맞는지 구라키 씨를 다그치자, 배달한 지 열흘도 더 지났다는 대답이 돌아왔다.

"네 할머니는 어떤 분이셨니?"

구라키 씨가 묻기에 편지에 쓴 내용을 포함해서 할머니와 있었던 일을 자세히 설명했다. 그러자 구라키 씨는 "그렇다면 일부러 답장을 안 보내신 걸 수도 있어"라면서 턱에 손을 올린 채 생각에 잠긴 표정을 지었다.

"일부러 답장을 안 보낸다고요?"

"그래. 답장을 보내지 않는 행위 자체가 너에게 보내는 답장인 셈이지. 예전에도 비슷한 일이 여러 번 있었거든."

"…그게 무슨 말이에요?"

놀라서 얼굴을 바싹 들이밀자 구라키 씨가 조용히 읊조리듯 말했다.

"자립해라."

"예?"

"네가 자립하길 바라서 답장을 보내시지 않는 거야. 일부러 너와 거리를 둬서 네가 성장하도록."

"…."

"어쨌거나 회신용 봉투를 안 썼으니, 우푯값을 받을 수는 없지. 취소 수수료 300엔을 내야 하지만, 우푯값 15만 엔은 돌려줄게."

어안이 벙벙했다. 대답할 말을 찾았지만 내 입에서는 한마디도 나오지 않았다.

나는 집으로 돌아왔다. 내 방에서 감정을 정리하려고 애쓰고 있는데, 엄마가 계단을 올라왔다.

"줄곧 경황이 없어서 깜빡했는데, 이거, 할머니가 보낸 네 생일 선물이야."

내 방에 들어온 엄마가 커다란 쇼핑백을 책상 위에 내려놓았다. 병으로 쓰러지기 전날 할머니가 택배 회사에 의뢰한 모양이다.

"할머니가 돌아가신 날이 네 생일 다음 날이잖아. 정확히 말하면, 네 생일 다음 날 0시가 지났을 때 숨을 거두셨어. 그게 무슨 뜻인지 알겠니?"

"…무슨 뜻인데?"

내가 얼떨떨해하자, 엄마는 목소리에 힘을 실어 내게

말했다.

"할머니는 네 생일을 당신 기일로 만들고 싶지 않았던 거야. 만약에 네 생일과 당신 기일이 겹치면, 해마다 네가 태어난 날을 진심으로 기뻐하지 못할까 봐. 그래서 할머니는 온 힘을 다해 버텼어."

"뭐?"

"당장 숨이 끊어질 것 같던 그날 밤, 날짜가 바뀔 때까지 몇 시간이나 고통을 참았어. 산소마스크를 쓴 채로 '몇 분 남았니? 몇 분 남았어?' 하면서 내게 여러 번 시간을 확인했거든."

"…"

"어디까지나 내 추측이지만, 아마도 할머니는 작년에 너를 맡았을 때 이미 살날이 얼마 안 남았다는 사실을 알고 있었던 것 같아."

"…어?"

"난 너를 키우는 방식을 놓고 엄마랑 여러 번 대립했어. 난 지금도 내 교육 방식이 틀렸다고 생각하지 않아. 하지만 이제는 확실히 말할 수 있어. 엄마가 나보다 한 수 위였다고. 그러면서 내게 가르쳐주셨어. 교육 방식에 옳고 그름은 없다고. 상대에 대한 애정의 차이가 있을 뿐이라고. 난 너를 향한 애정의 크기에서 엄마에게 졌어. 난 그런 우리 엄마를 진심으로 존경해."

"…."

나는 그 자리에서 돌처럼 굳어버렸다. 떨리는 손으로 쇼핑백에서 할머니에게 받은 생일 선물을 꺼냈다.

갈색 포장지 위에 '메구미에게'라는 손 글씨가 적혀 있었다. 조심스레 포장지를 벗기자, 종이 다발에서 그리운 먹물 냄새가 번졌다.

"이건…."

나 자신도 이해할 수 없는 감정이 가슴속에서 북받쳐 올랐다. 작년 여름에 할머니와 함께 썼던 글씨가 잔뜩 들어 있었다.

맨 위에 놓인 건 햄버거, 라고 적힌 종이였다. 좋아하는 걸 써보라는 말을 듣고 반쯤 장난으로 그렇게 썼던 그날, 다다미 위에 똑바로 앉아 필사적으로 붓을 움직이는 모습이 눈에 선했다. 글씨는 삐뚤빼뚤하고 선도 중간중간 끊어진 그 글씨가 지금은 어쩐지 사랑스럽다.

두 번째 종이의 햄버거는 첫 번째 종이보다는 봐줄 만했다. 세 번째, 네 번째, 종이를 한 장씩 넘길 때마다 볼품없던 글씨가 조금씩 나아지는 게 눈에 보였다.

차례대로 넘기다 보니 불꽃, 이라고 쓴 종이가 나왔다. 어느 날 밤 할머니와 봤던 불꽃놀이 광경이 아련히 떠올랐다. 그러자 서서히 시야가 흐려지면서 눈동자에 눈물이 차올랐다.

마침내 용기, 라는 글자가 모습을 드러냈다.

그다음에도 용기, 그다음에도 용기, 용기, 용기, 용기가 이어졌다.

맨 마지막에 나온 용기는 힘이 넘쳤다. 마치 살아 움직이는 듯했다.

할머니가 남겨준 이 종이 다발은 평범한 종이가 아니다. 한 장 한 장에 작년 여름의 시간이 새겨져 있다. 내가 정성을 다해 글씨를 써 나가던 모든 순간을 옆에서 지켜봤던 할머니는 지금 이렇게 다시 내게 뭔가를 전하려 하고 있다.

얼굴은 눈물로 뒤범벅되고 목구멍이 조여들었다. 닦아도, 닦아도 눈물이 계속 흘러내렸다.

그렇지만 울면 안 된다는 생각이 머릿속에 번뜩였다.

'자립해라.'

할머니가 남긴 메시지를 떠올리며 이를 악물었다.

그런 내 모습을 벽에 걸린 '길'이라는 글자가 가만히 내려다보았다.

 펑펑, 가슴을 울리는 그 소리와 함께 밤하늘이 화려하게 물들었다. 바다 물결 위의 빛줄기가 일렁거리자, 사람들이 자아낸 함성의 파도가 연달아 퍼져나갔다.
 올해도 가마쿠라에 불꽃놀이 축제를 보러 왔다.
 나는 작년에 할머니가 만들어준 유카타를 입고 있다. 내 머리에 꽂았던 꽃 장식은 옆에서 탄성을 터뜨리는 야요이의 머리 위에 있다. 운 좋게 우리는 3학년 때도 같은 반이 되었다.
 불꽃놀이가 끝나갈 즈음, 노란색 해바라기에 둘러싸인 불꽃 한 발이 밤하늘에 꽃을 피웠다.

 '할머니, 이제 나만 믿으세요. 메구미.'

 돌아가신 할머니는 아직 천국에 있다.
 이 불꽃놀이 축제의 주최자에게 불꽃으로 글자를 표현해 달라고 부탁했다.
 돌려받은 우푯값으로 10만 엔이라는 비용을 지불했다.

할머니도 이 불꽃을 볼 수 있으면 좋겠다….

그렇게 기도하는 마음으로 밤하늘을 올려다보았다.
할머니가 이 불꽃을 본다면 분명 이렇게 말해주겠지?
"훌륭해"라고.

네 번째 편지

반려견에게

슈퍼에서 장을 보고 자전거 페달을 힘껏 밟으며 서둘러 집으로 향했다. 앞쪽 바구니에 든 식료품이 무거워서 자전거가 비틀거렸다. 4년 후면 여든이니 슬슬 전동 자전거로 바꾸는 게 나으려나.

페달을 밟아대는 내 옆으로 군고구마 장수가 지나갔다. 달콤한 냄새가 코끝을 간질이자 "벌써 이 계절이 왔구나" 하고 무심코 중얼거렸다.

페로한테 저 군고구마를 사다 주면 좋아하겠지. 그런 생각을 하자 뺨이 저절로 흐물흐물 풀어졌다.

날씨가 추워질 무렵 페로는 툭하면 배탈이 났다. 올해도 복대를 새로 만들어줘야 할 때가 왔군.

접이식 대문이 시야에 들어온 순간 페로가 마당을 달려오는 모습이 눈에 선했다. 황토색 꼬리를 휙휙 흔들며 나를 마중 나오는 페로를 보는 게 사소한 즐거움이다.

그런데 대문 앞에서 자전거를 세울 때까지도 페로는 나타나지 않았다. 난간에 손을 올리다가 대문이 조금 열려 있는 걸 알았다. 평소 페로는 집 안에서 키운다. 오늘은 날씨도 좋고 밖에 내보내달라고 앞다리를 들고 하도 달라붙길래 마당에 풀어 놓긴 했지만, 대문은 꼭 닫아두고 나왔다.

아무래도 이웃에 사는 초등학생이 페로를 보러 왔었나 보다. 페로가 밖에 나가지 못하도록 '문을 꼭 닫아주세요' 라는 종이를 붙여놨건만.

"페로? 어디 있니?"

목청을 높여 페로를 불렀지만, 마당에는 정적만 감돌았다. 평소 같으면 어디 숨어 있다가도 꼬리를 흔들면서 뛰어오는데.

막연한 불안감이 가슴을 억눌러 길가로 나가 보니 저 멀리 뭔가가 바닥에 쓰러져 있었다. 강아지였다.

가슴이 서늘했다.

페로는 아닐 거야, 페로일 리가 없잖아….

그렇게 자신을 달래며 그쪽으로 달려갔다.

축 늘어진 페로의 모습이 내 시야에 파고들었다.

"페로!"

비틀비틀 걸음을 옮겨 바로 옆까지 갔더니 이웃에 사는 초등학생이 페로 옆에 멍하니 서 있었다.

"어떻게 된 거니?"

내가 다그치듯이 묻자, 책가방을 멘 여자아이가 떨리는 목소리로 대답했다.

"대문을 조금 열고 들어가서 머리를 쓰다듬어 주고 있었는데, 페로가 갑자기 엄청 빠르게 밖으로 달려 나갔고…. 커다란 트럭이랑 부딪쳐서…."

그 말을 듣고는 온몸에서 힘이 빠져나갔다.

나는 땅바닥에 주저앉아 페로의 커다란 몸을 부둥켜안았다.

"페로! 페로!"

페로의 몸에서는 더 이상 온기가 느껴지지 않았다.

"페로! 눈 떠!"

몇 번을 부르짖어도 반응이 없었다.

근처에 세워져 있던 트럭에서 내린 운전기사가 제정신이 아닌 내 옆에 와서 섰다.

"죄송합니다. 피하려고 했는데 너무 갑작스레 일어난 일이라 그만…. 정말 죄송합니다."

기사의 얼굴에는 동요와 후회의 빛이 짙게 드리워져 있었다.

나는 분노의 화살을 어디로 돌려야 할지 몰라, 페로가 살아날 실낱같은 희망을 버리지 못한 채 스마트폰을 꺼내 동물 병원에 연락했다.

"후루타 지요코입니다! 개가, 트럭에 치였어요! 우리 페로가! 페로가!"

목이 막혀서 숨을 쉴 수가 없었다.

목 놓아 울고 싶은 마음을 간신히 억누르고 페로의 이름을 애타게 부르짖었다.

다다미방에 앉아 페로의 불단을 물끄러미 바라보았다.

옆에는 4년 전에 세상을 떠난 남편의 불단이 놓여 있었다. 남편과 페로가 나란히 이렇게 되리라고는 꿈에도 몰랐다.

페로의 불단은 반려동물 장례 업체에 의뢰했다. 옅은 크림색 목재로 가장자리를 동그스름하게 만든 불단 모양이 페로의 온순한 성격을 떠올리게 했다. 중간에는 영정 사진을, 그 옆에는 페로가 좋아했던 목걸이를 올려놓았다.

페로가 무지개다리를 건넌 다음 날, 이웃에 사는 초등학생의 부모님이 아이를 데리고 사과하러 왔다. 함부로 대문을 열어서 죄송하다고 울면서 사과하는 그 아이 앞에서 나는 할 말을 찾지 못했다. 굳이 따지자면 내 잘못이 더 크다. 페로가 밖에 나가고 싶어 했어도 그렇지, 마당에 풀어놓고 외출한 내 잘못이다.

 페로의 유골은 남편의 무덤 안에 같이 넣었다. 남편이 외롭지 않길 바라는 마음에서 그렇게 했는데, 지금은 오히려 내가 더 철저하게 외톨이가 된 것 같아서 기운이 빠졌다.

 "엄마."

 딸 가나코가 장지문을 열고 들어왔다.

 "사에키 씨가 다음 주에 지붕 수리하러 오겠대. 엄마가 전화를 안 받는다고 걱정하셨어."

 "…."

 나는 대답할 힘이 없어서 한숨만 푹 내쉬었다.

 고개를 숙였다가 다시 들자 영정 사진 속의 페로와 눈이 마주쳤다. 영정 사진 한쪽에는 페로가 좋아하던 군고구마가 올려져 있다.

 사진 속에서 헤벌쭉 웃는 페로를 보니 그날 페로를 처

음 안아 들었을 때 느꼈던 따뜻한 기운이 선명하게 되살아났다.

8년쯤 전이었다.

그날 나는 남편 겐자부로와 함께 늘 가던 산책 코스를 따라 가마쿠라의 샛길을 걷고 있었다. 가을이 깊어지고 있음을 느끼게 하는 차가운 공기가 감도는 가운데, 단풍이 울긋불긋 물들고 걸음을 옮길 때마다 낙엽이 바삭바삭 경쾌한 소리를 냈다.

돌연 어디에선가 작게 컹컹거리는 소리가 들려왔다.

"방금, 무슨 소리 못 들었어?"

나는 남편과 얼굴을 마주 보고 귀를 기울였다. 소리가 난 쪽으로 천천히 걸어가 보니 덤불 속에서 황토색 강아지가 몸을 웅크리고 있었다.

남편이 무릎을 꿇고 손을 살며시 내밀었다. 강아지는 일순 몸을 움츠렸지만, 이내 우리를 멀뚱히 쳐다보았다. 놀라우리만치 맑고 동글동글한 눈동자는 뭔가를 호소하는 듯한 강한 의지를 담고 있었다.

강아지 옆에는 너덜너덜한 골판지 상자가 굴러다녔다. 목걸이도 없는 걸 보면 누가 내다 버렸을 수도 있다.

강아지는 말라서 뼈만 남아 있었다. 눈에는 눈곱이 붙어 있고, 다른 동물과 먹이 싸움을 벌였는지 온몸이 긁힌 상처투성이였다.

"처참한 환경에서 간신히 살아남았나 봐."

나는 가슴이 미어졌다. 이렇게 자그마한 몸으로 굶주림과 고독과 싸워야 했다니.

"래브라도 리트리버 수컷 같은데?"

남편이 강아지 머리를 쓰다듬으면서 말했다. 털색과 귀 모양에 래브라도 리트리버의 특징이 남아 있었지만, 거친 털을 보면 믹스견 같기도 했다.

그때 군고구마 장수가 근처를 지나갔다. 구수한 단내가 차가운 공기를 누그러뜨렸다.

"애한테 먹여줘야겠어."

나는 달려가서 군고구마를 하나 사 왔다. 껍질을 살살 벗긴 다음 열을 식히고자 입으로 후후 불어서 강아지에게 내밀었다.

달콤한 냄새를 맡은 강아지는 코를 벌름거렸다. 그렇지만 경계하는 낌새를 보이며 한 걸음 물러나더니 우리를 향해 수상쩍은 눈길을 던졌다.

"괜찮아. 겁낼 거 없어."

나는 강아지 머리를 가만히 어루만지며 군고구마를 작게 잘라서 강아지 앞에 내려놓았다. 한동안 꼼짝도 안 하던 강아지가 머뭇머뭇 앞발을 내밀고 작은 혀를 뻗어 군고구마를 핥았다. 그 순간, 강아지의 행동이 확 달라졌다.

한 입, 또 한 입, 필사적으로 군고구마를 갉아 먹었다. 나는 작은 이빨로 죽을힘을 다해 군고구마를 갉아 먹는 그 모습에 푹 빠져들었다. 뺨이 실룩거릴 때마다 이 아이가 얼마나 오래 굶었는지 느껴져 눈동자 안쪽이 시렸다.

"그냥 갈 수도 없고, 일단 우리 집에 데려가자."

남편의 말에 나는 힘차게 고개를 끄덕였다.

강아지를 안아 들자 살아 있다는 느낌이 전해지면서 온몸이 따뜻해졌다. 편안한 온기를 느끼며 걸음을 떼는데, 강아지가 느닷없이 몸을 비틀면서 바닥에 내려달라는 시늉을 했다. 천천히 내려주자 혼자 터벅터벅 걸음을 옮기며 원래 있던 덤불 속으로 돌아갔다.

강아지는 뭔가를 찾는 듯 코를 킁킁거렸다. 그러더니 얼마 안 있어 뭔가를 입에 물고서 우리 곁으로 돌아왔.

강아지가 물고 있는 건 불상 모양의 인형이었다. 때가 묻어 거무튀튀하고 솜도 살짝 튀어나와 있었다.

"…애가 네 친구구나."

그 인형은 강아지에게 무엇보다 귀중한 존재였으리라. 추위에 몸을 떨어야 했던 밤도, 고독과 싸워야 했던 날도 이 조그만 친구가 곁을 지켜줬다.

"친구도 같이 데려가자."

쪼그리고 앉아서 말을 걸자, 강아지는 흐뭇한 표정으로 꼬리를 살래살래 흔들었다.

집에 와서 강아지를 목욕시켰다. 처음에는 겁을 내며 날뛰더니 물이 따뜻해서 기분이 좋은지 금방 얌전해졌다. 인형도 깨끗하게 빨아 터진 데를 꼼꼼하게 다시 꿰매서 줬더니 만족스러운 얼굴로 입에 계속 물고 다녔다.

다음 날 동물 병원에 데려가 진찰을 받아보니 영양 상태가 나쁜 것 빼고는 특별한 문제는 없었다.

"애는 우리가 키우자."

남편의 말에 나는 망설임 없이 고개를 끄덕거렸다.

물을 할짝할짝 핥는 모습이 너무 귀여운 나머지 강아지 이름을 '페로'로 짓자고 제안했다.*

손주도 다 커서 우리 품을 떠난지라 허전하던 참이었다. 절간처럼 조용하던 우리 집에 새 생명이 찾아왔다.

---

* '할짝할짝'을 일본어로 '페로페로'라고 한다.

"페로, 뭘 물고 있는 거니?"

거실에서 말을 걸자, 소파 위에서 몸을 말고 있던 페로가 처진 귀를 쫑긋 세웠다.

"앗, 그거, 내 머플러야!"

집에 와 있던 가나코가 거실 의자에서 벌떡 일어섰다. 페로는 '안 줄 거야'라고 말하듯이 떨떠름한 표정으로 가나코를 빤히 쳐다보았다. 제 딴에는 째려보는 걸 테지만, 동글동글한 눈동자와 순하게 생긴 얼굴 때문에 위압감이 전혀 없다. 고집을 부리는 어린아이 같은 천진난만한 모습을 보자 절로 웃음이 났다.

"페로가 가나코 너한테 가지 말고 여기 있으라는데?"

남편이 싱겁게 웃으며 말하자 절대 안 보내겠다는 양 페로의 눈빛이 한결 강렬해졌다. 그 모습이 말할 수 없이 귀여워서 셋이 소리 높여 웃었다.

내가 장난감 공을 마룻바닥에 굴렸다. 그러자 페로는 물고 있던 머플러를 내팽개치고 공을 향해 소파에서 뛰어내렸다. 갑자기 180도 태도를 바꾸는 페로를 본 우리는 다시 한번 숨이 넘어갈 듯이 웃었다.

페로는 공을 입에 물고서 '후루타 페로의 집'이라는 문패가 달린 집 안으로 뛰어들었다. 연한 하늘색 복대를 두른 배를 드러내고 누워 공놀이를 하고 있다.

나무로 만든 이 집은 페로를 입양했을 무렵 우리 집을 리모델링했던 건설 회사 직원이 무료로 만들어줬다. 사에키라는 남자인데, 요즘도 근처에 볼일이 있으면 페로를 보려고 우리 집에 들르곤 한다. 사에키 씨는 페로가 물고 있던 불상 모양 인형을 위한 침대까지 만들어줬다.

그 불상 모양 인형의 등에는 '굿 럭!'이라는 글자가 수놓아져 있었다.

나는 생각했다.

이 인형이 우리 집에 행운을 가져다줬을지도 모른다고.

우리 집에는 손바닥만 한 마당이 있어서 날씨가 좋으면 페로를 마당에 풀어놓고 마음껏 뛰어놀게 했다.

그러면 신나게 뛰노는 페로 덕에 마당이 기쁨의 함성을 지르는 것처럼 보였다. 햇빛을 받아 반짝반짝 빛나는 털, 살랑거리는 꼬리. 하나하나가 너무나 사랑스러워 나도 모르게 눈을 가늘게 뜨고 쳐다보게 된다.

여름이 오면 페로는 나무 그늘을 찾아 드러누웠다. 개가 시원한 자리를 정확하게 찾아내는 게 신기했던 나는 "용케 시원한 데를 찾았구나" 하고 말을 붙이며 페로 옆에 앉아 느긋하게 보내는 한때가 더할 나위 없이 행복했다.

나는 페로의 발바닥을 좋아했다. 탱글탱글하면서도 보드랍고 고소한 냄새가 살짝 섞여 있어서다. "냄새 좀 맡게 해줄래?" 하고 부탁하면 페로는 이상하다는 듯이 멀뚱멀뚱 쳐다보면서도 싫어하는 내색 없이 앞발을 내밀었다. 그 모습이 기특하고 사랑스러워서 어쩔 줄을 몰랐다.

계절이 가을로 바뀌면 군고구마 장수가 퉁소를 불며 동네를 돌아다녔다. 페로는 그 소리만 들리면 흥분해서 군고구마를 사 오라고 떼를 쓰듯 온 마당을 이리저리 뛰어다녔다.

내가 군고구마를 사서 돌아오면 페로는 전력을 다해 내 손으로 달려들었다. 군고구마를 작게 잘라서 주면 좋아 죽겠다는 듯이 꼬리를 살랑살랑 흔들었다. 우리가 페로를 데려온 그날부터 군고구마는 페로에게 특별한 음식이었다.

그런 페로를 남편과 나는 친자식처럼 귀여워했다. 이 집에서 함께 지낸 지난날을 돌아보면 페로는 단순한 반려동물이 아니라 가족이나 마찬가지였다. 자그마한 존재가 가져온 큰 행복이 우리 가정에 따스한 온기를 채워주었다.

우리 가족의 사랑 속에서 페로는 1년도 채 지나기 전에 20킬로그램이 넘는 대형견으로 성장했다.

남편은 슈퍼커브*를 갖고 있었다. 슈퍼커브를 타고 외출할 때면 옆에 달린 사이드카에 페로를 태우고 다녔다. 헬멧을 쓴 모습이 몹시 귀여워서 페로는 일약 우리 동네의 인기 스타로 등극했다.

그러나 그렇게 행복했던 일상은 아무런 예고도 없이 불쑥 끝이 났다.

6년 전, 지독하게 춥던 날이었다. 아침에 커피를 끓이려고 자리에서 일어나던 남편이 휘청거리면서 거실 바닥에 쓰러졌다.

뇌경색이었다.

다행히 목숨은 건졌지만 가벼운 언어 장애와 함께 오른쪽 다리에 마비가 왔다. 꾸준히 재활 치료에 힘쓴 보람도 없이 남편은 자리보전하고 누워 지내게 됐다.

남편이 쓰러지고 2년 남짓 지났을 때였다.

"이제 그만 아버지를 요양 시설에 보내는 게 좋을 것

---

* 혼다의 스테디셀러 바이크.

같아."

남편의 신체 기능이 약해져 가는 걸 지켜보던 가나코의 입에서 그런 말이 나왔다.

가나코는 싱글맘인데, 근처 단지에서 두 아이와 함께 살고 있었다. 직장에서 의료 사무 일을 하는 한편, 외동딸이기에 남편 간병도 거들었다.

"됐어. 내 힘으로 돌볼 수 있어."

나는 가나코의 제안을 거절했다. 그렇지만 가나코는 쉽게 물러나지 않았다.

"노인이 노인을 간병하다가 둘 다 잘못될 수도 있어."

"요양원에 보내자고? 그렇게 가혹한 짓은 못 해. 네 아버지도 싫어할 거야."

"엄마 마음은 나도 알아. 그렇지만 엄마까지 쓰러지면 그때는 어떡해?"

"그때는 아버지랑 둘이 같이 요양원에 들어가면 되잖아. 너한테 돌봐달라고 안 할게."

"내가 돌보기 싫어서 이러는 게 아니잖아!"

"어쨌든 내가 알아서 할게!"

그 뒤로도 남편을 간병하는 방식을 둘러싸고 가나코와 번번이 충돌했다.

가나코와 옥신각신할 때마다 페로가 우리 옆으로 슬며시 다가왔다. '싸우면 안 돼'라고 말하는 것처럼 나와 가나코의 발밑에 와서 달라붙었다.

시간이 지나면서 남편은 삼킴 장애 증세까지 보였다. 음식물을 삼킬 때마다 사레가 들리거나 오연성 폐렴이 발병해 입원과 퇴원을 반복해야 했다.

"이대로 음식을 계속 먹이게 되면 얼마 안 있어 사망할 겁니다."

어느 여름날, 담당 의사가 남편에게 더 이상 음식을 먹이면 안 된다고 말했다. 언어치료사 역시 재활 훈련을 받아도 삼키는 기능을 회복할 가능성은 적다고 했다.

담당 의사는 위장에 직접 영양분을 공급하는 위루술을 받는 방법도 있지만, 남편의 나이를 고려해 이대로 아무것도 먹이지 않고 자연스럽게 숨을 거두게 하는 것도 하나의 방법이라고 선택지를 제시했다.

남편은 무의미한 연명 치료는 받고 싶지 않다고 입이 닳도록 말했다. 그렇지만 남편과의 온갖 추억이 떠올라 곧바로 "네, 알겠습니다"라고 대답할 수는 없었다.

"엄마, 이제 아버지를 편하게 보내 드리자."

머리로는 가나코의 말이 옳다는 걸 알지만 마음이 받

아들이지 못했다.

"…위루술이라도 해볼까?"

밑져야 본전이라는 심정으로 물어보자 가나코는 "안 돼!" 하며 언성을 높였다.

"아버지가 원하지 않아!"

"일단 위루술을 받고, 재활 훈련을 계속하다 보면 다시 삼킬 수 있게 될지도 모르잖아."

"그러니까, 그건 불가능하다고 하잖아!"

언쟁 끝에 위로술은 하지 않기로 했다. 우리는 남편을 퇴원시키고 집에서 여생을 마무리할 수 있게 해주기로 했다.

페로는 전동 침대에 누운 남편 곁에서 잠시도 떨어지지 않았다. 남편의 얼굴을 말끄러미 응시하다가 이따금 몸을 비벼대고는 했다.

누워 있는 남편 곁에 페로가 쓸 작은 침대를 마련했다. 페로는 폭신한 쿠션 위에 누워 자주 컹컹 소리를 내어 짖거나 남편의 얼굴을 혀로 핥았다. 마치 '아빠, 괜찮아요'라고 격려하듯이.

의사에게 "앞으로 하루 남았습니다"라는 말을 들은 그날 밤도 페로는 남편 곁을 지켰다.

나는 침대 위에 앉은 페로의 머리에 헬멧을 씌웠다. 그리고 남편의 귓가에 대고 속삭였다. "여보, 당신 옆에서 페로가 헬멧을 쓰고 기다리고 있어. 페로가 당신과 같이 출발할 거야."

호흡이 거칠어진 남편의 눈가에 희미한 미소가 번졌다. 잠시 후 숨소리가 멎고 남편은 평온하게 숨을 거뒀다.

펑펑 우는 내 옆에서 헬멧을 쓴 페로가 남편을 가만히 지켜보았다. 흡사 '고마워요', '잘 가요' 하고 인사하는 듯한 그 표정에는 깊은 애정이 깃들어 있었다.

페로는 남편이 건강하던 시절, 사이드카에 올라 바람을 가르며 달렸던 날들을 기억하는 게 분명하다. 그 시간을 지나, 지금 마지막 여행을 함께 하고 있다. 차분하게 곁을 지키는 페로의 존재가 남편에게 편안한 임종을 선물하는 것만 같았다.

아침 햇살을 뚫고 나뭇잎이 우수수 떨어졌다. 서늘한 공기가 뺨을 훑고 지나갔.

기분 전환 삼아 산책하러 나갔다가 대문을 열고 들어오니 정적이 감도는 공간이 나를 맞이했다.

예전에는 대문을 열기 무섭게 내가 돌아온 낌새를 알

아차린 페로가 쏜살같이 달려와 맞이해 줬다. 떨어져 나갈 듯이 꼬리를 힘차게 흔들며 팔짝팔짝 뛰면서 내 주위를 맴돌았다. "그만해, 그만해" 하면서도 속으로는 좋아 죽을 것 같았다.

그러나 지금은 없다.

"…다녀왔어."

말을 걸어봐도 대답은 돌아오지 않는다.

페로가 늘 앉아 있던 거실 한쪽에는 지금도 담요가 깔려 있다. 담요 위가 텅 비어서 아무도 '없다'라는 사실만 더 강조될 뿐이다.

이제 페로는 없다….

후우, 한숨을 내쉬자 묵직한 무언가가 가슴 밑바닥으로 가라앉았다.

남편을 여의고, 이제는 페로마저 떠나버렸다. 이 집이 이렇게 넓었나. 아니다, 집이 넓은 게 아니다. 온기가 송두리째 사라진 집에서 끝없는 상실감에 빠지다 보니 휑하게 느껴질 뿐이다.

거실 의자에 몸을 기댄 순간 인터폰이 울렸다. 오늘 약속이 있었던 것 같은데, 기억을 더듬으며 현관문을 열자 사에키 씨가 미소를 지으며 인사를 건넸다.

"오랜만입니다."

약 2주일 전, 태풍 때문에 기와지붕이 떨어져 나갔다. 그래서 사에키 씨 회사에 수리를 의뢰했다.

대충 인사를 나누고 위패를 모신 방에 들어온 사에키 씨는 남편의 불단 앞에서 두 손을 모았다.

"이 꽃을 페로에게 주고 싶습니다."

사에키 씨가 갖고 온 국화꽃을 불단 위에 바쳤다. 그는 가만히 눈을 감고 깊숙이 고개를 숙였다.

"페로 얘기는 가나코한테 들었습니다. 힘드셨겠어요."

한결같은 따뜻한 미소 앞에서 나를 누르던 응어리가 풀리는 듯했다.

"정말 너무 갑작스러웠어요. 남편을 보내고서 페로가 늘 나를 지켜줬거든요. 아침에 눈을 뜨면 페로가 옆에 있고, 집에 돌아오면 페로가 기다리고 있고. 그게 당연했는데, 이렇게 갑자기…. 요즘은 뭘 해도 가슴이 텅 빈 것 같아요."

나는 억지로 웃어보려고 했지만 제대로 되지 않았다.

"아무도 없는 집이 얼마나 휑뎅그렁한지 몰라요. 산책하러 나갔을 때도 항상 옆에 있던 페로가 없다는 사실이 아직은 익숙해지지 않네요."

내가 말하는 동안 사에키 씨는 한마디도 하지 않고 고개만 끄덕였다. 재촉하지도 않고, 말을 자르지도 않고 가만히 귀를 기울였다.

내가 진정되기를 기다렸을까, 이윽고 사에키 씨가 입을 열었다.

"저도 전에 키우던 개가 먼저 세상을 떠난 적이 있습니다. 한참 전의 일인데, 한동안은 마당에 나갈 때마다 거기 있을 것 같은 느낌이 들더군요."

"…그랬군요."

"그래도 참 신기한 일이죠. 어느 날 바람이 불 때, 문득 깨달았어요. 아아, 그 녀석은 이제 여기 없지. 요즘도 번뜩 생각날 때가 있지만요. 안 좋은 기억은 하나도 없어요. 참 희한하게도, 사랑하는 사람을 잃었을 때처럼 좋은 기억만 가슴에 남습니다. 그런 눈부신 추억이 제가 멈춰 서 있을 때 살며시 등을 떠밀어주기도 하고요."

사에키 씨의 말투는 덤덤했지만 한마디 한마디에 진심이 담겨 있어 가슴이 뭉클했다.

"…나도 언젠가 그렇게 생각할 날이 올까요?"

"아마, 올 겁니다. 아니, 반드시 옵니다. 서두르지만 않으면요."

고맙습니다. 마음이 조금 가벼워진 걸 느끼며 사에키 씨에게 고개를 숙였다.

"아, 사에키 씨, 오랜만이에요."

슬리퍼 소리를 탁탁 울리며 가나코가 우리가 있는 방으로 들어왔다.

"건강해 보이는구나, 가나코."

"사에키 씨도 건강해 보이시는데요?"

"넌 언제 봐도 똑같구나."

"말도 안 되는 소리 마세요. 저도 올해 벌써 쉰이라고요. 그나저나 엄마가 갑자기 무리한 부탁을 드려서 죄송해요."

"우리 사이에 무슨."

사에키 씨는 얼굴 앞에서 손을 휘휘 젓더니, 이제 작업을 시작해야겠다면서 방에서 나갔다.

"엄마, 이거. 캐나다에서 지나쓰가 보냈어."

가나코가 손녀 얼굴이 찍힌 엽서를 내밀었다. 현재 대학교 4학년인 둘째 손주 지나쓰는 봄부터 캐나다에서 어학연수를 하고 있다.

"엄마가 유학비를 내준 덕분에 부족함 없이 잘 지내고 있나 봐."

"그래. 그렇다면 다행이고."

사진 속의 손녀는 유원지인 듯한 장소에서 손가락으로 브이를 그리며 생글생글 웃고 있었다. 건강한 손녀 얼굴을 보니 얼마간 마음이 편안해졌다.

"그건 그렇고, 페로의 죽음에 대해 너한테 꼭 하고 싶었던 말이 있어."

나는 엽서를 들여다보던 눈을 들어 가나코를 쳐다보았다.

"아무래도 페로가 사이드카를 보고 집 밖으로 뛰쳐나간 게 아닌가 싶어."

"무슨 소리야?"

"네 아버지가 건강했을 때 말이야, 페로를 사이드카에 태우고 같이 외출했었잖아. 그날 길에서 사이드카를 발견하고, 옆에 아버지가 있는 줄 알고 밖으로 뛰어나간 게 분명해."

나는 진심으로 그렇게 믿었다. 실제로 페로는 전에도 산책 중에 사이드카를 보고 따라가려고 했었다.

그렇지만 가나코는 내 말을 듣고 코웃음을 쳤다.

"그게 말이 돼? 엄마, 드라마 너무 많이 본 거 아냐?"

그 말에 부아가 치밀었다. 가나코는 원래부터 생각나

는 대로 떠드는 성격이다.

"넌 페로가 얼마나 정이 많은 앤지 몰라서 그래."

남편이 죽고 나서도 가나코와는 궁합이 맞지 않았다. 오늘은 더 이상 가나코 얼굴을 보고 싶지 않아서 나는 종종걸음을 치며 밖으로 나갔다.

길가에 군고구마 트럭이 세워져 있는 게 보였다.

달콤한 냄새가 코끝을 자극하자 페로와의 추억이 머릿속을 휘저었다.

남편을 먼저 보내고 나서 나는 페로와 둘이 살았다.

상을 치르고 이런저런 절차를 마무리하느라 남편의 죽음을 슬퍼할 틈도 없었다. 그러다가 시간이 흐르면서 사랑하는 사람을 잃었다는 상실감이 나를 덮쳤다.

전에는 2인분을 안쳐야 했던 쌀도 이제는 1인분이면 충분하다. 전기밥솥 뚜껑을 열고 반으로 줄어든 밥을 볼 때면 이루 말할 수 없는 외로움이 엄습했다.

채소절임을 사 와도 남편이 없으니까 도무지 양이 줄지 않아 상하기 일쑤였다. 차를 끓일 때도 두 잔을 준비하는 습관이 밴 탓에 무심코 두 잔을 끓이고 만다.

남편은 국수를 먹을 때면 밥상을 펴놓고 먹는 걸 좋아

했다. 마주 앉아 밥상 밑으로 다리를 뻗으면 자주 발이 부딪쳤다.

"지요코, 당신 다리가 걸리적거리니까 저쪽으로 좀 치워 봐."

"당신이 저쪽으로 뻗으면 되잖아."

"난 다리가 길잖아."

"얼씨구!"

지금은 그런 평범한 대화가 너무도 그립다.

혼자 먹을 걸 알면서도 나는 국수 2인분을 삶았다. 밥상을 펴고 국수를 먹었지만 발은 부딪치지 않았다. 남편을 떠올리며 울적해하고 있노라니 발에 뭔가가 닿았다.

페로가 밥상 밑에 들어가려 낑낑거리고 있었다. 부딪친 감촉은 다르지만, 내게는 아직 페로가 있다는 생각에 힘을 낼 수 있었다.

남편이 없어 쓸쓸해서 그러는지, 아니면 나를 위로하며 빈자리를 채워주려고 그러는지, 페로는 지금까지 이상으로 내게 찰싹 달라붙었다.

"고마워, 페로. 너도 국수 먹을래?"

국물에 찍어서 입에 대주자, 페로는 혀를 살짝 내밀어 맛을 보더니 나쁘지 않은지 쩝쩝거리며 국수를 후루룩

빨아들였다.

여름에 페로를 마당에 풀어놓으면 언제나 자기가 좋아하는 나무 그늘에 가서 벌러덩 드러누웠다. 남편이 죽은 후에도 그 모습은 달라지지 않아서 보고 있으면 안도감이 솟구쳤다.

남편이 떠나고 나서도 나는 변함없이 페로의 발바닥을 좋아했다. 거의 매일 발바닥 냄새를 맡고 스마트폰으로 발바닥 사진을 찍었다.

언제부터였을까, 그동안 찍은 발바닥 사진을 현상해서 앨범에 끼워 넣기 시작했다. 가나코에게 내가 죽으면 그 앨범을 관에 같이 넣어달라고 부탁까지 했다.

남편이 떠나고, 8월도 막바지에 접어들 즈음이었다.

페로는 그날도 마당에서 자기가 좋아하는 그 자리에 누워 있었다. 어쩐 일인지 뭔가를 베개처럼 받치고서.

"페로, 그 베개는 뭐니?"

가까이 가서 본 나는 화들짝 놀랐다. 페로 머리에 깔린 건 남편이 생전에 신던 여름 샌들이었다.

남편의 유품을 정리하면서 이 샌들을 버릴지 말지 고민했다. 마음을 정하고 쓰레기통을 연 순간, 페로가 평소와 달리 요란스럽게 짖은 적이 있었다.

내가 샌들을 뺏으러 왔다고 생각했는지 페로가 샌들을 입에 물었다. 절대로 넘겨주지 않겠다는 의지를 담은 강한 눈빛을 내게 던졌다.

"너도 아빠가 보고 싶구나."

머리를 쓰다듬어 주자 페로는 물고 있던 샌들을 내려놓았다. 그러더니 표정을 풀고 샌들에 코끝을 갖다 댄 채 킁킁거리며 냄새를 맡았다.

나는 잠시 페로를 바라보았다. 씩씩한 그 모습을 보니 아직도 샌들에 남편의 체온이 남아 있는 것만 같았다.

남편이 뇌경색으로 쓰러지고 나서 페로의 산책은 내가 맡게 되었다.

남편이 떠나고 두 달쯤 지났을 때였는데, 페로를 데리고 저녁 산책을 하고 있자니 앞에서 걸어가는 노부부의 모습이 시야에 들어왔다. 두 사람은 서로 보폭을 맞추어 걸었고, 이따금 말을 주고받으며 쿡쿡 웃음을 터뜨렸다.

내 걸음이 느려졌다.

나만 혼자 이 길에 남겨진 기분이었다.

내게도 저 부부처럼 산책하던 시절이 있었다. 내 옆에

는 언제나 남편이 있었고, 사소한 말싸움을 벌이다가도 끝에 가서는 항상 웃었다. 신호등이 빨간불로 바뀔 때마다 남편은 "서두를 거 없어" 하며 나를 감싸주었다. 지하도로 내려갈 때마다 "천천히, 천천히" 하며 내 손을 잡아주었다. 내심 '아직 그렇게까지는 안 늙었어'라고 툴툴거리면서도 기분은 좋았다.

부러움과 안타까움이 뒤얽히면서 가슴이 답답했다.

멀어져 가는 노부부를 지켜보며 숨을 훅 토해냈다. 태연한 척하며 걷는데, 쥐고 있던 페로의 리드줄이 느슨해졌다.

페로가 길가에 놓인 낡은 벤치 앞에서 기다리고 있었다. 땅바닥에 엉덩이를 갖다 붙인 채로 벤치를 멀뚱히 바라보았다.

남편은 산책할 때마다 이 벤치에 앉아 짧은 휴식을 취했다. 배낭에서 물통을 꺼내 천천히 차를 마셨다. 그럴 때 페로는 남편 옆에서 얌전하게 기다렸다. 페로는 남편과 함께 보냈던 그 순간을 기억하고 있었다.

페로는 벤치를 말똥말똥 쳐다보았다. 뭔가를 기다리는 것처럼. 그 자리에 남편이 앉아 있기라도 한 것처럼.

나는 벤치에 몸을 맡겼다. 남편이 죽고 나서 이 벤치에 앉는 건 처음이다.

저녁노을이 벤치를 부드럽게 감쌌다. 어느새 눈물이 내 뺨을 적시고 있었다. 가슴속에서 형언할 수 없는 감정이 들끓었다.

손바닥으로 눈물을 훔치려는 순간, 페로가 내 무릎 위에 앞발을 올렸다. '괜찮아요?' 하고 묻는 듯한 표정으로 뺨을 타고 흐르는 눈물을 혀로 할짝할짝 핥아주었다.

난폭하기는커녕 놀라울 만큼 부드러웠다. 눈물방울을 하나하나 확인하듯이, 살살, 천천히.

"…페로, 고마워."

목소리가 떨렸다. 그렇지만 내 마음은 조금씩 가벼워졌다.

눈앞에 절이 보였다. 나는 느릿느릿 일어나 페로를 데리고 절 안으로 들어갔다.

두둥실 불어오는 바람에 경내를 가득 채운 코스모스가 살랑거렸다. 엷은 저녁노을이 연분홍빛 꽃잎을 물들였다.

페로는 코스모스 옆으로 가서 킁킁 냄새를 맡았다.

"페로는 코스모스를 좋아하는구나."

페로의 머리를 쓰다듬고 있자 "괜찮으시면 한 송이 드릴게요" 하며 절 관계자가 코스모스를 건네주었다.

집에 돌아가면 남편의 불단 위에 이 코스모스를 바쳐야겠다.

손에 든 코스모스를 페로의 얼굴 앞에 갖다 대자 기분이 좋은지 코를 벌름거렸다.

'후루타 페로의 집'

그 문패가 달린 집에 주인은 더 이상 살지 않는다. 옆에 놓인 침대에 누운 불상 인형도 친구를 잃고 어쩐지 외로워 보인다.

거실 선반에서 앨범 한 권을 꺼냈다. 표지를 넘기자 맨 첫 장에 어린 페로의 사진이 나타났다. 아직 천진함이 가시지 않은 얼굴에 작은 복대를 두르고 폭신폭신한 털에 둘러싸인 자그마한 몸이 내 발치에 달라붙어 있다.

앨범을 한 장씩 넘길 때마다 페로와의 추억이 생생하게 되살아났다. 죽은 남편의 사이드카에 타고 있는 사진, 마당에서 좋아하는 자리에 누워 있는 사진, 그리고 발바닥 사진. 양쪽에 발바닥 사진만 가득한 페이지도 있다.

페로가 내 곁을 떠난 지 벌써 3주가 지났지만 요즘 나는 바깥출입을 거의 하지 않는다.

산책하러 가도 옆에 있던 페로는 이제 없다. 남편을 떠나보냈을 때도 페로는 남아 있었다. 마음의 버팀목이었던 페로마저 잃고 나니 혼자 걷는 산책길이 이루 말할 수 없이 쓸쓸했다.

그날 나는 집에서 가까운 마을회관을 찾아갔다. 오후부터 거기서 강아지를 분양한다고 했다.

건물에 딸린 주차장 입구에 '새 가족을 기다립니다'라는 현수막이 걸려 있었다. 울타리로 구분된 작은 부스 너머로 활발하게 뛰어노는 강아지와 긴장한 기색으로 웅크리고 앉은 성견이 눈에 들어왔다.

불과 며칠 전에 이런 행사가 있다는 걸 알았다. 사에키 씨가 집에 찾아와 "이런 게 있더라고요" 하며 전단을 내밀었다.

나는 내심 다시 개를 키우고 싶다고 생각하고 있었다. 페로는 질투가 심해서 내가 다른 개를 쓰다듬기만 하면 그 사이에 끼어들어 눈을 치떴다. 그래서 새로 개를 입양하면 페로가 슬퍼할 것 같아서 주저하고 있었다.

바로 앞의 부스에 강아지 한 마리가 들어 있었다. 태어난 지 43일 됐고 페로와 마찬가지로 래브라도 리트리버 믹스견이라고 적힌 종이가 붙어 있다.

나는 그 강아지 앞에 가서 쪼그리고 앉았다. 털이 황토색이고 눈동자가 동글동글하다는 점까지 페로를 쏙 빼닮았다. 내가 머리를 쓰다듬어 주자 기분이 좋은지 눈을 가늘게 뜨고 내 손바닥에 코를 갖다 댔다. 그 모습이 어린 페로와 겹쳐 보였다.

그런데 내가 관심을 보이자, 직원이 다가와서 말했다.

"죄송하지만, 65세 이상이신 분이 개를 입양하시려면 조건이 몇 가지 있습니다."

놀란 나머지 눈을 휘둥그렇게 뜬 내 앞에서 젊은 직원이 말을 이었다.

"고령자가 개를 키우실 경우, 끝까지 책임지지 못할 가능성이 있어서요. 그래서 만약의 경우를 대비해 64세 이하이신 분이 대신 키워주겠다는 동의서가 필요합니다."

"…."

나는 입이 떨어지지 않았다.

남자의 말은 흠잡을 데가 없었다. 앞으로 몇 년이나 더 살 수 있을지 모르는 노인에게 덜컥 개를 맡길 수는 없는 노릇이다. 소형견은 그나마 낫지만, 래브라도 리트리버는 금방 자란다. 아무리 사람을 잘 따르는 품종이라도 노인이 쉽게 키울 만한 개는 아니다.

나 대신 개를 키워줄 사람은 가나코밖에 없다. 하지만 가나코와는 사이가 좋지 않다. 가나코에게는 절대로 부탁할 수 없다.

다시 강아지에게로 눈길을 돌리자, 애교 섞인 눈동자가 나를 빤히 쳐다보고 있었다.

나는 단념하려고 시선을 회피했다. 이 강아지는 데려갈 수 없다.

나는 마을회관에서 나와 집으로 걸어가면서 생각했다.

애당초 내게 다시 개를 키울 자격이 있을까.

이웃에 사는 아이가 멋대로 대문을 연 건 맞지만, 내가 페로를 마당에 두고 장을 보러 가지 않았더라면, 다른 사람이 못 열게 문을 잠갔더라면 페로가 밖에 나가는 일은 없었다. 마당에서 놀던 페로를 집 안에 들여다놓고 외출했으면 됐다.

이런저런 만약을 떠올리며 자책했다. 내 실수로 페로를 죽게 했으면서 금방 또 개를 데려오려고 하다니, 정말 짐승만도 못하다는 생각이 들었다.

집에 돌아와 페로의 불단 앞에 무릎을 꿇고 앉았다. 내 잘못을 탓하며 페로의 영정 사진 앞에서 고개를 숙이고 사죄했다.

얼결에 불단 옆에 놓여 있던 팸플릿에 시선이 갔다. 페로의 불단을 제작한 업체의 팸플릿이다.

팸플릿을 손에 들고 무심히 넘겨 보는데, 아래쪽에 반려동물 관련 광고가 여럿 실려 있었다. 반려동물 봉안당 안내, 기념품 판매, 반려동물 전문 상담. 그러다가 광고 하단의 여백 한쪽에 글자가 작게 적혀 있는 게 보였다. 돋보기를 쓰고 들여다보니 이렇게 적혀 있었다.

'천국에 있는 사랑하는 반려동물에게 편지를 보내고 싶다면, 아오조라 우체국으로.'

무슨 뜻인지 바로 이해가 되지 않았다. 천국에 편지를 보낸다고? 이게 무슨 말일까.

수상한 글귀를 보고 미간을 찡그리면서도 이상하게 마음에 걸렸다. 스마트폰으로 아오조라 우체국을 검색해 보니 그 우체국은 우리 동네에 있었다. 그런데 위치 말고는 정보가 거의 없었다. 인터넷을 꼼꼼히 살펴봐도 천국에 편지를 보낸다는 내용은 어디에도 없었다.

어쩌면 특별한 장소일지도 모른다. 적어도 악질 사기로 보이지는 않았다.

그 우체국은 우리 집에서 노선버스를 타고 갈 수 있는

거리에 있었다. 나는 당장 가보기로 했다.

아오조라 우체국까지는 버스로 30분 정도 걸렸다.

우체국에서 제일 가까운 버스 정류장 이름은 '하늘 편지'였다.

한 정거장 앞은 '대불 언덕'이어서 나름대로 분위기는 그럴싸했다.

우체국 건물 안에 들어가서 사정을 설명하자 뒷문을 통해 2층으로 올라가면 된다고 했다. 직원이 시키는 대로 번호표를 뽑고 기다리고 있자 스피커에서 내 번호가 흘러나왔다.

외관과 내부 설비와 분위기로 보건대 색다른 우체국은 아니었다. 내 번호를 부른 창구로 가자, 바로 옆 창구에서도 한 남자가 나와 같은 팸플릿을 들고서 말을 쏟아내고 있었다. 몰래 엿들어보니 세상을 떠난 고양이에게 편지를 보내고 싶다고 했다.

내 번호가 띄워진 창구에는 오리하라라는 이름표를 단 여자가 앉아 있었다. 의지가 강해 보이는 눈빛으로 나를 지그시 쳐다보았다.

"저기, 이 팸플릿에 실린 광고를 보고 왔는데요."

"연간 소득을 말씀해 주세요."

"예?"

"직업이 있으면 연간 소득을, 직업이 없으면 저축액을 말씀해 주세요."

난데없이 무례한 질문을 받게 되어 어처구니가 없었다.

"…여기서 천국에 편지를 보낼 수 있다던데, 천국이 진짜 있나요…."

"먼저 이 종이의 빈칸을 전부 채워주세요. 자세한 이야기는 그다음에 하겠습니다."

오리하라 씨는 내 말이 끝나기도 전에 종이 한 장을 내놓았다. 어리둥절해하며 받아 든 그 종이는 연간 소득과 저축액뿐만 아니라 자가 소유 여부와 집의 크기까지 쓰게 돼 있었다. 전부 솔직하게 적어서 창구에 제출하자 오리하라 씨는 구라키라는 직원과 얼굴을 맞대고 의논하기 시작했다.

"후루타 님."

내 이름을 불러서 다시 창구로 가자, 오리하라 씨가 덤덤하게 말했다.

"그럼, 우푯값 126만 엔을 부탁드립니다."

"…뭐라고요?"

"126만 엔입니다."

"……."

순간, 잘못 들은 줄 알았다. 터무니없이 비싼 우푯값을 듣고 사기일지도 모른다는 의심이 스멀스멀 올라오는 사이, 옆 창구에서는 한 여자가 눈물이 글썽글썽한 얼굴로 "지난번에는 어머니에게 편지를 보내주셔서 감사합니다"라며 선물을 건네고 있었다.

오리하라 씨는 설명을 계속했다. 우표를 사려면 통장이 필요하며 천국에 편지를 보내는 일에 대해 남에게 발설하면 안 된다. 계약서에 도장도 찍어야 하고 편지를 보낼 수 있는 기간은 사후 49일까지다, 등등의 내용이었다.

"……."

나는 잠시 고민하다가 각오를 다졌다.

페로에게 편지로 작별 인사를 전하고 싶었다.

물론 강아지는 편지 내용을 이해하지 못한다. 회신용 봉투를 동봉하면 답장도 받을 수 있다고 했지만, 페로가 답장을 보낼 수 있을 리 만무하다.

그런데도 나는 편지를 보내고 싶었다.

자기만족일 수도 있다.

속아도 상관없다.

내게 크나큰 행복감을 맛보게 해준 페로에게 마지막으로 전하고 싶은 말이 남아 있었다.

일단 은행에서 돈을 찾아 집으로 돌아왔다.
오리하라 씨가 현금을 확인하기 편하도록 1만 엔짜리를 열 장씩 분류했다. 통장과 도장을 챙기고 있었더니 가나코가 집에 왔다.
"엄마, 그 돈은 다 뭐야?"
거실 테이블 위에 펼쳐놓은 1만 엔짜리 지폐를 본 가나코가 의아해하며 물었다.
"넌 몰라도 돼."
"설마 보이스 피싱에 당한 건 아니지?"
"얘가 날 뭐로 보고."
"뭐로 보긴, 지난번에도 전화 사기에 걸려들 뻔했으면서."
"내 돈 내가 쓴다는데 간섭 좀 그만해. 지나쓰 대학원 학비는 내가 보태줄 테니까 걱정하지 말고."
"뭐?"
내 말이 귀에 거슬렸는지 가나코가 눈을 치뜨고 나를 째려보았다.

"난 엄마가 걱정돼서 이러는 거야! 노인이 이렇게 큰돈을 갖고 있는데 어떻게 모른 척해?"

"…."

"제발 다른 사람 말 좀 들어! 지난 일을 굳이 들추고 싶지는 않지만, 아버지가 돌아가시기 전에도 그래!"

"…무슨 소리야?"

"위로 영양 공급하는 거! 엄마는 음식물도 못 삼키는 아버지를 조금이라도 더 오래 살게 하려고 고집을 부렸어. 그건 아버지를 위한 일이 아니라고 내가 몇 번이나 말했고!"

"…."

나는 입을 다문 채 눈을 질끈 감았다.

"엄마는 아버지 간병 일로 아직도 나를 원망하지?"

"…원망 같은 거, 안 해."

나는 천천히 눈을 떴다.

"분명 네 말이 옳았어. 그렇지만 그때 나는 죽어도 포기할 수가 없었어."

"…."

"그게 다야."

내가 세상일에 달관한 사람처럼 담담히 말하자 가나코

가 뭐라고 반박하려고 했다. 그렇지만 말해봤자 의미 없다고 생각했는지 아무 말도 하지 않고 보란 듯이 한숨을 크게 내쉬었다.

"…아, 몰라."

가나코는 등을 홱 돌리고 집 밖으로 나갔다. 밖에서 들려오는 신발 소리와는 대조적으로 거실에는 정적만 떠다녔다.

지금까지 가나코와 도무지 결론이 나지 않는 싸움을 얼마나 많이 했는지 모른다.

가나코와 말싸움이 붙을 때마다 페로가 중재자 역할을 했었다. 소리 내 짖지도 않고 나와 가나코의 발밑에 들러붙어 가만히 우리를 올려다보기만 했다. 페로의 동그란 눈을 보고 있으면 부글부글 끓던 분노의 불길도 눈 녹듯 사라졌다.

창틈으로 들어온 밤바람이 방을 가로지르며 차가운 공기를 퍼뜨렸다. 멀리서 들려오는 방울벌레 울음소리와 함께 위패를 모신 방에 가을이 성큼 다가왔다.

나는 다다미방에 방석을 깔고 앉아 눈앞에 놓인 편지지를 노려보았다.

페로의 불단에는 좀 전에 완성한 복대가 올려져 있었다. 이제부터 추워질 테니까 편지와 함께 천국에 보낼 생각이다.

편지봉투에 페로와의 추억이 담긴 사진을 한 장 넣기로 했다.

내가 선택한 사진은 페로를 우리 집에 데려온 날 찍은 사진도 아니고, 페로가 강아지 놀이터에서 신나게 뛰어다니는 순간을 포착한 사진도 아니다. 특별한 날도, 극적인 순간도 아닌, 나와 남편과 페로가 여느 때처럼 거실에서 쉬는 모습을 찍은 사진을 골랐다.

리클라이너 소파에 등을 기대고 느긋하게 쉬는 남편. 편안한 표정으로 남편의 발밑을 차지한 페로. 나는 조금 떨어진 소파에 앉아 있고, 셋이서 텔레비전을 보며 웃음 짓고 있었다. 그 사진은 집에 놀러 왔던 가나코가 찍었다. 특별한 일이 하나도 없는 평범한 하루. 내게는 그런 하루가 무엇과도 바꿀 수 없는 보물이었다.

별일 없는 평온한 한때보다 더 정겨운 순간은 없다. 손끝으로 사진을 덧그리고 있자니 코끝이 찡했다. 남편도 세상을 떠나고, 페로도 이제 없다. 그렇지만 그 시간은 분명히 존재했다. 우리는 같은 공간에서 같은 행복을 나누었다.

고개를 들었다가 불단 위의 페로와 눈이 마주쳤다. 시선을 옆으로 돌려 서글서글하게 웃는 남편과도 눈을 맞추었다.

나는 숨을 길게 내쉬고 나서 편지지 위에 펜을 올렸다.

후루타 페로에게
거기서 잘 지내고 있니?
나야, 네 엄마, 지요코.
페로, 밥도 잘 먹고 있지?
길을 떠나려면 체력이 필요하니까 육포와 네가 평소에
먹던 사료, 그리고 자다가도 벌떡 일어날 정도로 좋아했던
군고구마를 상자에 가득 넣었어.
배를 든든하게 채운 다음에 출발하렴.
네가 있는 그곳도 이제부터 조금씩 추워지겠지?
복대도 새로 만들어서 넣었어.
배탈 나지 않게 빈틈없이 꼭 두르고.
밤에 잘 때 추우면 다른 사람 옆에 가서 자렴.
혹시 몰라서 헤드라이트도 하나 챙겼어.

네가 걸어가야 할 길이 어두울 수도 있거든.

그래도 겁낼 거 없어.

착한 사람이 길을 안내해 줄 거라 믿지만,

혹시 아무도 없으면 그걸 머리에 쓰면 돼.

밝은 빛이 사방을 비추면 헤매지 않고

앞으로 걸어갈 수 있을 거야.

그 길 끝에서 아빠가 헬멧을 들고 손을 흔들고 있을 거야.

아빠가 보이면 그때부터는 같이 가면 돼.

페로.

실은 너한테 꼭 사과해야 할 일이 있어.

내가 부주의해서 너를 죽게 했거든.

이제 와서 용서를 빈다고 달라지지는 않겠지만,

이 자리를 빌려 정식으로 사과하고 싶어.

미안해, 페로.

미안해.

페로, 정말 미안해.

네가 떠나고 나서 우리 집이 얼마나 썰렁한지 몰라.

다리 사이로 느껴지던 따스함도, 담요 위에 남아 있던

온기도 지금은 찾아볼 수가 없단다.

8년이라는 긴 시간이 흘렀지만, 네가 우리 집에 처음 왔던 그날은 어제 일인 양 생생하게 기억나.

그날 넌 내 무릎 위에서 몸을 공처럼 동그랗게 말고 잠이 들었어.

그때 난 확신했어.

네가 우리 가족이 되리라는걸.

페로.

넌 지금 천국 어디쯤 있니?

드넓은 초원 한복판? 아니면 강변 산책길?

혹시 내가 우주선을 타고 그쪽으로 가면,

네가 나를 알아보고 달려와 줄까?

혹시 산책길에 벤치가 있으면,

네가 내 옆에서 기다려줄까?

봄에 부는 산들바람.

여름날의 시끄러운 매미 울음소리.

가을이 깊어지는 황혼 녘.

겨울에 흩날리는 가랑눈.

계절마다 너와의 추억이 깃들어 있어.

따뜻한 봄날, 한 번 더 너의 발바닥 냄새를 맡을 수 있다면.

더운 여름, 한 번 더 너와 국수를 먹을 수 있다면.

가을날 저녁, 한 번 더 너와 코스모스를 감상할 수 있다면.

추운 겨울밤, 한 번 더 너를 내 품에 꼭 안고

잠들 수 있다면.

페로.

우리 가족이 되어줘서 고마웠어.

우리를 선택해 줘서 고마웠어.

이제,

잘 가.

다음 날 아침.

나는 페로가 여행을 떠나는 날까지 49일 동안 먹을 사료와 간식을 상자에 채워 넣었다.

복대와 헤드라이트까지 챙겨 카트에 싣고 아오조라 우체국으로 가져갔더니 오리하라 씨가 별도 요금을 내야 한다고 했다. 상자가 무거워서 요금이 15만 엔이나 든다고 했지만, 페로가 남은 시간을 행복하게 지낼 수 있다면 외려 싼 편이라고 생각했다.

페로에게 편지를 보내고 일주일이 지났다.

오리하라 씨가 우리 집으로 전화를 걸어왔다. 줄 게 있으니 당장 아오조라 우체국으로 오라고 했다.

아오조라 우체국에 도착해 2층 창구로 가니 오리하라 씨가 내 얼굴을 보자마자 봉투 하나를 내밀었다.

"이건 내가 페로에게 편지를 넣어서 보낸 봉투…."

"얼른 편지를 확인해 보세요."

"…."

오리하라 씨의 재촉에 못 이겨 봉투에서 편지를 꺼냈다. 접힌 편지지는 뭔가에 밟힌 것처럼 끝부분이 찢겨 있었다. 또 비라도 맞았는지 군데군데 얼룩까지 져 있었다.

"이분이 페로에게 편지를 전달한 집배원이세요."

영문을 몰라 하는 내게 오리하라 씨가 옆에 있던 남자를 소개했다.

성실해 보이는 사람이었다. 그가 나를 보더니 송구스러워하면서 입을 열었다.

"편지를 받는 상대가 반려동물일 때는 저희 배달원들이 편지를 대신 읽어주게 돼 있습니다. 그래서 제가 페로에게 편지를 읽어주려고 했는데, 개는 냄새를 잘 맡잖아요. 제가 봉투에서 편지를 꺼내자마자 페로가 당신 냄새를 맡고 저한테 달려들었어요. 그러더니 앞발로 편지지를 꽉 누르고 연신 코를 비벼 대면서 냄새를 맡았죠. 그런데 그날은 가랑비가 내리는 바람에 편지지가 그렇게 돼

버렸어요…."

나는 주뼛주뼛 편지지를 펼쳤다.

"이건…."

"맞습니다."

편지지에는 발자국이 잔뜩 찍혀 있었다. 내가 좋아했던 발바닥 모양이 마치 도장을 찍은 것처럼 선명하게 남아 있었다.

"페로가 당신 냄새를 맡고 뛸 듯이 기뻤나 봐요."

나는 발자국에 코를 갖다 댔다. 페로의 발바닥 냄새가 희미하게 묻어 있었다. 여기저기 기름이 번졌고, 종이 전체에서 고구마 냄새가 났다. 페로가 천국에서 내가 보낸 군고구마를 먹은 모양이다.

"페로…."

이름을 입에 올린 순간, 삭이고 삭였던 감정의 둑이 터져버렸다. 눈물이 걷잡을 수 없이 흘러내리고 어깨가 가늘게 떨렸다.

"참, 사진도 한 장 넣으셨죠? 제가 그 사진을 보여주자마자 페로가 이성을 잃은 것처럼 펄쩍 뛰어올랐어요. 제게서 사진을 빼앗아 입에 물고는 절대로 놔주질 않더라고요."

"흑흑…. 흑흑…."

나는 그 자리에서 꺼이꺼이 목 놓아 울었다.

"그리고 괜한 오지랖일 수도 있지만, 페로 배에 복대도 감아 줬습니다."

"…고맙, 습니다. 정말, 고맙습니다."

나는 울면서 연거푸 고개를 숙였다.

"후루타 씨."

옆에서 우리를 지켜보던 오리하라 씨가 다정하게 말을 붙여왔다.

"실은 제가 이래 봬도 애견인이거든요. 저도 3년 전에 사랑하는 골든 리트리버를 떠나보냈어요. 3년이나 지났지만 아직도 매일매일 그 아이가 생각나요. 그렇지만 한편으로는 이런 생각도 들어요. 죽은 이유가 뭐가 됐든 주인에게 고마워하지 않는 반려견은 없을 거라고요. 그러니까 당신은 마지막까지 그 아이 곁을 지켰다는 사실을 자랑스럽게 여겨도 되지 않을까요?"

"…그렇지만 내가 부주의해서 우리 개가 죽었어요."

"이래저래 생각이 많으시겠죠. 그렇지만…."

오리하라 씨는 한 호흡 고르고 나더니 힘주어 말했다.

"그렇지만, 그 강아지는 당신과 함께 있어서 좋았을 거에요."

"…"

"반려견을 떠나보내고 나면 또다시 강아지를 키울지 말지 고민하는 분도 계세요. 다시는 사랑하는 반려견의 죽음을 경험하고 싶지 않다, 죽은 반려견이 질투할지도 모른다고 하시면서요. 그렇지만 과연 그게 옳은 일일까요? 반려견의 죽음을 겪었지만 그럼에도 또다시 강아지를 키우고 싶다는 생각이 들었다는 건 새 반려견을 행복하게 해주겠다는 각오가 섰다는 뜻입니다. 당신은 노후 자금까지 써 가면서 반려견에게 마음을 전하려고 했습니다. 그러니 당신에게 입양된 강아지는 반드시 행복해질 겁니다."

"…"

"저는 지난달에 새로 강아지를 입양했습니다. 그 애는 태어날 때부터 앞발이 하나밖에 없어요. 그런 장애가 있어도 제가 머리를 쓰다듬어 주면 얼마나 좋아하는지 몰라요. 제게 고마움을 표시하려고 열심히 꼬리를 흔들어 준답니다. 저는 그 아이의 가족이니까 마지막까지 그 아이의 곁을 지켜주겠다고 맹세했습니다."

막힘없이 말을 쏟아낸 오리하라 씨의 입가에 해사한

미소가 걸렸다. "주제넘은 말씀을 드렸습니다. 그럼 전 이만" 하더니 다시 업무로 돌아갔다.

말로 형용할 수 없는 감정이 가슴속을 채우며 뜨거운 덩어리가 북받쳐 올랐다.

나는 조금 떨리는 손끝으로 편지를 움켜잡았다.

집에 돌아오고 나서도 오리하라 씨가 한 말을 여러 번 곱씹었다.

전에 사에키 씨에게 받은 전단 한 장이 불쑥 눈에 들어왔다.

'분양 행사, 매주 화요일, 연말까지 개최.'

거실 의자에 앉아 숨을 크게 내뱉었다. 페로의 발자국이 찍힌 편지지를 노려보며 고민했다.

이튿날 아침.

나는 또다시 집에서 가까운 마을회관으로 발걸음을 옮겼다.

지난번에 봤던 래브라도 리트리버는 오늘도 거기 있었다. 부스 안에서 나와 눈이 마주친 그 아이가 내 쪽으로 신나게 달려왔다.

나를 기억하는 걸까. 처진 귀를 실룩실룩 움직이며 꼬

리가 떨어져 나갈 정도로 세게 흔들었다.

사랑스러운 그 모습을 보며 결심했다. 이 아이를 우리 집에 데려가야겠다고.

그렇지만 직원에게 지난번에 들었던 말을 또 들어야 했다.

"죄송하지만, 나이 때문에…."

"난 아직 팔팔해요. 혹시라도 내게 무슨 일이 생기면 새 주인을 꼭 찾을게요."

"규칙이라서요."

"부탁합니다!"

"…죄송합니다."

사정사정했지만 직원은 절대 용납하지 않을 것 같았다. 거의 포기하려던 순간이었다.

"제가 같이 키울게요."

갑자기 날아온 목소리에 뒤를 돌아보았다. 가나코였다.

"어디 가나 싶어서 따라와 봤더니 역시 여기였네."

가나코는 작게 한숨을 내쉬고는 어이가 없다는 표정을 지었다.

"그러면 제가 같이 키우면 돼요, 그 강아지. 아니, 같이 키우면 되는 게 아니라, 키우고 싶어요. 우리 가족으로 삼고 싶어요."

"가나코…."

"엄마. 페로를 잃고 엄마만 충격받은 게 아니야. 나도 똑같아. 페로가 어릴 때부터 나랑 같이 산책을 얼마나 많이 했는데."

"…."

"그리고, 이참에 확실히 말하고 넘어갈게. 난 경제적인 지원을 기대하고 엄마를 도우려는 게 아니야. 아버지 간병 문제만 해도 그래. 엄마만큼이나 나도 아버지를 사랑했어. 그렇지만 난 외동딸이니까 엄마도 지켜야 하는 의무가 있잖아. 사고방식은 다르지만, 페로도 포함해서 가족을 생각하는 마음은 나도 엄마 못지않다고."

"…."

가나코의 말은 거침없고 힘이 있었다.

이 아이가 언제 이렇게 자랐을까. 자기 가족을 지키는 일에 대해 일말의 부끄러움도 없이 당연하다는 듯이 말하고 있다.

"…가나코."

내가 직접 지어준 딸의 이름을 부른 순간, 나도 모르게 눈물샘이 터져버렸다.

"그러고 보면, 난 항상 내 기준으로만 생각했는지도 몰라. 내 뜻대로 되지 않는 현실이 두려워서 네 심정을 헤아려보려고 하지도 않았어. 페로 때도, 아버지 때도."

딸의 얼굴이 흐릿하게 보였다.

"정말, 미안하다. …그리고, 고마워."

내가 머리를 숙이자 가나코가 "나도 잘못했어" 하며 나와 똑같은 자세로 사과했다. 가나코는 내 얼굴에 시선을 맞춘 채 한동안 말을 잇지 못했다.

"엄마가 페로를 얼마나 아꼈는지는 나도 잘 알아. 그렇지만 아버지 일도 있고 하다 보니 계속 부딪치기만 하고, 순수하게 받아들이지 못하겠더라고. 엄마 마음을 내 맘대로 넘겨짚기만 했어."

"…."

"앞으로도 이런저런 갈등은 있겠지만, 회피하지 말고 터놓고 이야기했으면 좋겠어, 엄마. 서로의 소중한 존재를 온전히 지키기 위해서."

나는 고개를 끄덕끄덕했다.

강아지를 데려가도 된다는 직원의 허락이 떨어졌다.

부스 문을 열자마자 강아지가 내 발치로 달려와 응석을 부리며 몸을 비벼댔다.

오후의 따사로운 햇살이 마당을 감쌌다. 바람이 불면 마당 한쪽에 쌓인 낙엽이 바스락바스락 소리를 내며 꿈틀거렸다.

"안 돼, 가부! 빨래 물면 안 된다고 했지!"

드럼통에 불을 지피고 있던 가나코가 집게 끄트머리를 가부에게 들이댔다.

새로 입양한 강아지는 물건을 덥석덥석 무는 버릇이 있어서 '가부'라고 이름을 붙였다.* 페로보다 장난이 더 심한 가부는 나나 가나코가 잠시라도 한눈을 팔면 자꾸만 뭔가를 물어뜯어 애를 먹인다. 아직 생후 2개월도 지나지 않은 터라 앞날이 걱정되지만, 가부는 아무리 심한 장난을 치더라도 용서하고 싶게 만드는 애교가 있다.

"이제 고구마 넣어도 되지? 엄마."

우리는 마당에서 군고구마 파티를 준비하고 있다. 가부를 키우기 시작하면서 가나코와 대화가 늘었다. 사소한 일로 티격태격하는 건 여전하지만 전보다 서로의 의견을 존중하게 됐다.

때마침 길 건너편에서 군고구마 장수가 퉁소를 울리기

---

* '덥석덥석'을 일본어로 '가부리'라고 한다.

시작했다. 그 소리를 들은 가나코가 "내가 계속 생각해 봤는데" 하며 운을 띄웠다.

"군고구마 장수는 매주 화요일 오후에 이 근방을 지나가잖아. 페로가 트럭에 치인 것도 화요일 오후였고. 내 생각에는 말이야. 페로가 군고구마 냄새를 맡고 도로로 뛰어든 게 아닌가 싶어."

"…설마."

"생각해 봐, 전에도 여러 번 군고구마 트럭을 보고 달려들려고 했었잖아. 퉁소 소리가 들리면 마당에서 컹컹 짖으면서 콘크리트 담장에 앞발을 올렸고. 페로가 먹보였던 걸 생각하면, 그게 사고 원인이었던 거 아닐까?"

"…."

나는 페로가 사이드카를 따라가다가 사고가 났을 거라고 철석같이 믿었다. 그렇지만 먹을거리만 보면 사족을 못 썼던 페로의 성격을 따져봤을 때 군고구마 쪽이 더 그럴듯하긴 하다. 만약 그게 사실이라면 페로에게는 미안하지만, 솔직히 페로답다는 생각도 들었다.

"안녕하세요."

대문 쪽에서 누가 인사를 건네왔다. 사에키 씨다.

"사에키 씨, 어서 와요. 이제 막 고구마를 굽고 있었어요."

내가 마당에서 손짓하자 사에키 씨가 웃으며 안으로 들어왔다. 가부가 수건을 입에 물고 달려가니 사에키 씨가 "이 아이가 새 가족이군요. 페로랑 판박이처럼 닮았네요" 하며 몸을 숙여 가부의 머리를 쓰다듬었다.

사에키 씨에게 가부의 집을 만들어달라고 부탁했다. 페로가 쓰던 집을 그대로 써도 되는데, 가나코가 그건 가부에게 실례라며 한 소리 했다.

가나코 말이 맞다 싶었다. 나는 큰마음 먹고 페로가 쓰던 집을 버렸다. 감정에 휘둘리는 편인 나와 달리 가나코는 가부 입장에서 생각할 줄 아는 아이였다.

"사에키 씨. 괜찮으면 이거 받아요."

나는 불상 모양 인형을 사에키 씨에게 건넸다. 천국에 있는 페로에게 편지를 보낼 때 같이 보낼까도 했지만 헤어지고 싶지 않았다.

"이 인형이 오고부터 우리 집에 행운이 찾아왔거든요. 사에키 씨가 꼭 받아줬으면 좋겠어요."

등에 '굿 럭!'이라고 새겨진 이 인형은 행운의 전령이다.

사에키 씨가 분양 행사 소개 전단을 주지 않았더라면 우리는 가부와 만날 수 없었다. 사에키 씨는 가족 문제로 마음고생이 심하다. 이번에는 사에키 씨에게 행운이 찾아

갔으면 좋겠다.

"고맙습니다."

"언젠가 따님과 다시 만나길 바랄게요."

내가 미소를 보내자 사에키 씨는 복잡미묘한 표정을 짓다가 이윽고 고개를 끄덕였다.

산들바람이 창문에 걸린 블라인드를 살랑살랑 흔들었다.

마당을 뛰어다니는 가부를 보니 문득 이런 생각이 떠올랐다. 개와 사람은 참 신기한 관계구나.

서로 피가 섞이지도 않았건만 견주는 개를 가족처럼 여기며 아낌없이 애정을 퍼붓는다.

한 마리의 어미 개가 새끼를 낳고, 새끼가 어미가 되어 또다시 새끼를 여럿 낳는다. 그렇게 태어난 강아지는 사람의 보살핌을 받고 자라다가 결국에는 죽는다. 사람은 그 죽음을 슬퍼하고, 언젠가 죽는다는 사실을 알면서도 또다시 새 아이를 가족으로 맞이한다.

100년 전에도, 200년 전에도 그랬다.

아마 앞으로도 그럴 것이다.

100년 후에도.

200년 후에도.

이 나라뿐 아니라 전 세계 어디에서나.

하물며 거기가 전쟁터라 할지라도.

만약에 강아지에게 사람의 이런 행동에 대해 물어보면 뭐라고 할까.

신나게 뛰어다니는 가부를 보고 있자니, 강아지는 분명 이렇게 대답할 것 같다.

이대로도 괜찮아.

아니,

이대로가 좋아.

나는 마당을 찬찬히 둘러보았다. 해마다 이맘때가 되면 여기저기서 날아온 식물의 씨앗이 꽃을 피우며 마당을 장식한다.

가부가 멈춰 서서 보고 있는 수풀 사이에 분홍색 코스모스가 한 송이 피어 있다.

나무 그늘이어서 시원한 그곳은 페로가 유난히 좋아해서 자주 누워 있던 자리였다.

다섯 번째 편지

연인에게

롯폰기의 금싸라기 땅에 세워진 마이무 그룹 본사 빌딩.

나는 꼭대기 층에 자리한 사장실에서 책상에 팔꿈치를 괸 채 머리를 싸안았다.

책상 위에는 오늘 발매된 주간지가 펼쳐져 있었다.

'마이무 그룹 사와무라 잇페이, 경제산업성 장관에게 뇌물 청탁?'

날뛰는 듯한 헤드라인을 쏘아보며 오늘 아침부터 지금까지 한숨을 몇 번이나 쉬었는지 모른다.

열 페이지에 이르는 그 기사에는 나와 경제산업성 장관이 고급 음식점에서 마주 앉은 사진이 실려 있었다. 기사는 우주 개발 사업을 유리하게 진행하려고 내가 그룹 산하 자회사의 미공개 주식을 양도했다는 내용이다.

사무실의 전화기란 전화기는 죄다 불이 났다. 책상 위

에 놓인 스마트폰도 끊임없이 진동하고 대기 화면에는 무수한 메시지 알림이 쌓이고 있다. 변호사, 회사 임원, 거래처, 그리고 정부 관계자에게서 연락이 쏟아졌다.

"이제 어떡할 거야?"

부사장인 니이야마 하루카가 노크도 없이 사장실 문을 열고 들어왔다. 하루카는 대학 동창이자 창업 멤버 중 한 명이다.

"모르쇠로 일관해."

나는 나직하게 지시를 내렸다.

"모르쇠? 빌딩 밖에 기자들이 우르르 몰려와 있는데?"

"됐고, 무조건 잡아떼!"

내 목소리가 거칠어지자 하루카는 "그래서 내가 그렇게 말렸잖아!"라며 초조한 듯 팔짱을 꼈다.

"주간지에 네가 찔렀어?"

"난 아냐."

"너 말고 이 일을 아는 사람이 없는데?"

"난 아니야! 근데, 어쩌면…."

하루카는 말꼬리를 흐리며 입을 다물었다. "할 말 있으면 해봐" 하고 재촉하자 하루카가 마음을 굳히고 입을 열었다.

"아사리 씨."

"뭐어?"

"아사리 씨한테 네가 한 짓에 대해 말했어."

"…어쩌자고, 아사리한테."

"네가 독주하는 걸 막아주길 기대했으니까! 아사리 씨 말고는 너를 말릴 만한 사람이 없잖아."

"…."

나는 말문이 막혔다. 가수 이치노세 아사리는 지난달에 자택 욕실에서 손목을 긋고 자살했다.

나는 이치노세 아사리와 사귀던 중이었다. 그 사실을 아는 사람은 하루카뿐이다.

"…미안한데. 잠시 혼자 있게 해줘."

"혼자 있게 해달라고? 매스컴에는 뭐라고 설명하고?"

"너한테 전부 맡길 테니까. 제발 혼자 있게 해줘."

하루카는 내 얼굴을 물끄러미 쳐다보다가 한숨을 내쉬며 사장실을 나갔다.

나는 그대로 의자에 몸을 맡긴 채 천장을 올려다보았다.

"…아사리."

그 이름을 내뱉자 아사리와 처음 만났던 날의 기억이 서서히 되살아났다.

마이무 그룹은 내가 대학 시절에 만든 회사다.

인터넷 관련 서비스를 중심으로 사업을 추진해 창업 25주년을 맞이한 지금은 연간 매출이 1조 2,000억 엔이 넘는 회사로 성장했다. 적극적인 기업 인수를 통해 회사 인지도를 높였고 8년 전에 인수한 프로야구 구단은 현재까지 리그 우승을 두 번 차지했다. 나는 미국의 한 경제지가 선정한 '세계를 바꾸는 경영자 100인'에 들었으며 세상은 나를 시대의 총아라고 치켜세웠다.

3년 전, 회사는 새로 뛰어든 항공 사업에서 큰 손해를 입었다. 다른 사업에서 생긴 흑자는 항공 사업의 적자를 메우느라 죄다 사라졌다. 눈앞이 깜깜하고 불안과 초조감에 시달리던 나는 어느새 살고 싶다는 의지마저 상실하고 말았다.

7월의 어느 밤이었다.

눅눅한 밤바람이 고층 빌딩의 옥상을 가로지르고 멀리 롯폰기 거리의 불빛이 이리저리 흔들렸다. 나는 대낮의 잔열을 머금은 콘크리트 바닥 위로 걸음을 내디뎠다.

옥상 가장자리에 서서 발밑의 거리를 내려다보았다. 한 발짝만 더 내디디면 옥상 밖으로 떨어질 것 같은 그때였다.

조금 떨어진 자리에 젊은 여자가 서 있었다. 어둠 속에서도 여자의 표정은 또렷이 보였다. 체념한 듯한 미소를 내비치며 나를 보고 있었다.

"…먼저, 해."

내가 농담조로 말을 건네자, 여자는 "그쪽 먼저 해요" 하며 손을 앞으로 내밀었다.

"그쪽이 먼저 해야지. 레이디 퍼스트."

"그딴 레이디 퍼스트는 필요 없거든!"

시원하게 받아치는 여자의 말에 나도 모르게 웃음이 터졌다. 여자도 따라 웃으며 표정을 풀었다.

"그러면, 동시에 뛰어내릴까?"

장난스럽게 말하자 여자가 "좋아"라며 고개를 까딱거렸다.

나는 눈을 감고 숨을 훅 토해냈다.

"하나, 둘, 셋!"

두 사람의 목소리가 겹친 바로 그때, 뭔가가 내 뺨을 스쳤다. 흠칫해서 눈을 떴더니 밤하늘에 새빨간 풍선이 떠 있었다. 풍선은 둥실둥실 흔들리며 우리 앞으로 다가왔다.

"어째서 이런 곳에 풍선이…."

무의식적으로 목소리가 튀어나왔다. 누군가의 손에서 빠져나와 바람을 타고 날아왔을지도 모른다. 그렇지만 이렇게 늦은 밤에 여기까지 올라온 건 거의 기적이었다.

"…이 풍선이 우리를 막으러 온 걸까."

내가 실을 가만히 거머쥐자, 여자의 손끝이 풍선에 닿았다. 이내 입술을 깨문 여자의 눈에서 눈물이 하염없이 흘러내렸다.

"왜 우는 거지?"

"…그야, 이제 아무것도 만질 수 없을 줄 알았거든."

"…."

"아직 뭔가를 만질 수 있다고 생각하니까 가슴이 저리면서 눈물이 났어."

여자가 그렇게 말하고 센 척하며 웃는 순간, 빌딩 옥상에 돌풍이 불어닥쳤다.

"위험해!"

여자가 균형을 잃고 비틀거리는 내 팔을 덥석 잡았다.

"죽으려는 사람을 구해주면 어떡해?"

내가 장난으로 말하자 여자는 손가락으로 눈물을 훔치며 작게 웃었다.

"아아, 난 이제 죽는 거 포기했어."

불현듯 어깨에서 힘이 빠졌다. 나는 그 자리에 주저앉아, 가방에서 캔 맥주를 꺼내 여자에게 건넸다.

"하이볼은 없어?"

"뭐?"

"맥주는 안 좋아해서."

"이럴 때는 주는 대로 마셔!"

분위기 파악을 못 하는, 아니, 애당초 파악할 마음이 없는 여자의 순박함이 왠지 모르게 사랑스러웠다. 바지 엉덩이가 더러워지는 것도 개의치 않고 바닥에 양반다리를 하고 앉는 여자의 모습에는 계산적인 느낌이 전혀 없었다.

연애를 하다 보면 이 사람과의 추억과 이 사람과 함께 보낸 모든 시간을 가슴에 고이고이 간직하게 되리라는 확신이 들 때가 있다. 지금이 바로 그런 순간이었다.

"당신, 이름이 뭐지?"

"…아사리. 이치노세 아사리."

"아사리…."

특이한 이름이라고 생각하면서 나는 천천히 캔 맥주를 땄다.

얼마 후, 아사리가 불쑥 말했다.

"하늘을 보고 있으니까 우주에 가고 싶어졌어."

나는 캔 맥주를 입에 댄 채로 밤하늘을 올려다보는 아사리의 옆얼굴을 바라보았다. 그러다가 얼결에 이렇게 말해버렸다.

"내가 언젠가 우주에 데리고 갈게"라고.

아사리가 느릿느릿 시선을 돌려 내 눈을 응시했다.

나는 그때 본 아사리의 눈빛을 평생 잊지 못한다.

놀라고 당혹스러웠을 텐데도 아사리의 눈동자에는 곧은 빛이 서려 있었다. 농담이었다며 웃어넘기지도, 현실적이지 않다고 어이없어하지도 않고, 그저 내 눈을 지그시 들여다볼 뿐이었다.

마치 어린아이가 자기 꿈을 이야기할 때와 같은 눈빛으로….

그게 나와 아사리의 첫 만남이었다.

신기하게도 그날은 7월 7일, 칠석이었다.

나와 아사리는 사귀기 시작했다.

나는 아사리가 유명한 가수라는 사실을 몰랐다. 아사리도 내가 마이무 그룹의 대표라는 걸 몰랐고. 그랬기에 나는 마음이 편했다. 연애뿐 아니라 모든 면에서 상대가

나의 사회적 지위를 의식하기 마련이었기에 아사리의 꾸밈없는 태도가 신선하게 다가왔다. 화젯거리가 되고 싶지 않아서 우리의 교제 사실은 신뢰할 만한 부사장 하루카에게만 밝혔다.

둘 다 일이 바빠 자주 만나지는 못했다. 데이트하러 나갈 때면 둘 다 변장이 필수여서 답답했지만, 뭐든지 솔직히 털어놓을 수 있는 아사리와 함께 보내는 시간은 더할 나위 없이 즐겁기만 했다.

아사리와 사귀기 시작한 후로 일에 대한 열정이 더 커졌다. 오랜 과제였던 항공 사업이 궤도에 오르면서 나는 기자회견을 열고 선언했다.

"마이무 그룹은 우주 로켓 사업에 진출합니다."

항공 사업의 연장선상에 우주가 등장하는 건 자연스러운 흐름이다. 그렇지만 내가 우주로 눈을 돌린 최대의 이유는 그날 아사리에게 했던 말 때문이다.

— 내가 언젠가 우주에 데리고 갈게.

민간인의 우주여행을 실현하겠다는 그 계획에, 아사리와 만난 날을 기념해 '칠석 프로젝트'라는 이름을 붙였다.

"만약, 나중에 우리가 결혼하게 되면 식은 우주에서 올리자."

칠석 프로젝트를 개시한 다음 날, 나는 아사리에게 말했다.

"사와무라 씨, 경제산업성 장관에게 미공개 주식을 넘겼습니까?"

본사 빌딩을 나서기 무섭게 수많은 카메라와 마이크가 검은색 회사 차량을 에워쌌다.

"이번 의혹에 대해 한 마디 부탁합니다!"

"사실관계를 밝힐 의향은 없습니까?"

기자들이 질문 세례를 퍼부으며 인정사정없이 플래시를 터뜨렸다. 자동차 안으로 몸을 숨기기 직전까지 그들은 끈질기게 물고 늘어졌다.

"어서 출발해!"

나는 운전 기사에게 거칠게 말하고 나서 뒷좌석 시트에 몸을 묻었다. 기사는 신속히 시동을 건 다음, 기자들의 포위망을 뚫고 달아나듯 속도를 높였다.

"이제, 어떻게 할 거야?"

잠시 후, 옆에 앉아 있던 하루카가 입을 열었다. 나는 말소리가 새어나가지 않게 운전석과 뒷좌석을 차단하는 칸막이를 올렸다.

"어떡하긴. 아까 긴급회의에서 전달한 대로야. 근거 없는 헛소문이라고 밀어붙여."

"그게 통할 거라고 믿는 건 아니지?"

"걱정하지 마. 경제산업성 장관은 물론이고 정부 관계자도 사실을 인정하면 끝이야. 그놈들도 잘 알고 있어."

나는 침착하게 말했다. 이미 사태는 내 손을 떠났다. 이제 와서 돌이킬 수는 없다.

"하아…. 이건 너답지 않아, 잇페이. 평소의 너라면 솔직하게 잘못을 인정하고…."

"안 돼."

나는 단호하게 잘라 말했다.

"어쨌거나 이번 건은 사장인 내가 독단적으로 진행했고, 넌 일절 관여하지 않았어. 무슨 일이 생기면 내가 전부 책임질게. 그러니까 넌 걱정하지 마."

하루카는 잠자코 내 얼굴을 유심히 쳐다보았다. 그러다가 슬며시 눈을 내리깔더니 낮게 중얼거렸다.

"…난 어떻게 해서라도 우주 사업은 꼭 성공시키고 싶어."

그 목소리에 강한 결의가 묻어났다.

"나도 마찬가지야."

나는 짧게 대답하고 시선을 정면으로 돌렸다.

누가 뭐래도 이 사업만은 끝까지 밀고 나가고 싶다.

아사리와의 약속을 지키기 위해서라도.

끈적끈적한 바람이 빌딩 끄트머리를 훑으며 지나가고 멀리서 구급차 사이렌 소리가 울려 퍼졌다. 발밑에서는 후미등 불빛이 띠처럼 이어졌고 롯폰기 거리는 잠들 기미가 보이지 않았다.

나는 아사리를 처음 만났던 옥상에 와 있다.

주간지에 기사가 실린 지 오늘로 닷새째다. 매스컴이 앞다투어 나를 둘러싼 의혹을 보도하면서 회사 주가가 곤두박질쳤다. 주주들에게 해명하느라 정신이 없는 와중에 본사 빌딩 앞에는 연일 보도진이 진을 치고 있었다. 내빼듯이 뒷문으로 출입하는 나날이 계속되자 진흙탕 속에 빠진 듯한 기분에 사로잡혔다.

예상대로 경제산업성 장관은 이번 의혹을 전면 부인했다. 애당초 에둘러 뇌물을 요구한 건 장관이었다. 나도 남말할 처지는 못 되지만, 솔직히 장관이 이만저만 능구렁이가 아니구나 싶었다.

오늘은 칠석이다.

기자들의 눈을 피해 여기까지 오는 게 쉽지는 않았지

만, 아무쪼록 오늘 밤은 혼자 있고 싶었다. 옥상 콘크리트 바닥에 쪼그려 앉아 캔 맥주를 땄다.

그날 내 옆에는 아사리가 있었다. 밤바람에 기다란 머리카락이 나부꼈고, "너무 써, 이 맥주" 하며 불평을 터뜨리면서도 취기가 돌아서인지 별것 아닌 얘기에도 잘 웃어줘서 나도 따라 웃었다.

문득 기억 하나가 밀려왔다.

그날 바람을 타고 두둥실 날아왔던 빨간색 풍선….

옥상 밖으로 눈을 돌린 그 순간, 시야 가장자리에서 뭔가가 꿈틀거렸다. 흰색 불빛을 두른 거대한 풍선이 꿈틀꿈틀 위로 올라왔다. 구체 애드벌룬이었다.

'시부야의 간판 광고가 비어 있습니다.'

현수막의 LED 문자가 점멸했다.

뭐야, 그냥 광고잖아. 아, 놀라라.

무심코 애드벌룬 광고에 한 번 더 눈길을 보냈다. 그랬더니 한순간 다른 광고가 나타났다.

'천국에 있는 사랑하는 사람에게 편지를 보내고 싶다면, 아오조라 우체국으로.'

반사적으로 벌떡 일어섰다.

천국에 편지를 보낸다고? 어째서 우체국이 이런 한밤

중에 광고를 하는 걸까.

위화감을 떨쳐내지 못한 채, 한 손에 캔 맥주를 들고 현수막을 멍하니 바라보았다. 그러자 그 광고는 5분에 한 번꼴로 아주 잠깐 나타났다가 이내 사라졌다.

나는 스마트폰을 꺼내 '아오조라 우체국'을 검색했다. 그 우체국은 실제로 존재했으며 심지어 내 고향 가마쿠라에 있었다.

그렇지만 눈을 씻고 찾아봐도 천국에 편지를 보낸다는 얘기는 어디에도 나와 있지 않았다. 누군가가 장난쳤나, 그러면서도 오늘이 그날과 같은 칠석이라는 사실에 묘한 운명을 느꼈다.

견우와 직녀처럼 만나지는 못하더라도 아사리에게 편지를 보낼 수 있다면….

그런 꿈같은 일이 과연 가능할까. 다분히 미심쩍었지만, 결국 나는 기대를 걸어보기로 했다.

칠석이 지나고 이틀 후, 나는 회사 차를 타고 가마쿠라로 향했다.

기자들의 추적을 따돌리기란 만만치 않았지만 길을 여러 번 우회하면서 간격을 벌렸다. 나는 모자를 꾹 눌러쓰고 도수 없는 안경까지 썼다. 신문과 방송에서 대대적으로 보도한 뒤로는 잠깐 편의점에 들를 때도 변장이 필요했다.

"이쯤에서 세워주게."

운전 기사에게도 정확한 목적지를 알려주지 않고 근처에서 내렸다. 자가용이 멀어지는 모습을 확인하고 나서야 '아오조라 우체국'이라는 간판을 단 2층짜리 건물로 걸음을 옮겼다.

안에 들어가서 사정을 이야기하자 뒷문을 통해 2층으로 올라가라고 했다. 내부 시설만 보면 어디에나 있을 법한 평범한 우체국이다.

스피커에서 내 번호가 흘러나왔고, 창구로 가니 오리하라라는 이름표를 단 여자가 기다리고 있었다.

"이 우체국에서 천국으로 편지를 보낼 수 있다던데, 사실입니까?"

내 입으로 말하면서도 마흔다섯이나 먹은 남자가 진지하게 이런 질문을 한다는 사실이 부끄러워서 얼굴이 달아올랐다. 천국은 뭐고, 편지는 또 뭐냐고.

그런 나와는 반대로 오리하라라는 여자는 담담하게 대꾸했다.

"연간 소득을 말씀해 주세요."

"뭐요?"

"먼저 연간 소득을 말씀해 주세요. 자세한 설명은 그다음에 드리겠습니다, 사와무라 씨."

"…."

변장까지 했지만, 이 여자는 내가 누구인지 바로 알아보았다. 막무가내인 여자의 태도에 짜증이 나긴 했지만, 여자가 준 종이에 필요 사항을 적어서 제출했다.

오리하라가 구라키라는 남자와 의견을 주고받는 모습이 보였다. "국장님, 잠깐 시간 괜찮으세요?"라며 안쪽에 있던 남자에게 말을 걸더니 세 사람 사이에 삼엄한 분위기가 감돌았다.

20분 정도 기다리고 있자 오리하라가 의자에 앉은 내쪽으로 걸어왔다. 주위에 들키지 않게 배려해 주는 건지 "이쪽으로 오세요." 하더니 나를 다른 방으로 데려갔다.

오리하라가 나를 데려간 곳은 가죽 소파가 나란히 놓인 응접실이었다. 나를 안쪽 상석에 앉히고, 국장과 구라키라는 남자와 오리하라, 세 사람은 맞은편에 앉았다.

테이블 위에 갖가지 서류를 내려놓으며 오리하라가 건조한 목소리로 말했다.

"그럼, 우푯값 50억 엔을 부탁드립니다."

"예에?"

"50억 엔입니다. 혹시 상대방에게 답장을 받고 싶으시면 회신용 봉투에도 동일한 우표를 붙여야 합니다."

"무슨 말도 안 되는 소리야!"

금액이 너무 커서 목소리가 커지고 말았다. 그렇지만 오리하라는 "당신이 가진 자산을 고려하면 오히려 저렴한 편 아닌가요?"라며 눈썹 하나 까딱하지 않고 쏘아붙였다.

"사기 치는 겁니까, 당신들."

"사기라뇨. 천국은 확실히 있습니다."

오리하라가 단언했다. 얼굴에 진실이라고 믿게 만드는 확신이 배어 있었다.

"…깎아주시죠."

"안 됩니다."

"5억 엔."

"50억 엔입니다. 1엔도 못 깎습니다."

오리하라는 단호히 고개를 내저었다.

"큰 이익을 얻으려면 그만한 각오가 필요합니다. 그건 비즈니스에서도 마찬가지 아닌가요? 사와무라 씨."

"…하고 싶은 말이 뭡니까?"

"저희는 투철한 사명감으로 이 사업을 하고 있습니다. 천국에 있는 사랑하는 사람에게 편지를 보내는 일. 그건 단순한 배달이 아니라 산 자와 죽은 자의 마음을 잇는 최후의 연결 고리를 만드는 일입니다. 흐린 하늘을 맑은 하늘로 바꾸기 위해서요."

"…."

"천국에 있는 고인에게 받은 답장이 삶의 희망이 되어 미래를 바꿀 수도 있습니다. 때로는 그 한 통의 편지가 평생의 버팀목이 되어주기도 하고요. 그렇기에 저희는 아무에게나 이 기회를 제공하지 않습니다. 이 문은 진심인 사람만 열 수 있습니다. 돈이냐, 사랑이냐. 이 자리에서 극단적인 선택을 종용하는 겁니다. 당신은 어느 쪽을 선택하겠습니까?"

"……."

직접 경험해 본 듯한 거침없는 말투에 반박할 말을 찾지 못했다. 옆에 앉은 두 남자도 묵묵히 오리하라의 말에 귀를 기울였다.

나는 아사리에게 묻고 싶은 말이 잔뜩 있었다.

그래, 좋아. 속으면 속는 대로 좋은 인생 공부가 됐다고 생각하면 되지.

"…알겠습니다."

나는 우표를 사기로 결심했다. 회신용 우표까지 포함하면 왕복 100억 엔이다. 그렇지만 내 통장에는 1,000억 엔이 넘는 돈이 들어 있다. 헛돈은 1엔도 쓰지 않는 게 내 원칙이지만 달리 방도가 없었다.

오리하라는 아무런 표정 변화 없이 설명을 이어 나갔다. 우표를 살 때는 통장과 전년도 확정 신고서가 필요하다, 천국에 편지를 보내는 일을 일절 누설하지 않겠다는 계약서에 도장을 찍어야 한다, 편지를 보낼 수 있는 기간은 사후 49일까지다, 등등.

"잘 알아들었습니다."

나는 필요한 서류는 나중에 우편으로 보내겠다고 하고, 그 자리에서 스마트폰으로 100억 엔을 정해진 계좌로 송금했다.

입금을 확인한 오리하라가 50억 엔이라고 표시된 우표 두 장을 내밀었다. 나는 우표를 받아 세 사람에게 꾸벅 고개를 숙이고 응접실을 나왔다. 최대한 빨리 아사리에게 답장을 받고 싶은 마음에 창구에서 편지지와 편지봉투를 구입한 다음 대기 공간에서 편지를 써 내려갔다.

"여깄습니다."

창구로 돌아온 오리하라에게 편지봉투를 건넸더니 그 여자는 "직접 우체통에 넣으세요"라며 끝까지 내 신경을 건드렸다.

오리하라에게 받은 지도를 손에 들고 우체국 근처의 숲으로 갔다. 녹음이 우거진 고요한 숲은 오후 햇살을 담뿍 머금고 있었다.

안쪽에서 낙엽 밟는 소리가 점점 가까워졌다. 허둥지둥 모자를 다시 눌러쓰자, 안쪽에서 걸어 나온 여자도 얼굴을 보이고 싶지 않은지 나를 보자마자 시선을 피했다.

촌스러운 꽃무늬 원피스를 입은 여자였는데, 얼굴은 못 봤지만 유난스레 데면데면하게 구는 걸 봐서 숲속 우체통에 편지를 넣고 돌아가는 길이 아닐까 싶었다.

수풀에서 빠져나오자, 시야가 탁 트였다. 부자연스러울 만큼 깔끔하게 손질된 잔디밭 한복판에 원통형 우체통이 덩그러니 서 있었다.

나는 느릿느릿 우체통으로 다가갔다. 주위에 아무도 없는 것을 확인하고 나서 편지를 넣었다.

이치노세 아사리에게

나야. 잇페이.

거두절미하고 두 가지만 물을게.

첫째, 왜 자살했어?

둘째, 내가 경제산업성 장관에게 미공개 주식을 줬다고 매스컴에 폭로한 게 너야? 이상.

편지를 보내고 닷새가 흘렀다.

업무를 마치고 세타가야에 있는 아파트로 돌아오자, 현관홀 우편함에 어디서 본 듯한 봉투가 하나 끼워져 있었다. 혹시나 하는 마음으로 허겁지겁 꺼내 보니 봉투 뒷면에 '이치노세 아사리'라고 적혀 있었다.

나는 그 자리에서 충동적으로 봉투를 뜯어 주위에 사람이 있는 것도 신경 쓰지 않은 채 눈으로 편지를 읽어 내려갔다.

사와무라 잇페이에게

안녕? 당신 전 여친 이치노세 아사리야.

아무런 위로의 말도 없이 비정한 편지를 보내줘서 고마워.
너무나 당신다워서 감탄했어.

그나저나 생각했던 것보다 잘 지내는 것 같네? 난 또 지금쯤
악행이 들통나서 몸져누워 있을 줄 알았더니. 아쉽다.

맞아. 내가 매스컴에 찔렀어.

하루카 씨가 알려줬거든. 미리 말하지만, 하루카 씨는 아무
잘못 없어. 그 사람은 당신 이상으로 칠석 프로젝트에
의욕을 불태웠거든. 그러니까 그 사람을 원망하지는 말아
줘. 전부 당신 탓이니까.

난 당신의 흔들림 없는 소신에 끌렸었어. 그런데 장관한테
뇌물까지 갖다 바치면서 사업을 추진하다니.

그런 짓은 절대 용서 못 해!

난 그런 더러운 수단까지 써 가면서 우주에 가고 싶지는
않아. 당신이 갈 곳은 우주가 아니라 감방이라고!

자살은 평소의 나쁜 버릇이 도진 거였어. 당신도 알다시피
난 스트레스에 취약해서 가슴이 답답하면 욕실에서 손목을
긋는 버릇이 있잖아.

앨범 녹음도 순조롭게 이뤄지지 않고, 그날은 피곤하기도
해서 욕실에서 깜빡 잠이 들었어. 지금은 후회 중이지만.

뭐, 때마침 당신이 뇌물을 줬다는 말에 충격을 받은 것도

사실이니까, 그 일도 전혀 무관하지는 않아. 이상.

편지에는 나와 아사리, 우리 둘만 아는 사실이 적혀 있었다. 제멋대로인 이 말투만 봐도 확실하다. 이 편지를 쓴 사람은 아사리다.

아사리에게 답장을 받은 다음 날, 나는 또다시 아오조라 우체국에 가서 우표를 구입했다. 한시라도 빨리 답장을 받고자 왕복 추가 요금 10억 엔을 더 내고 빠른 우편으로 아사리에게 편지를 보냈다.

아사리에게

넌 세상을 몰라. 아무것도 모른다고.

손에 흙 하나 안 묻히고 그런 대규모 사업을 추진할 수 있을 것 같아?

정치인은 돈과 표로 움직이는 족속이야. 게다가 그놈들은 실패하고 책임지는 걸 두려워하기 때문에 빠릿빠릿하게 움직이지도 않아. 그놈들이 움직일 때까지 기다렸다가는 우리 둘 다 노인이 되고 말 거야.

넌 경영이 얼마나 어려운지 몰라. 노래를 만드는 것과는 차원이 달라, 경영은! 이상.

빠른 우편으로 보냈더니 사흘 만에 답장이 왔다.

✉〰

나쁜 놈에게

노래를 만드는 것과는 차원이 다르다고?

웃기지 마, 당신!

내가 얼마나 죽기 살기로 곡 작업에 매달렸는데!

그리고 난 당신처럼 비겁한 방법은 안 써.

정정당당하게 일했어.

당신의 유일한 장점이 근면 성실인 거 몰라?

그런 사람이 비열한 짓을 저지르고 자기 정체성을 지킬 수

있을 것 같아?

진짜 싫다, 당신.

하마보다 지저분하게 밥 먹는 걸 봤을 때도 정나미가

떨어졌지만, 이번에는 백배나 더 정떨어졌어. 이상.

아사리의 지적에 말문이 막혔다.

나는 아오조라 우체국을 찾아가 앞으로도 편지를 보내

게 될 것을 예상하고 우표를 넉넉하게 구입했다.

여전히 막말하는 여자에게
노래를 만드는 것과는 차원이 다르다는 말은 취소할게.
미안.
다만, 내 장점이 근면 성실뿐이라는 게 말이 돼?
내 장점은 한둘이 아니야.
일단 난 시간을 정확하게 지켜. 지각은 절대 안 해.
그리고 근력 운동에도 빠삭해. 넌 가수니까 복식호흡을
포함해 내가 이것저것 가르쳐줬잖아.
거기다 깔끔하고, 고양이를 좋아하고,
일일이 말하려면 한도 끝도 없어.
네가 키우던 고양이 코코아를 야마무라 매니저가
데려갔다던데, 원하면 내가 키워줄 수도 있어. 그 녀석이
나를 좋아했거든. 이상.

그로부터 사흘 후에 아사리에게서 답장이 왔다.

아무것도 모르는 남자에게

있잖아, 전부터 말하려다 참았는데, 당신이 스스로 장점이라고 믿는 '시간을 정확하게 지킨다'가 내게는 여간 짜증스러운 게 아니었어. 이제야 하는 말이지만, 5분 지각이 그렇게 격분할 일이야? 당신이 메로스야?*

당신이 좋아 죽는 근력 운동에 대해서도 한마디 할게. 미안한데, 당신이 인클라인 컬이 어쩌고 해머 컬이 어쩌고 하면서 대흉근 상부와 중부를 단련하는 운동에 관해 침을 튀기며 열변을 토할 때 말이야, 흥미로운 척했지만 실은 무슨 소리인지 하나도 못 알아들었어.

그리고 코코아는 절대로 안 돼. 프로틴 파우더 같은 거 먹이면 코코아가 불쌍하잖아. 이상.

본사 빌딩의 사장실 바닥에 산더미처럼 쌓인 명함을 노려보았다. 대충 세어봐도 수천 장은 될 터였다.

"다음에 또 한잔합시다."

"무슨 일 있으면 언제든지 연락 주십쇼."

---

* 다자이 오사무의 소설 《달려라 메로스》에 주인공 메로스가 제시간에 도착하기 위해 죽어라 달리는 모습이 나온다.

전부 그런 인사를 주고받으며 받은 명함이다. 그렇지만 지금 이 중에서 연락이 될 사람이 과연 몇이나 될까?

주간지에 기사가 나가고 3주가 지나는 사이 내 주위에서는 사람이 떠나갔다. 거래처와의 미팅도 개인적인 약속도, 다들 미리 짜기라도 한 것처럼 "시간이 안 나서요"라며 취소했다.

이놈이고 저놈이고 죄다 나를 이용해 자금을 우려내려던 놈들뿐이다. 내가 내리막길을 걷기 시작하자마자 거미 새끼가 사방으로 퍼지듯 뿔뿔이 흩어졌다.

텔레비전에서는 독설로 잘 나가는 탤런트가 자신만만한 얼굴로 내 사건에 대해 이러쿵저러쿵 떠들고 있다.

"본인도 부인하고 있고, 근거 없이 판단하면 안 되겠지만."

알면 입 다물어. 그런 변명은 아무런 면죄부가 안 되니까.

"어쨌거나 기업 규모가 그 정도 되면, 떳떳하지 못한 부분도 당연히 있겠죠. 지금까지 표면에 드러나지 않았을 뿐, 이번 일은 빙산의 일각일지도 모릅니다."

없어. 이게 다야. 병신아. 뭐든 다 안다는 투로 거들먹거리기는.

불쾌감이 솟아올라 텔레비전을 끄자, 문을 똑똑 두드

리는 소리와 함께 하루카가 조용히 들어왔다.

"이 명함은 다 뭐야?"

"싹 다 버려줘. 그나저나 무슨 일인데?"

"오늘 저녁에 예정돼 있던 모임이 취소됐어. 은행장도 화난 단단히 난 모양이야."

"…그래."

처음부터 비즈니스 업계에 우정 따위는 존재하지 않는다는 걸 알고 있었다. 그렇지만 이렇게까지 노골적으로 손절을 당하자, 나도 타격이 컸다.

"딸은, 잘 지내?"

하루카와 눈이 마주치자 저절로 말이 흘러나왔다.

"넌 싱글맘이 참 대견해."

"덕분에 잘 지내."

"딸이, 열 살이랬지? 나 때문에 학교에서 괴롭힘은 안 당한대?"

"괜찮아."

"…미안하다, 하루카."

"미안하면, 기자회견을 열고 솔직하게…"

"그건 안 돼."

나는 단칼에 거부했다.

"너도 알다시피 칠석 프로젝트는 이미 최종 단계에 돌입했어. 지금 여기서 죄를 인정하면 로켓 사업 전체가 틀어져."

"그건 그렇지만…."

"그 얘기는 그만하자. 다른 용건 없으면 나가 봐."

"…이제 나도 몰라."

하루카는 그 한마디만 내뱉더니 나와 눈도 마주치지 않고 나가버렸다.

정부 관계자와는 끝까지 잡아떼기로 합의했다. 주간지를 고소하는 방향으로 가닥을 잡고 변호사를 선임했다.

책상으로 돌아가는데 스마트폰이 부르르 진동했다.

'잇페이, 잘 있나? 자세한 사항은 묻지 않을게, 난 항상 자네 편이야. 좀 잠잠해지면 연락하게.'

문자를 보내온 이가라시는 사업 초기부터 알고 지낸 사이로, 속을 터놓을 수 있는 몇 안 되는 사업가 동료다.

아군이라 부를 만한 사람이 거의 다 사라진 지금, 친구의 격려가 가슴에 사무쳤다.

방송이 나간 뒤로 내 SNS에는 악성 댓글이 쇄도했다.

'비리를 저지른 놈은 평생 햇빛을 못 보게 만들어야

한다!'

'여태 정치인한테 빌붙어서 단물을 얼마나 빨아 먹었을까?'

'이런 놈이 우주 사업? 지나가는 개가 웃겠다! 구단 경영도 집어치워! 내가 두 번 다시 플라이어스 시합을 보나 봐라!'

신랄한 악성 댓글이 매일 산처럼 쌓였다.

물론 내가 용서받을 수 없는 짓을 저지른 건 맞다. 그러니 집중포화를 맞아도 싸다고 생각한다.

내가 참을 수 없는 건 이번 일과 상관없는 중상모략이다.

'홀딱 까지기 직전인 이마를 앞머리로 가리기나 하고. 진짜 추하다, 이 새끼야!'

'전에 보니까 은근슬쩍 가슴 근육이 드러나는 사진을 올렸더라, 역겨운 나르시시스트.'

'솔직히 자선 단체에 기부를 많이 한다고 할 때부터 구린내가 났었어.'

누가 새로운 각도로 비판하기 시작하면 "내 생각도 그래", "나도, 나도" 하며 찬동하는 이들이 몰려들었다. 원래부터 승승장구하는 내가 아니꼽게 보였겠지. 자기가 먼저 말을 꺼낼 용기는 없고 다른 사람이 비난하면 잘됐다 싶어 달려들어 "나도 몹시 거슬렸어!"라며 물어뜯기 시작한다. 약자를 괴롭히는 방법으로 일상에서 쌓인 울분을 풀던 무리까지 가세해 한층 더 뜨겁게 달아올랐다.

나를 두둔하는 의견을 찾아 지인의 계정을 클릭했다. 그랬다가 그가 올린 글을 보고 피가 거꾸로 솟는 듯했다.

'비즈니스 업계는 참으로 냉혹하다. 아무리 큰 성공을 거둔 사람도 단 한 번의 판단 실수로 모든 걸 잃는다. 중요한 건 신용과 계획성이다. 쓴소리를 한마디 하자면, 독주하는 놈일수록 큰코다치게 돼 있다.'

실명을 거론하지는 않았지만 누가 봐도 내 얘기가 분명했다.

다른 지인의 계정도 살펴봤지만 전부 비슷한 내용이었다.

일부러 내 이름을 언급하고 감싸주는 척하며 자신의 가치를 올리려는 게시물도 보였다.

내가 사업에서 물러날 거라 예상하고 앞으로 자기에게 유리하게 거래를 끌고 가기 위해 부자연스러울 정도로 우리 회사를 치켜세우는 글도 있었다.

내 계정에 달린 댓글 하나가 시선을 사로잡았다.

'당신과 친한 이가라시 사장이 자기 온라인 살롱에서

당신에 관해 발언했습니다.'

이가라시의 이름을 본 순간, 입 주변이 조금 풀어졌다.

기대를 품고 이가라시의 온라인 살롱에 가입했다. 회원의 질문에 답하는 코너에 올라온 '마이무 그룹의 사무라 사장 사건을 어떻게 생각합니까?'라는 질문에 이가라시는 이렇게 대답했다.

'사람의 본성은 시련이 닥쳤을 때 드러나죠. 무엇을 버리고, 무엇을 지킬 것인가. 내가 그 사람을 오래 봐서 아는데, 그는 기필코 돈을 지킬 겁니다.'

온몸에 소름이 끼쳤다.

'그럴 줄 알았어! 까불면 봉변을 당하게 돼 있다니까!'

'생긴 대로 역시 돈이군요. 앞에서는 온갖 폼을 다 잡지만 실제로는 구제 불능인 놈이 있죠.'

무책임하게 갈겨놓은 회원들의 댓글에 이가라시는 이렇게 대댓글을 달았다.

'성공한 사람이 추락하는 모습을 구경하는 재미가 있죠. 웃음.'

속에서 구역질이 밀려왔다.

동시에 내게 이가라시의 온라인 살롱을 알려준 사람에게 분통이 치밀어올랐다. 타인이 고통받는 모습에서 쾌

락을 느끼는 순도 백 퍼센트의 악의를 도저히 용서할 수 없었다.

'왜 내게 일일이 고자질하는 거지? 그렇게 남을 불행하게 만들고 싶나?'

이성을 잃고 욕을 퍼부었더니 팔로우보다 팔로워가 압도적으로 적은 그 사람은 순식간에 계정을 삭제하고 자취를 감췄다.

누구도 믿을 수 없어진 나는 아사리에게 편지를 썼다.

아사리에게
솔직히 이제 모든 게 다 싫어졌어.
세상은 내게 몽둥이를 휘두르고,
동료들도 차례차례 거리를 두기 시작했어.
지금까지 쌓아 올린 것들이 전부 다 허상이었던 것 같아.
처음부터 나를 똑바로 봐준 사람은
아무도 없었던 게 아닐까.
그런 생각이 머리에서 떠나질 않아.
아사리.

너도 그랬어?

나한테 하고 싶은 말이 많겠지만, 이것만은 제발 믿어줘.

– 내가 언젠가 우주에 데리고 갈게.

너와 처음 만난 날 내가 했던 이 말을

나는 한순간도 잊지 않았어.

그날부터 나는 너를 우주로 데려가고 싶어서

죽기 살기로 일에 매달렸어. 이거 하나는 꼭 믿어줘.

마지막으로 하나만 더 물어봐도 될까?

내가 해준 근력 운동 이야기가 그렇게 지루했어? 이상.

힘없는 발소리가 아스팔트를 울렸다.

걷고 있는데도 땅을 밟고 있다는 감각이 없다.

정신은 몽롱하고 세상이 이리저리 흔들린다.

온몸에 술기운이 퍼졌다.

얼마나 마셨는지 기억도 나지 않는다.

사장실 소파에 몸을 기대고 연거푸 술잔을 비웠다.

비서의 어깨에 기대어 회사 차에 탄 나는 보도진을 따돌리고 롯폰기 근처에서 내렸다. 혼자 있고 싶어서 내가 걱정돼 따라오려는 비서를 뿌리쳤다.

이제 꽁꽁 싸매고 다니는 짓도 그만뒀다. 사진 찍고 싶으면 맘대로 찍어.

SNS에는 악플이 끊임없이 쏟아졌다.

동료라고 믿었던 이들도 등을 돌렸다.

이가라시마저 뒤통수를 칠 줄이야.

"제기랄…."

누구한테랄 것 없이 악다구니를 썼다.

역 앞의 교차로에 이르렀다.

빨간불.

멈춰 서기 귀찮았는지 머리가 판단을 내리기 전에 발이 먼저 나갔다.

"죽고 싶어서 환장했어?!"

창문으로 얼굴을 내민 트럭 운전사를 향해 한 치의 망설임도 없이 받아쳤다.

"그래, 죽고 싶다!"

그렇게 외친 순간, 무언가가 쏙 빠져나갔다.

가슴에서 소용돌이치던 분노도, 억울함도, 몽땅 쏟아낸 듯한 느낌.

그렇다고 속이 시원하지는 않았다.

도리어 허무했다.

심장 박동 소리가 한없이 멀어지는 듯했다.

지나가는 사람이 어색하게 눈을 피했다.

그 순간, 내 꼴이 같잖고 우스웠다.

좁은 뒷골목을 발견하고 도망치듯 그쪽으로 걸어갔다.

다리가 엉켜 무릎이 꺾였다. 다시 일어설 힘이 없어 그대로 화분에 몸을 맡긴 채 누워 버렸다.

바지 주머니에서 오늘 아침에 받은 아사리의 편지를 꺼냈다.

아침부터 몇 번이나 읽은 그 편지를 한 번 더 펼쳤다.

잇페이에게

잠깐, 잠깐, 뭐야, 난데없이 진지한 이 편지는!

아직 살아 있는 당신이 이렇게 침울한 편지를 보내면

어떡해! 이미 죽은 내가 그러면 몰라도. 왜 살아 있는 당신이

나보다 더 기운이 없는 건데!

앞으로 2주만 있으면 성불하는 내가 더 울고 싶다고!

그리고 우주여행 말인데, 난 이미 우주 비슷한 곳에 와

있거든? (웃음) 애매하지만, 그 꿈은 벌써 이뤘어!

어휴, 밖에서는 허세 부리고 다니지만 본래 당신은

어수룩했어. 뭐, 그런 점이 귀여워서 싫지 않았지만.

그리고 근력 운동 얘기는 농담이야! 솔직히 재미있지는 않았지만, 내 말을 마음에 담아둘 건 없어!

당신이 알아차리지 못할 뿐이지 당신을 보고 있는 사람은 반드시 있을 테니까 걱정하지 마.

등대는 눈에 띄지 않지만,

누군가는 그 불빛을 의지하고 있잖아.

그리고 당신한테는 아직 아버지가 계시잖아.

가족은 언제나 당신 편이야.

참고로 이쪽 세상에서도 그쪽이 어느 정도 보이거든.

날씨가 좋은 날은 도쿄타워도 보여.

당신 얼굴까지는 안 보이지만, 당신을 보고 싶어 하는 사람이 여기에도 한 명 있다는 것만은 기억해 줘. 이상.

술기운이 한몫했는지 처음 편지를 읽었을 때보다 감상적인 기분에 빠졌다.

보기와 달리 아사리는 누구보다 다정다감했다. 성격이 섬세해서 타인의 고통을 잘 헤아렸다.

"아사리…."

나는 바닥에 드러누운 채 아사리를 향한 애끓는 심정을 달래야 했다.

주간지에 기사가 나가고 딱 한 달이 지났다.

지난번의 그 주간지에 '영웅의 정체'라는 타이틀을 단 특집기사 2탄이 실렸다.

학창 시절과 회사를 설립하기까지의 경위를 허실을 섞어 가며 상세히 보도했다. 그중에는 내 친구거나 회사 내부 사정에 밝은 사람이 아니면 알 수 없는 정보도 포함되어 있었다.

누가 주간지에 팔아넘겼군. 내 과거와 돈을 맞바꾸면서.

페이지를 넘기고 있는데, 제목 하나가 시야에 파고들었다.

'사와무라 잇페이는 파더 콤플렉스?!'

불길한 기운에 사로잡혀 등줄기가 서늘했다. 눈을 돌리고 싶은 마음을 억누르고 천천히 눈으로 기사를 좇았다.

>현재 사와무라 잇페이의 부친은 치매에 걸려 가마쿠라의 한 요양원에서 생활하고 있다.
>
>형사였던 부친 다이헤이는 일이 바빠 집을 자주 비웠다. 전형적인 구시대의 아버지였기에 어쩌다 집에 온 날도 한잔하고 목욕하고 잠자리에 들 뿐이었다.

기분이 안 좋은 날이면 호통이 떨어졌으므로 소년 잇페이는 노상 아버지의 안색을 살피며 숨을 죽이고 살아야 했다.

일밖에 몰랐던 부친은 아들과 따로 시간을 보낼 줄도 몰랐다. 경찰서 아마추어 야구팀에 들어간 그는 휴일에도 아들과 놀아주지 않았다. 어릴 때 잇페이는 아버지와 캐치볼을 한 번도 해보지 못했다고 한다.

잇페이는 고등학교 진학과 동시에 집을 나왔다. 관계자의 증언에 따르면 '아버지가 무서워서 도망치듯이 도쿄에 있는 기숙사 고등학교에 진학했다'라고 한다. 그 후로 부자간의 골은 더 깊어졌고 끝내 회복되지 못했다.

자식을 엄격하게 교육했던 부친은 아들을 한 번도 칭찬해 주지 않았다. 관계자가 말하길, 어느 날 잇페이가 술에 취해 '딱 한 번만이라도 좋으니까 아버지에게 칭찬받아 보고 싶었다'라고 고백한 적 있다고 한다. 그 고백이 단순히 술자리의 농담이었을까, 혹은 그의 가슴속 깊이 남아 있던 진심이었을까.

어느 쪽이 됐건 잇페이는 지금도 여전히 그런 아버

지의 그림자를 무의식적으로 쫓고 있는 건 아닐까.

관계자의 증언을 듣고 나니 그의 활기 넘치는 기업가 인생은 아버지의 인정을 갈구해 온 인생이라는 확신이 섰다.

사실 잇페이는 프로야구 구단에도 손을 뻗었다.

그의 부친은 열렬한 프로야구 팬이었다.

'아버지에게 인정받고 싶어서 구단을 인수한 게 아닐까?'

그렇게 추측하는 관계자도 있지만, 진실은 오직 본인만 알 수 있다.

그러나 한 가지, 분명한 사실이 있다.

부친이 좋아했던 구단은 지바 스톰 팰컨스….

그렇다.

사와무라 잇페이가 인수해서 창단한 마이무 플라이어스의 전신이다.

기사에 적힌 아버지와의 관계는 정확했다.

내가 아버지에게 품고 있는 감정도 적중했다.

5년 전에 갑자기 세상을 떠난 어머니 장례식에서 아버지와 얼굴을 마주쳤지만, 그때도 변변히 말을 섞지 않았다. 애당초 고등학교 진학 후로 아버지와 제대로 된 대화를 나눠본 적이 없다.

아버지가 치매에 걸렸다는 소식도 다른 사람을 통해 들었다. 아버지는 내게 일언반구도 없이 자기 마음대로 가마쿠라의 집을 팔고 요양원에 들어갔다.

목구멍이 오그라드는 듯한 고통이 주간지 끄트머리를 쥐고 있는 내 몸을 덮쳤다.

절대로 들키고 싶지 않았던 속마음이 이런 식으로 세간에 까발려지다니….

이보다 더 굴욕적인 일은 없다.

누가 주간지에 떠벌렸는지 따위는 이제 중요하지 않았다.

나는, 더 이상.

나는, 더 이상….

그날 밤에 사장실에서 펜을 거머쥐었다.

이치노세 아사리에게

이제 마지막 편지를 쓰려고 해.

아오조라 우체국에서 미리 사뒀던 우표는 이제 두 장 남았다. 회신용 봉투까지 붙이고 나면 끝이다.

펜을 쥔 채, 무심결에 책상 위의 사진 액자에 눈길이 갔다. 대학 시절에 같이 회사를 창업했던 멤버들이 어깨동무를 하고 있었다. 하루카를 포함해 현재 임원 자리를 차지한 이들도 보이고 지금은 회사를 떠난 이들도 있지만, 다들 아무런 근심 걱정 없는 얼굴로 해맑게 웃고 있다.

그때가 제일 행복했지….

손가락으로 액자의 유리를 문지르자, 손끝에 서늘한 감촉이 달라붙었다. 나는 조용히 액자를 뒤집어엎었다.

적막한 사장실 안에 펜촉이 종이를 스치는 소리만 울려 퍼졌다.

아사리에게 마지막 편지를 보내고 이틀이 지나 내 고향 가마쿠라를 방문했다.

주간지에 기사가 나가고 나서 처음 갖는 휴가였다. 보도 열기가 뜨거워진 가운데, 나 자신과 마주할 시간도 제대로 갖지 못했지만, 오늘은 기필코 가보고 싶은 데가 있다.

눈앞에 광대한 부지가 펼쳐져 있다. 철골 구조물과 발판으로 둘러싸인 8층짜리 건물은 절반쯤 형태를 갖추었다. 기중기가 천천히 선회하고 인부들은 분주하게 돌아다녔다.

브레인 케어 연구 센터.

내가 사유 재산을 바쳐 작년 여름부터 짓고 있는 의료 시설이다. 전 세계의 실력 있는 연구자들이 여기 모여 치매 연구와 치료에 전념하게 될 것이다.

"안녕하십니까. 수고 많으십니다."

공사 현장 입구에서 헬멧을 쓴 현장 감독에게 말을 걸었다.

"여러모로 물의를 일으켜 죄송합니다. 이건 같이 드세요."

소동에 대해 사과하고, 들고 있던 도넛 상자를 내밀었다.

"완성하려면 아직 시간이 좀 더 걸리겠지만, 아무쪼록 잘 부탁합니다."

나는 고개를 깊숙이 숙였다.

인부들에게 한 차례 인사를 건네고 현장을 떠나려는데 등 뒤에서 "사와무라 씨!" 하고 나를 부르는 소리가 들렸다. 돌아보니 새까맣게 탄 청년이 이쪽으로 걸어오고 있다.

"이번 4월부터 여기서 정직원으로 일하게 된 오키 와타루라고 합니다."

그는 흐트러진 호흡을 가다듬고 목에 두르고 있던 수건으로 땀을 훔치며 자기소개를 했다.

"사와무라라고 하네. 소란스럽게 해서 면목이 없군."

"아뇨, 아뇨."

"앞으로 나한테 무슨 일이 생기더라도 연구는 계속할 수 있게 자금은 미리 마련해 뒀으니 그 점은 걱정 안 해도 돼. 잘 부탁하네, 오키."

"알겠습니다. 이 의료 시설은 제 목숨과 바꾸는 한이 있더라도 반드시 완성하겠습니다."

눈빛은 강철 같고 배짱도 있는 청년이다. 그가 말을 이었다.

"솔직히 저는 전에는 당신을 별로 좋아하지 않았습니다."

"…."

"그냥 질투가 났어요. 돈이 어마어마하게 많은 당신이 부러웠습니다. 그런데 이 의료 시설을 사비로 짓고 있다는 얘기를 듣고 당신을 보는 눈이 달라졌습니다. 훌륭한 사람이구나 싶더라고요."

그는 멋쩍게 웃으며 조곤조곤 설명했다.

"저희 회사의 다다 사장님에게도 당신 얘기를 들었습니다. 착공일에 인사하러 와서 봤는데, 세간의 이미지와 달리 따뜻하고 굉장히 멋진 사람이더라고요. 저희 사장님은 다소 경박한 데가 있어서, 그 유명한 사와무라 잇페이를 직접 만났다면서 자랑이 이만저만이 아니었습니다."

"나는 그렇게 칭찬받을 사람이 아니야."

"그런 말씀 마세요. 그런데요, 사와무라 씨, 괜찮으면 이걸 받아주실래요?"

오키가 바지 주머니에서 자그마한 인형을 꺼냈다. 손에 들고 살펴보니 불상 모양의 봉제 인형이었다. 뒷면에는 자수로 '굿 럭!'이라고 새겨져 있었다.

"예전에 제 은인이 준 인형이에요. 행운을 불러오는 인형이랬는데, 실제로 저도 이 인형을 받은 다음부터 행복해졌거든요. 사와무라 씨가 꼭 받아주셨으면 좋겠습니다."

"…고맙네, 오키. 잘 받겠네."

나는 그 인형을 가만히 움켜쥐었다.

"그런데, 오키. 하나 물어봐도 되겠나?"

"뭔데요?"

"이상하게 들릴지 모르지만, 행복이란 뭐라고 생각하나?"

생기 넘치는 그를 보니 문득 그런 의문이 떠올랐다.

"…어려운 질문이네요."

그는 잠시 생각에 빠졌다가 차분하게 말했다.

"간단히 대답할 수는 없지만, 적어도 돈이 행복을 결정하지 않는다는 것만은 확실합니다. 사랑하는 사람이 중병에 걸린 상황에서 전 재산을 바치면 살릴 수 있다고 했을 때, 재산을 내놓지 않는 사람은 없을 겁니다. 다시 말해, 삶에서 더 가치 있는 무언가가 돈보다 위에 있다고 생각합니다."

"…."

"사와무라 씨에게도 행운이 찾아오길 바랍니다. 굿 럭!"

아스팔트의 후끈후끈한 열기에 살갗이 타들어 갔다. 땀이 줄줄 흘러 와이셔츠가 등에 딱 달라붙고 머리 위에서는 매미가 시끄럽게 울고 있다.

양복만 차려입고 오늘은 변장을 전혀 하지 않았다. 가마쿠라에는 편지를 보내기 위해 몇 번 왔었지만, 이런 식으로 내가 살던 동네를 유유자적하게 걷는 건 중학교 때 이후로 처음이다.

지나가는 이들 중에 낯익은 얼굴이 드문드문 섞여 있다. 비록 세월은 흘렀지만, 아는 얼굴을 보자 왠지 안도감이 들었다. 걸음을 옮길 때마다 농밀한 기억과 산뜻한 장면이 머릿속에 재생되어 동네 전체가 내 편인 듯한 기분에 휩싸였다.

'돈으로 살 수 있는 건 별것 아니구나.'

문뜩 그런 생각이 머리를 스쳤다.

아오조라 우체국에서 우표를 너무 많이 산 탓에 통장 잔고가 바닥날 지경이다. 낮에 만난 오키의 말처럼 행복이란 물질적인 풍요와는 거리가 멀다는 믿음이 생겼다.

"혹시, 잇페이 아니니?"

길을 걷는데 누가 불쑥 말을 붙여왔다. 초등학교 동창생 어머니가 운영하는 빵집 앞이었다.

"오랜만입니다, 아주머니."

"아주머니라니, 난 이제 할머니야!"

아주머니는 손으로 입을 가린 채 호호호, 웃었다.

나무 간판에는 '방금 구운 빵'이라는 손 글씨가 적혀 있고, 햇살을 받은 가게 입구에는 빵이 잔뜩 진열되어 있었다. 가게 밖에는 접이의자가 놓여 있고, 의자 옆으로 차가운 병 우유가 든 작은 냉장고가 눈에 들어왔다. 초등학생

때는 거의 매일 여기서 우유를 마셨다. 지금도 그때와 똑같은 광경이 펼쳐져 있다.

"잘 왔다, 잇페이."

"뉴스 봐서 아시겠지만, 시끄럽게 해서 죄송합니다."

"우리 사이에 어색하게 왜 이래!"

아주머니가 내 팔뚝을 찰싹 때렸다. 아프지 않다면 거짓말이지만 팔에 남은 통증이 나를 향한 애정처럼 느껴져 가슴속에서 뜨거운 무언가가 슬슬 올라왔다.

"넌 정말 정의로운 애였어. 너랑 동창이었던 우리 아들이 학교에서 괴롭힘을 당했을 때도 네가 항상 도와줬잖니."

아주머니가 어릴 적 이야기를 꺼냈다.

"게다가 듣자 하니 매년 익명으로 가마쿠라에 엄청난 돈을 기부하는 사람이 있다던데, 그거 너 맞지?"

"…아니에요."

"넌 진짜 좋은 사람이구나. 그 소문도 들었어, 사비로 가마쿠라에 치매 연구소를 짓고 있다며? 그거, 아버지 때문이지? 아버지 병을 고쳐주고 싶어서, 그렇지?"

"…."

"그런데, 자식은 부모 걱정 안 해도 돼. 부모에게는 자식이 자기 인생을 즐기는 것보다 더 큰 행복은 없거든."

"…우유 한 병 주시겠어요?"

내가 부탁하자 아주머니는 "그럼, 그럼" 하며 냉장고에서 우유를 꺼내 병따개로 뚜껑을 따주었다.

맛있었다.

이가 시릴 만큼 차가운 우유가 목구멍을 타고 내려갔다.

오랫동안 죽도록 일만 하고 살아왔는데, 잠깐의 느긋한 한때가 내 마음을 홀가분하게 해주었다.

멀리 보이는 하늘에 붉은 석양이 깔리고 주변의 그림자가 길어지기 시작했다. 기분 좋은 바람이 불어와 한낮의 무더위가 한풀 꺾였다.

너무 많이 걸어서 피곤한데도 한 지점을 향해 계속 걸었다. 오늘 가마쿠라를 방문한 첫 번째 목적이 그 장소를 확인하는 것이다.

목적지에 가까워질수록 깊은 외로움이 마음을 적셨다. 조금 떨어진 주택가 한쪽에 서서 예전에 내가 살았던 그곳을 눈에 담았다.

거기에 집은 남아 있지 않다.

저녁노을이 폐허가 된 부지를 붉게 물들였다.

5년 전에 어머니 장례식을 치를 때까지만 해도 집은 아직 있었다. 아버지가 요양원에 들어가면서 집을 팔았다는 소식을 듣고 각오는 하고 있었지만, 막상 내 눈으로 확인하자 가슴속에 구멍이 뻥 뚫린 것 같아 그 자리에서 꼼짝도 할 수 없었다.

돈을 아무리 많이 벌어도 시간은 살 수 없다. 과거는 결코 되돌릴 수 없다.

어릴 적에 어머니가 만들어줬던 스튜 냄새.

아버지가 퇴근하고 돌아와 현관문 열던 소리.

마당에 조그만 우리를 놔두고 키웠던 토끼.

그런 평범한 일상은 두 번 다시 누릴 수 없다.

돈만 내면 부지는 다시 살 수 있다. 집도 지을 수 있다. 당시에 썼던 것과 똑같은 가구도 살 수 있다.

그러나 그곳에 가족은 없다.

근처 공원에서 아이들 목소리가 들려왔다.

"세이프!"

"아냐, 아웃이야!"

공원 공터에서 사내아이들이 한창 야구 시합을 하고 있다.

"밥 먹자!"

공원 입구에서 다정한 목소리가 들렸다.

"아, 벌써 시간이 이렇게 됐어."

"얘들아, 그럼, 내일 보자!"

아이들은 일제히 고개를 쳐들고 인사한 다음 각자의 집으로 흩어졌다.

어머니는 이미 세상을 떠났고 아버지도 요양원에 들어갔다.

나를 제일 잘 이해해 주던 연인도 내 곁을 떠났다.

이제 나는 돌아갈 곳이 없다.

그리고 더 이상,

회사에도….

"안녕하십니까."

느닷없이 등 뒤에서 목소리가 날아왔다.

"주간 보도의 사토라고 합니다."

돌아보니 손에 녹음기를 쥔 남자가 서 있었다.

식은땀이 등줄기를 타고 흘렀다. 나를 둘러싼 의혹을 여지없이 보도해 온 주간지의 기자다.

"잠깐 얘기 좀 할 수 있을까요?"

"사람 잘못 봤습니다."

"사와무라 씨 맞잖습니까? 지금 SNS에 당신이 가마쿠라에 있다고 난립니다."

"잘못 봤다고 했잖아!"

나는 달렸다. 있는 힘을 다해.

맞바람을 뚫고 달렸더니 얇은 재킷이 부풀어 오르고 가죽구두가 아스팔트를 거칠게 두드려대는 소리가 귀청을 울렸다.

누구야, SNS에 퍼뜨린 게.

낮에 만난 오키라는 남자? 아니면 아까 만난 빵집 아주머니?

나는 제정신이 아니었다. 전력 질주하며 자신의 추악함과 미숙함을 통감했다. 그렇지만 걸음을 멈출 수는 없었다.

좁은 샛길로 빠지자, 전방에 오래된 폐가가 나타났다. 기자가 따라오지 않는 것까지 확인하고 폐가 앞의 공터로 뛰어들었다.

가쁜 숨을 고르고 나니 가슴에 어두운 그림자가 드리워졌다.

바지 주머니에 오른손을 찔러 넣었다. 차가운 금속이 손에 닿자 소름이 돋았다.

이제 그만 끝내자….

손끝으로 총의 윤곽을 따라 그렸다.

✉

이치노세 아사리에게

이제 마지막 편지를 쓰려고 해.

먼저, 내가 너를 이해하고 보듬어주지 못해

죽게 한 일에 대해 정식으로 용서를 빌고 싶어.

애인인 내가 너를 위해 할 수 있는 일이 더 있었을 텐데,

그러지 못해서 깊이 후회하고 있어. 정말 미안하다.

또, 너를 우주에 데려가지 못한 일도 사과할게. 미안.

칠석 프로젝트는 네가 없으면 의미가 없어. 네가 살아 있는

동안 실현하지 못한 건 전부 내 능력이 부족해서야.

일단 자신 있게 내지르고 내 몸을 갈아 넣어 성과를 내는

게 내 사업 방식이거든. 꿈은 큰 소리로 떠벌리지 않으면

이룰 수 없어. 그런 탓에 타인을 적으로 돌리는 일도

비일비재했지만, 회사 동료의 힘을 빌려 내가 그리던 꿈은

전부 실현했어.

이유가 뭐든 간에 너를 우주에 데려가겠다고 호언장담해

놓고 이루지 못한 건 경영자로서는 물론이고 한

인간으로서도 부끄러운 마음을 금할 길이 없어.

결국 난 아무것도 몰랐어.

입만 살아서는 가장 중요한 걸 지키지 못했어.

일에서는 성공했지만, 인간적으로는 미숙할 따름이었어.

요즘 들어 이런 생각을 가끔 해.

네가 내게 기댄다고 생각했지만

실은 내가 너를 의지하고 있었다고.

아무튼 난 이제 지쳤어.

아사리.

마지막으로 하나만 대답해 줄래?

인생에서 최고의 행복이란 뭘까?

엊그제 아사리에게 보낸 마지막 편지를 떠올렸다.

봉투에 결혼반지와 혼인 신고서를 동봉했다. 혼인 신고서에서 내가 써야 할 칸은 전부 써넣었다.

칠석 프로젝트는 올봄에 성공 직전까지 갔다. 민간인이 우주를 여행하는 날이 머지않았다고 생각했다.

만약에 우리가 결혼하게 되면 식은 우주에서 올리자고 전부터 아사리와 약속했다. 칠석 프로젝트의 성공과 동시에 아사리에게 프러포즈하려고 마음먹고 있었다.

내가 지금 천국에 가더라도 아사리의 사후 49일이 지나기 전까지 우리가 함께 있을 수 있는 날은 며칠 되지 않는다.

그렇더라도 남은 시간은 부부로 지내고 싶다.

나는 그렇게 되기를 바랐다.

키 큰 나무로 둘러싸인 숲속은 쥐 죽은 듯이 고요했다. 은은한 가로등 불빛이 숲의 초입을 비추며 어둠 속에 사르르 녹아들었다.

"망할!"

유달리 큼지막한 나무 기둥에 몸을 기대고 앉아 위스키병을 들고 병나발을 불었다. 눈을 감고 벌컥벌컥 들이켜자 강한 알코올이 목구멍 안쪽을 쓱 훑고 지나갔다. 목구멍이 화끈화끈하고 의식이 두둥실 떠올랐다가 다시 가라앉았다.

손목시계를 슬쩍 곁눈질하니 시곗바늘이 10시 30분을 가리켰다. 이 숲에 들어와서 네 시간 넘게 진탕 마셨다.

절망에 빠지고 싶은 사람처럼 스마트폰을 꺼내 SNS를 열었다.

댓글 창에 구역질을 불러일으키는 댓글이 왕창 달려

있었다.

'고향 가마쿠라로 내뺐대. 부자가 정신머리는 약해 빠진 듯.'

'결국 뇌물을 안 먹이면 아무것도 못 하는구나, 이 사장 새끼는.'

'나이에 비해 젊어 보이는 것도 돈 처발라서 상판을 갈아엎어서 그런 거 아냐?'

'당장 뒈져버려, 파더 콤플렉스!'

'당신, 아버지한테 인정받고 싶어서 열심히 살았다며? 당신 아버지는 진즉에 인정했어, 당신의 악행을.'

병에 남은 호박색 액체를 한입에 털어 넣었다.

"내가 왜 이렇게 욕을 먹어야 하는 건데? 여태 이를 악물고 안간힘을 다했는데…."

힘없이 중얼거리면서 일어나 빈 병을 땅바닥에 내동댕이쳤다.

"빌어먹을!"

가슴에 쌓인 울분을 토해내고자 악을 썼다. 그러나 내 목소리는 숲속의 고요 속으로 빨려 들어가고 헛헛함만 더 깊어졌다.

"난 성실하게 살았어. 다들 크리스마스를 즐길 때도 나는 사장실에 틀어박혀서 일에 몰두했어. 마이무 그룹을 창립한 후로 제대로 쉰 날이 하루도 없어. 난 계속 일했어! 일! 일! 일! 열심히! 열심히! 누구보다 열심히! 학창 시절에도 마찬가지였지! 죄다 나가서 놀 때도 난 하루 종일 책상 앞에 달라붙어 있었어! 여름방학에도! 생일에도! 공부! 공부! 공부! 공부! 공부! 아버지한테 칭찬 한 번 못 받아봤어! 캐치볼? 언감생심 바랄 걸 바라야지! 맞아, 내가 죽기 살기로 일한 건 아버지한테 인정받고 싶어서였어, 그게 뭐가 어때서? 회사는 연 매출 1조 엔을 넘겼어! 내 손으로 만들었어! 내가 앞만 보고 달려온 덕에 여기까지 왔어! 내가, 내가, 내가! 여기까지! 여기까지! 넙죽넙죽 엎드리고, 피를 토하는 심정으로, 여기까지 왔다고! 난 아직 골대 근처에도 못 갔어! 난 비상하고 싶어! 난 아직 더 날 수 있어. 더 날 수 있었는데…. 그랬는데…. 단 한 번의 잘못으로 전부 다. 내가 쌓아 올린 모든 게…. 난 우주에 가고 싶었어. 아사리와. 아사리와 둘이…."

느릿느릿 무릎을 꿇고 앉아 위장을 비워냈다. 위스키와 위액이 섞여 냄새가 지독했다.

땅바닥에 손을 짚은 순간 날카로운 통증이 스쳤다. 깨진 위스키병 조각이 땅바닥에 흩어져 있었다.

유리 조각이 박힌 손가락에는 아사리의 이름이 새겨진 결혼반지가 끼워져 있다. 피가 흘러 더러워졌지만, 피로 물든 반지는 유독 더 빛나 보였다.

"하하하, 이게 뭐 하는 짓이야…."

자조 섞인 웃음을 흘리고 나니 감정이 하나둘 사라지더니 마침내 가슴이 텅 빈 듯했다. 만사가 무의미하다는 생각이 들어 유리 조각이 있거나 말거나 서슴없이 땅바닥에 털썩 주저앉았다.

바지 주머니에 손을 넣어 권총을 꺼냈다. 그저께 특수한 인맥을 통해 한 자루 손에 넣었다.

더위와 공포로 와이셔츠가 땀에 흠뻑 젖었다. 토할 때 입가에 침이 묻은 것도 아랑곳하지 않고 총구를 관자놀이에 갖다 댔다.

그 순간, 나무 사이로 달빛이 스며들었다. 가느다란 그 빛이 어느 틈에 주머니 밖으로 나온 불상 인형을 환하게 비추었다.

금속제 권총에 달빛이 반사되어 인형의 얼굴이 나를 쳐다보는 것처럼 보였다. 잔잔한 그 미소가 '그런 짓은 하면 안 돼' 하고 타이르는 것 같아 방아쇠를 당기는 손에 힘이 실리지 않았다.

돌연 숲 바깥에서 인기척이 느껴졌다. 귀를 기울이고 들어 보니 꽤 소란스러웠다.

나는 자리에서 일어나 권총을 한 손에 들고 입구 쪽으로 비틀비틀 걸어갔다.

어둠 속에서 반짝거리는 크림색 불빛이 시야에 걸렸다. 유심히 살펴보니 사람들이 여기저기 흩어져 하늘을 향해 뭔가를 치켜들고 있었다.

"아사링, 보고 있어요?"

누군가가 외친 그 말에 내 가슴이 들썩거렸다. 권총을 주머니에 넣고 다가간 나는 그들이 높이 들고 있는 것이 뭔지 이해했다. 아사리 링이다.

"아사링, 생일 축하해요!"

조금씩 이 상황을 파악했다.

내 일에 정신이 팔려 잊고 있었는데, 오늘은 아사리의 생일이었다. 팬들이 아사리 링을 치켜들고 천국에 있는 아사리의 생일을 축하하고 있다.

눈앞의 육교 위에 아사리의 콘서트 티셔츠를 입은 여자가 혼자 서 있다.

아오조라 우체국을 등지고 선 그 여자는 엉엉 울고 있었다.

말은 한마디도 하지 않고 계속 울기만 했다.

나는 정신이 번쩍 들었다.

그 여자는 우는 게 아니다.

노래를 부르고 있다.

〈 〉를.

아사리의 대표곡인 〈 〉.

그 노래에는 **가사가 없다.**

딱 한 번 아사리의 콘서트를 보러 간 적이 있다.

그때 아사리는 마지막으로 〈 〉를 불렀다.

멜로디도 없고, 가사도 없는 곡.

아사리는 3분간 관객석을 바라보며 내내 울기만 했다.

아사리를 바라보는 내 눈에서도 눈물이 터져나왔다.

따라 운 건 아니었다.

아사리가 최선을 다해 노래를 만들었다는 걸 알았기 때문이었다.

무엇보다, 아사리의 눈물이 내가 전심전력을 다해 살고 있다는 사실을 깨우쳐줬기 때문이었다.

아사리는 자기 노래에 대해 말을 아끼는 편이었는데, 술에 취한 어느 날 〈 〉에 대해 긴말을 쏟아냈다.

자신이 정한 한 가지 조건을 지켰을 때만 콘서트에서

〈 〉를 부른다고 했다. 스스로 최선을 다해 신곡을 만들었다는 확신이 들 때만.

아사리는 말했다.

진심으로 살아가는 사람은 반드시 눈물을 흘리게 되는 순간이 온다.

갓난아기가 세상에 태어나자마자 울음을 터뜨리는 건 진심으로 살고 싶기 때문이다.

사람이 숨을 거둘 때 눈물을 보이는 건 진심으로 살았기 때문이다.

눈물은 진심인 사람만 누릴 수 있는 특권.

울고 난 뒤에 마음이 개운해지는 건 진심이었던 사람에게 주는 신의 선물.

진심인 사람은 그 눈물을 보고 감격한다. 열정이 식어버린 사람은 그 눈물을 봐도 아무런 느낌이 없다.

가사가 없는 곡이 듣는 사람의 인생과 포개지면서 저마다의 가사가 태어난다. 그러므로 이 노래에는 가사가 필요 없다.

진심으로 살지 않는 사람은 영원히 자신의 〈 〉를 메우지 못한다.

진심으로 산 사람은 〈 〉를 가득 채우고도 남는다. 1절과 2절로 끝나지 않고 3절과 4절까지 만들 수 있다.

그리고 맨 마지막에 〈 〉에 제목을 붙일 수 있다.

자기 인생의 제목을….

〈 〉는,

자신에게 보내는 찬가다.

그날 헤어질 때 아사리가 내게 물었다.

당신은 진심으로 살고 있어?

아니면 **의미 없이** 살고 있어?

아사리는 이 노래를 완성하기까지 2년이라는 시간을 바쳤다고 했다.

희대의 싱어송라이터가 광기라고 부를 만큼 긴 시간과 혼신의 힘을 기울여 다다른 결론.

그게 바로 가사가 없는 노래였다.

육교 위에서 우는 여자를 지켜보며 내가 걸어온 지난날을 회상했다.

나의 〈 〉에는 수많은 가사가 담겨 있다. 차고 넘치도록.

그러니 내 과거를 자랑스럽게 여겨도 된다.

가슴속에 따스한 감정이 차오르면서 마치 보드라운 햇살에 감싸인 듯한 기분이 들었다.

육교에서 날아온 반딧불이 한 마리가 약지의 반지 위에 달라붙었다. 반딧불이는 나를 안내하듯이 숲 쪽으로 훌훌 날아갔다.

반딧불이 꽁무니에서 나오는 빛은 짝짓기 신호라는 말을 들은 적이 있다. 캄캄한 어둠 속에서 상대의 눈에 띄기 위해 빛을 내뿜는다고.

그 불빛을 따라 숲으로 갔다. 어두컴컴한 숲속에서 은은한 빛이 새어 나왔다.

낯익은 잔디밭에 발을 들이자, 새파란 우체통이 흡사 다른 세계로 들어가는 입구인 양 달빛 속에 우뚝 서 있었다. 한 마리, 또 한 마리, 금색 불빛을 발산하는 무수히 많은 반딧불이가 궤적을 그리며 우체통 주위를 맴돌았다.

환상적인 아름다움에 흑 하고 숨을 삼킨 순간, 숲속에서 서벅서벅 잔디 밟는 소리가 들렸다. 그 소리와 함께 누군가가 우체통으로 다가왔다.

남자는 내게 가벼운 눈인사를 보내고 우체통에서 편지를 꺼내기 시작했다. 아마 천국에 편지를 배달하는 배달원인 듯했다.

"…혹시, 사와무라 잇페이 씨 되십니까?"

'어?' 하는 표정으로 묻는 남자에게 고개를 까딱해 보였다.

"당신에게 온 편지가 있었던 것 같은데."

남자가 가방을 뒤졌다. "이제부터 자택에 배달하러 갈 생각이었습니다"라며 누런 봉투 하나를 꺼냈다.

아사리가 보낸 편지였다.

"기사님, 저쪽 공원 앞에. 저기 세워주세요."

내 말을 들은 택시 기사는 서서히 속도를 늦추었다.

택시 밖으로 발을 내딛자 습한 열기가 내 몸을 에워쌌다. 여름 햇볕은 아침부터 강렬하다.

눈앞의 공원에서는 여름 축제 준비가 한창이었다. 색색의 천막이 펼쳐져 있고 나무로 만든 포장마차가 여럿 세워져 있다.

무심결에 손가락으로 이마에 맺힌 땀을 훔쳤다. 어젯밤 숲속에서 곯아떨어졌던 일이 떠올랐다. 눈을 떴을 때는 이미 아침이었다.

숙취로 머리가 띵하다. 공원 안의 자판기에서 물을 사서 벌컥벌컥 마신 다음 옆 건물로 걸음을 옮겼다.

부지로 들어가자, 운동장이 눈에 들어왔다. 흰색 선으

로 구분된 코트에서 노인들이 게이트볼 스틱을 쥐고 신중하게 공을 굴리고 있다.

눈앞에 보이는 3층짜리 건물에서 아버지가 생활하고 있다. 아버지 얼굴을 보는 건 5년 전 어머니 장례식이 마지막이었다.

사업가로 성공한 어느 날, 가마쿠라의 어머니에게 연락해 앞으로 생활비를 지원하겠다고 의기양양하게 말했다. 전화기 너머에서 아버지가 "까불지 말라 그래. 자식 도움은 안 받아"라며 불호령을 내렸다. 비록 완고한 아버지이지만 그런 점에서는 존경심을 자아냈다.

"불쑥 찾아와서 죄송합니다. 제 아버지 사와무라 다이헤이가 여기서 신세를 지고 있습니다. 저는 아들인 사와무라 잇페이라고 합니다."

현관 근처의 접수 창구에서 고개를 숙여 인사를 건네자, 안쪽에서 젊은 여자 직원이 나타났다. 직원에게 아버지의 상태를 물어보았다.

"아직 70대 중반이어서 몸은 아주 건강하시지만 기억장애는 이미 상당히 진행된 상태입니다. 올해 들어서는 누가 누군지 분간도 못 하세요. 아마도 아드님을 만나시더라도 누군지 몰라보실 겁니다."

나는 아버지가 어디에 있는지 물었다. 직원이 밖으로 나와 글러브를 낀 아버지를 가리켰다. 아버지는 부지를 둘러싼 콘크리트 담장에 던진 공을 다시 받으며 혼자 시간을 보내고 있었다.

방금까지는 다른 입주자와 캐치볼을 했다고 한다. 정신은 온전하지 못하지만, 그래도 야구를 좋아하는 마음은 그대로라는 사실에 조금 기뻤다.

글러브 밖으로 빠져나온 공이 그쪽으로 걸어가는 내 발밑으로 데굴데굴 굴러왔다. 공을 주워서 던져줬더니 아버지가 실실 웃으며 다시 내 쪽으로 던졌다. 자연스럽게 캐치볼이 시작되자 눈치 빠른 직원이 내게 글러브를 갖다줬다.

"젊은 사람이 공을 잘 던지는군."

"할아버지, 저는 이제 안 젊어요."

직원의 말대로 아버지는 나를 알아보지 못했다.

"할아버지는, 게이트볼은 안 치세요?"

"안 해, 그런 늙은이 같은 건."

"아직 정정하시네요."

"벌써 젊은 놈들한테 질 수는 없지."

가벼운 대화를 나누며 공을 주고받았다.

이런 식으로 아버지와 캐치볼을 하는 건 이번이 처음이다. 인지 기능은 쇠퇴했지만 사고 능력은 아직 괜찮아 보인다. 입이 험한 것도 여전하고, 의학의 발달로 조금이라도 회복해서 오래 사셨으면 좋겠다.

"자네는 어디서 왔나?"

"도쿄에서 왔습니다."

"직업은 뭔가?"

"…회사를 경영했는데, 이런저런 사정이 있어서 그만두려고요."

내 낯빛이 흐려지자, 아버지가 공을 던지려다 말고 손을 멈췄다.

"그렇게 어두운 표정 지으면 쓰나? 기운 내게."

"…"

"오래 살다 보면 실패할 때도 있는 법이야. 가진 것을 다 잃고 절망에 빠질 때도 있고. 하지만 모든 걸 다 잃었는데도 왠지 가슴이 뛴다면. 그게 바로 '꿈'이란 걸세."

아버지는 그렇게 말하면서 공을 세게 던졌다.

나는 코로 숨을 훅 내뿜었다. 아버지의 든든한 한마디에 망설임이 사라지는 듯했다.

공원에서 빨간색 풍선이 날아올랐다. 축제를 준비하는

포장마차에서 실수로 놓쳐버린 것 같았다.

  풍선에 시선을 주며 되새겼다.

  어젯밤 숲에서 읽었던 아사리의 마지막 편지를.

배계

나의 연인에게

그 사람을 떠올릴 때면, 언제나 빌딩 옥상에서의 일이

맨 먼저 생각납니다.

그날은 칠석이었습니다.

빌딩 옥상에서 뛰어내리려는 두 사람 곁에

빨간색 풍선이 날아왔습니다.

두 손으로 풍선을 가볍게 쓰다듬은 순간,

흐르는 눈물을 억누르지 못했습니다.

아직 뭔가를 만질 수 있구나.

살아 있으면 뭔가와 맞닿을 수 있습니다.

'산 사람에게 주어진 최고의 특권은 뭔가를 만질 수 있다는

것이다.'

그날 날아온 빨간 풍선이 그걸 가르쳐줬습니다.

물론 살다 보면 싫은 것과도 접촉할 수밖에 없습니다.

그렇더라도 더 이상 아무것도 만지지 못하는 사람보다는

훨씬 행복하지 않을까요?

이제 그 사람에 대해 쓰려고 합니다.

그 사람은 자만심이 강하고, 항상 자기 할 말만 늘어놓고,

내 얘기에는 귀를 기울여주지 않았습니다.

먹는 모습은 하마보다 더 지저분하고,

얼굴만 보면 지루한 근력 운동 얘기를 꺼내죠.

아무것도 모르는 얼간이지만, 심성은 올곧은 사람이에요.

어린아이처럼 때 묻지 않은 눈동자로

꿈을 이야기하는 사람이에요.

겉으로는 강해 보이지만, 실은 섬세하고 눈물도 많고

수입의 태반을 기부하는 그 사람의 손을,

가슴을,

입술을,

계속 어루만지고 싶었습니다.

그 사람의 이름은 사와무라 잇페이입니다.

이치노세 아사리는 사와무라 잇페이를

진심으로 사랑했습니다.

다시 태어날 수 있다면, 그때도 그 사람을 만나고 싶습니다.

맨 먼저.

누구보다 빨리.

다시 나를 찾아 줘, 잇페이.

경구

2025년 8월 3일

생애 최고의 날에

사와무라 아사리가

PS. 반지 잘 받았어. 앞으로 며칠이나 낄 수 있을지 모르지만, 그래도 끼고 있을게. 고마워.

아, 맞다.

맨 마지막에 당신이 물었잖아.

인생에서 최고의 행복이 뭐냐고.

가르쳐줄게….

아사리는 마지막 줄에 이렇게 쓰고 편지를 맺었다.

살아 있는 거야. 이상.

봉투에 혼인 신고서가 들어 있었다. 내가 마지막 편지

를 보낼 때 같이 넣어 보냈다.

천천히 종이를 펼쳐 보니 빈칸이 전부 메꿔져 있었다.

반듯반듯하고 막힘없는 필체로.

아사리의 성격이 고스란히 드러나 있었다.

고개를 들자 푸른 하늘이 끝없이 펼쳐져 있다. 공원에서 날아온 빨간색 풍선이 바람을 타고 높이 날아올랐다.

나는 마지막으로 공을 던져주고 나서 인생을 꽤 살아본 사람처럼 담담히 숨을 내쉬었다.

"할아버지. 저는 볼일이 있어서 슬슬 가봐야겠어요."

글러브를 땅에 내려놓은 다음 묵례를 보내고 돌아서는 내 등 뒤에서 아버지가 말을 걸어왔다.

"자네, 도쿄에서 왔다고 했지?"

나는 뒤돌아선 채로 "예" 하고 대답했다.

"내게는 도쿄에 사는, 사와무라 잇페이라는 아들이 있네. 혹시 내 아들을 만나거든 전해주게."

"…."

"넌 자랑스러운 내 아들이라고."

"…."

돌처럼 굳어버린 등이 미세하게 오르내렸다. 나는 말

없이 턱을 당긴 채, 뒤돌아보지 않고 풍선이 날아가는 방향으로 걸음을 내디뎠다.

배계

건강하게 잘 지내시나요?

덕분에 저도 잘 지냅니다.

가족 모두 변함없이 무탈하게 지내고 있으니

걱정 안 하셔도 돼요.

그렇지만 가끔 생각합니다.

당신이 지금도 우리 곁에 있었더라면,

올여름이 훨씬 더 근사했을 거라고요.

올해도 무더운 여름이 찾아왔습니다.

여느 때보다 극심한 불볕더위가 기승을 부리고 있습니다.

당신이 계신 그곳은 조금이나마 덜 더웠으면 좋겠습니다.

일단, 그간의 일을 먼저 말씀드리면요.

시골집 마당에서 가져와 심은 씨앗이

올해도 예쁜 꽃을 피웠습니다.

올해는 유난히 꽃이 큼직큼직하고,

하늘을 향해 쑥쑥 자라고 있습니다.

저는 작년 가을부터 강아지를 키우고 있습니다.

태어날 때부터 앞발이 한 개밖에 없는 강아지예요.

그렇지만 그 아이는 자신의 장애를

결함으로 생각하지 않는 것 같아요.

저는 그 아이의 그런 자립심이 존경스러워요.

그리고 제 생일인 어제는 굉장히 기쁜 일이 있었습니다.

지금은 세상을 떠났지만, 제가 좋아하는 여자 가수의

마지막 앨범 타이틀이 발표됐거든요.

앨범 타이틀은 〈바람에 흩날리는 약속〉이고, 그중에서 〈붉은

메시지〉라는 곡만 먼저 공개되었는데요.

듣고 있으면 살아갈 용기가 샘솟는, 정말 멋진 곡이랍니다.

대학을 졸업하자마자 시작한 이 일이

올해로 딱 10년째를 맞이합니다.

지난 1년 동안에도 많은 사람이 천국으로 편지를 보냈습니다.

좋아했던 가수에게,

신세 졌던 친구에게,

가족이나 마찬가지였던 반려견에게.

며칠 전에는 사와무라 잇페이라는 유명한 사업가가 찾아와 제가 하는 일에 관해 극찬을 늘어놓았습니다.

이 사업이 없었다면 자기는 벌써 죽었을 거라면서요.

그는 죄를 저질러서

지금부터 경찰서에 자수하러 갈 거라고 했습니다.

창업 멤버 중 한 사람을 차기 사장으로 임명하고,

염원이었던 우주 사업도 전부 그 여성에게 맡길 거라고 눈을 반짝이면서 말했습니다.

굉장히 맑고 초롱초롱한 그 사람의 눈동자를 보면서 확신했어요.

죗값을 치르고 다시 돌아왔을 때는 지금보다 훨씬 더 세상에 도움이 되는 사업을 펼쳐나갈 거라고요.

사와무라 씨가 제게 자그마한 불상 모양 인형을 하나 줬습니다. 행복해졌으면 좋겠다 싶은 사람을 만나면 그 사람에게 이 인형을 넘겨주라는 말을 덧붙이면서요.

이 일을 시작하고 얼마 안 됐을 때, 가마쿠라에서 유기견을 발견하고 그 옆에 인형을 놔둔 적이 있습니다.

당시 저는 부모님 집에 얹혀살고 있었고, 우리 집에는 이미 키우는 개가 있었기 때문에 그 강아지를 거둘 수는 없었어요.

하다못해 그 유기견의 행복을 비는 마음으로 옆에 두고 왔던 인형이 긴 시간을 지나며 돌고 돌아 다시 제게 돌아온 것입니다.

저는 다시 돌아온 그 인형을 한 여성에게 줬습니다.

이 우체국이 여러 사람의 새로운 출발점이 되길 기대하면서요.

저는 올해도 이렇게 당신의 기일을 맞아

보낼 수 없는 편지를 씁니다.

요즘 들어 이런 생각을 자주 해요.

우편 업무는 참 근사한 일이라고요.

누군가 진심을 담아 편지를 써서 우체통에 넣습니다.

배달원은 그 편지를 수거해 멀리까지 전달하러 갑니다.

때로는 지상을 벗어나 아득히 먼 하늘나라까지.

편지를 쓰는 문화는 사라지지 않고

영원히 이어지리라 믿어 의심치 않습니다.

요즘은 제가 그 한쪽 날개를 담당하고 있다는 사실이

대단히 자랑스럽습니다.

이 사업은 길을 만드는 일입니다.

저는 스스로 선택한 이 길이 정답이었음을 확인하고 싶어요.

할머니,

저는 앞으로도 여기, 아오조라 우체국에서 계속 일할 거예요.

맞아요.

우표가 굉장히 비싼 이 우체국에서요.

경구

                                        오리하라 메구미

세상의 마지막 우체국

초판 1쇄 인쇄 2025년 11월 21일
초판 10쇄 발행 2025년 12월 18일

지은이   무라세 다케시
옮긴이   김지연

책임편집   양수인
디자인   MALLYBOOK 최윤선, 조여름
책임마케팅   최혜령, 박지수, 도우리, 양지환
마케팅   콘텐츠 IP 사업본부
해외사업   한승빈, 박고은
경영지원   백선희, 권영환, 이기경, 최민선
제작   제이오

펴낸이   서현동
펴낸곳   ㈜오팬하우스
출판등록   2024년 5월 16일 제2024-000141호
주소   서울특별시 강남구 테헤란로 419, 11층 (삼성동, 강남파이낸스플라자)
이메일   info@ofh.co.kr

ⓒ 무라세 다케시

ISBN 979-11-7577-034-8(03830)

모모는 ㈜오팬하우스의 출판브랜드입니다.

- 이 책은 저작권법에 따라 보호받는 저작물이므로 무단전재와 무단복제를 금지하며, 이 책 내용의 전부 또는 일부를 이용하려면 반드시 저작권자와 ㈜오팬하우스의 서면동의를 받아야 합니다.
- 책값은 뒤표지에 표시되어 있습니다.
- 잘못된 책은 구입하신 서점에서 바꿔드립니다.